王女殿下はお怒りのようです
8. 白き少女と未知の光
Royal Highness Princess seems to be angry
author
八ツ橋 皓
illustration
凪白みと

空中に花が咲いた。
いや、花に似た形の魔法陣だ。

それは魔法とも錬金術とも、
魔術とも呪術とも言えない
不思議な術式だった。

白い髪に、爛々と光っているように見える赤い瞳。
髪と瞳の色がそろえば、
ジークの双子の兄弟と言われても驚かない自信があった。
それくらい不自然で気味が悪いほど似ている。
サラ

王女殿下はお怒りのようです

8. 白き少女と未知の光

八ツ橋　皓

OVERLAP

CHARACTER

ジーク・ヴィオリス

ルクレツィア学園に通うドロッセルの友人。レティシエルの伴侶であったナオによく似ている。

ドロッセル・ノア
（レティシエル・リジェネローゼ）

千年前の王女・レティシエルが転生した少女。公爵家と袂を分かち、平民の身分となった。

クリスタ＝アマリリス＝フィリアレギス

フィリアレギス公爵家の三女。ドロッセルの双子の妹。

ルヴィク・レイン

ドロッセルが六歳の時から彼女に仕えている専属執事。

ニコル・ラベンデル

ドロッセルがかつて助けた侍女。今はドロッセルに仕えている。

エーデルハルト＝ノウル＝アレスター＝プラティナ

プラティナ王国の第三王子。常日頃から各地を飛び回り、王都にほぼ寄り付かない。

ライオネル＝ルーク＝アレスター＝プラティナ

プラティナ王国の第二王子。笑みは絶やさないが、その考えは誰にも読めない。

ロシュフォード＝ベルアーク＝アレスター＝プラティナ

プラティナ王国の第一王子。昏睡状態から目覚めるも、記憶喪失に。

ヴェロニカ＝エステル＝バレンタイン

ドロッセルの友人の一人。魔力飽和症を患っており、錬金術に興味を示す。

ヒルメス＝リーフ＝グヴェール

ミランダレットの婚約者。剣術が得意で、魔術と剣術の組み合わせに燃える。

ミランダレット＝ルル＝ウォルド

ドロッセルの友人の一人。ドロッセルに魔術を教わっている。

ティーナ

光の精霊王であり、ディトとは双子。表情はあまり変わらないタイプ。

ディト

無の精霊王であり、ティーナと双子。好奇心旺盛で活発な性格。

ルーカス＝ド＝オラシオ

ルクレツィア学園の学園長。ドロッセルの言動によく振り回される苦労人。

白の結社

ジャクドー

白の結社の一員。サラのことを『旦那』と呼び、彼もまた何かを隠している様子。

ミルグレイン

白の結社の一員。サラに心酔しており、軽口を叩くジャクドーを警戒する。

サラ

白の結社を率いる謎の存在。千年前から転生してきたレティシエルの存在を知る。

デイヴィッド

学園の大図書室の司書。ルーカスと共にドロッセル達を見守る。

『白い少女』

何度もレティシエルの目の前に現れ、彼女を導く謎の少女。

Royal Highness Princess
seems to be angry

8.

白き少女と未知の光

CONTENTS

イラスト ー 凪白みと

序章　封じられし者

くすんだ岩石の壁がとてつもない圧迫感を醸し出し、風が渓谷を駆け抜ける。

空から降り込める鬱々とした灰色が淀《よど》んだ空気とともに重く肩にのしかかり、大地に積もる砂が舞う。

長い年月が削り出した広大な岩の迷宮を、年端もいかない二人組の少年少女が歩いていた。

ボロボロのローブに、擦り切れた靴。かなり長い間歩き続けてきたことが見て取れる。

『……ねえ、サラ。本当に行くの？　あの……呪われた神殿だよ？』

『行くに決まっているでしょう。リュート、いい加減何度も言わせないでちょうだい』

少年の言葉に、少女が強い口調で切り返す。リュートと呼ばれた少年はどこか不安げで、対するサラと呼ばれた少女は真剣な表情を浮かべていた。

少女が先頭を行き、半歩後ろから少年がついていっている。少年の頭には白い包帯が巻かれており、彼の右目を覆い隠している。

歩きながらも、少年は少女にブツブツと何か言っている。それを煩わしく思っているのか、振り返った少女はひどく不機嫌そうだった。

『あのね、呪われてる神殿だなんてとっくに承知してるわよ。近づくのだって本当はダメなんだって。でもパパだって言っていたわ、自分から動こうとしなければなんにも摑《つか》めないんだって。だからわたしは自分の意志でここに来るのを決めたの。ここには必要なものがあるもん。わたしの……復讐《ふくしゅう》のために必要なものが』

少年の肩をガシッと捕まえ、かがんで目を合わせながら、少女は少年を説得している。かなり熱のこもっている声色だ。

しかし、それでもあまり乗り気ではない様子の少年。この態度の温度差を見るに、二人の間には意見の相違があるように思える。

包帯で隠された少年の右目に、少女がそっと触れた。

そのまますするりと包帯がほどけ、その下から燃え上る炎のような赤い瞳が姿を現した。

『それにあなただって、その目をなんとかしたくてわたしと一緒に来たのでしょ？　その目のせいで、ときどき無性に何もかも壊したくなっちゃって辛《つら》いって、そう言ってたじゃない。その手掛かりになるかもしれないものがすぐそばにあるの。なのにこんなところで尻込みするの？　わたしだけじゃあわからなかったけど、パパの手記を紐解《ひもと》いて導き出したのよ？　その目は瘴気《しょうき》を長く浴び続けてきたことによる突然変異だって。わたしが頼りなくても、あなたはパパのことも信じられないの？』

少女はまだ話している。その話を聞きながら、パッと右目を手で隠しながら少年はおずおずと頷《うなず》いている。

納得しているのかどうかはわからないが、とにかく反論をしなくなった少年に、少女は両手を腰に当て得意げに笑った。

どうして幼い子供たちがこんな場所にいるのか。

どうして迷路の向こうへたどり着こうとしているのか。

二人は変わらず先へと進む。時々吹いている砂ぼこりの交ざる風が、二人の着ているローブを巻き上げる。

無数に枝分かれする通路を慎重に進んでいった先に、朽ちかけた神殿のような遺跡が見えた。

『！』

その瞬間、少女の顔がパッと輝いた。少年の手をつかむと。彼女はそのまま一直線に遺跡の入り口へと駆けていく。

石のアーチが一瞬で二人を呑《の》み込み、あとには荒れて痩せた砂の渓谷と、無骨な遺跡だけが残される。

朽ちた神殿の中を進む二人を、それは深い地中につながれたままジッと待ちわびていた。

人間の住む場所からは遠く離され、砂と岩に覆われたこの不毛の地をわざわざ訪れる理由、それも幼子二人で来訪する理由は限られている。

この神殿は巨大な石の檻《おり》。宝物も何も存在しない、空っぽのケージ。盗人《ぬすびと》すら近寄らぬ、人ならざるものの手で築かれた封印の祭壇。

なればあの男女の取り合わせ……少なくとも少女のほうは、地中に眠る生きし骸《むくろ》に用があることに他ならない。

——早く、早く。我の元へ……。

ひたすらそう願い続けた。

少年のほうが落ち着きなく怪しげな動きをしている。魂の奥底で、この地中より湧き上がる呼び声に共鳴しているらしい。

——早く、早く。

少しずつ、少女と少年は神殿の深くまで入り込み、それのすぐそばまで歩みを進めてくる。

太古の聖戦に敗れ、この地に封じられてより幾年の歳月が過ぎただろう。封印の戒めを解き、その身に魂を保護してくれる存在をずっと待っていた。

だから目の前にたどり着いた少女が、開口一番に持ち掛けてきた〝契約〟に、それは面白いと感じながら承諾した。

＊＊＊

それから、早くも千年の時が流れた。

サラの影に寄生しながら、怪物は常にこの物好きな女の生き様を眺めている。

あのとき怪物の封印を解いたサラは、怪物の力を借りて悠久の時を生き抜いている。神殿で交わされた〝契約〟通り、この千年の間に怪物は幾度もサラの魂を転生させてきた。

精霊の妨害などによって著しく力を消耗させられた時期には、転生に数百年程度空白が伴うこともあったが、おおむねサラの提供する養分で持ち直してきた。

――あなたの封印を解くわ。代わりにわたしの望みの成就に協力しなさい。

――我が頷いたとて、それは我にとってなんの利となる。

――あなた、今封印がなくなったとしても力を失って何もできないんでしょ？　わたしの中で飼ってあげる。それだけだと不服？

――ならば貴様も我の野望に協力せよ。それが等価交換というものであろう。

――いいわ。あなたの野望とやらも、わたしの望みと一緒に叶《かな》えてやる。

かつて祭壇でサラと交わした〝契約〟を、忘れたことは一度もない。

サラは怪物が力を取り戻すまで魂を憑依《ひょうい》の器として差し出し、怪物はサラの要事の際にその力を貸す。全ては互いに各々望んだ結末のため。

「今後の段取りは理解したな？　ミルグレイン」

「お任せください、マスター。必ずや仰せつかった役割を、見事果たしてご覧に入れます」

「あぁ、頼んだぞ。お前のことは信用しているんだ。私を失望させるなよ」

「もちろんです、ありがとうございます……ところで、あの男は？　このような重要なタイミングにいないとは……」

「……あれのことなど気にするな。お前は、お前の為《な》すべきことにのみ集中していればいい」

「はい……マスターがそうおっしゃるならわかりました」

サラとそれを心酔する部下の会話に、怪物はひとかけらも興味はない。

その場を一時離脱することも可能だった。力が回復している今、千年前のように寄生した魂の主の影から一歩も身動きできぬほど、怪物は弱くなっている。

どのみち、怪物がサラの魂に寄生している今、サラの思考や感情は全て魂を通じて怪物に伝わる。何もかも筒抜けなのだから。

そうしなかったのは、ようやくサラは動き出そうとしていたからだ。これからノクテット山に向かうと言っていた。そこが奴《やつ》の計画の大詰めの場となる。

随分と長かった。封印されていた遺跡でサラと契約してから千年。千年だぞ？　まさかここまで待たされるとは、ある意味想定外だ。

あまりに長い間、事態にめぼしい進展が起きないせいで、この頃怪物はこの女の行動に苛立《いらだ》つことも増えてきていた。

千年という時間と、サラの開発した呪術という養分は、怪物の力を回復し、本来の強さまで増幅させるのには十分すぎるものであった。

そして回復した以上、怪物にはもう他人の魂に寄生して英気を養う必要はない。サラという魂と紐《ひも》づき続けている利点は消えたと言ってもいい。

それでも怪物がまだこの魂にとどまっているのは、この女が己と交わした契約をどう履行するのか、興味があるからにすぎない。

――早く、早く。我の望むものを差し出せ。

でなければお前と共にいる意味など、今となればもうどこにもないのだから。

一章　崩壊の始まり

ノクテット山の山頂、名もなきカルデラの廃墟《はいきょ》。普段ならきっと喧騒《けんそう》からは程遠いはずのその場所に、轟音《ごうおん》と嵐が降りかかっていた。

廃墟を取り囲む山脈の連なりが頭上の空を丸い形に切り取り、濃い灰色の重たい雲に覆われた空には白く巨大な魔法陣が煌々《こうこう》と輝いている。

北斗七星の形をしたそれはあまりにも大きく、魔法陣を構成する七つの光はそれぞれ天にも届く黒い光の柱に貫かれていた。

地上の瓦礫《がれき》を巻き上げるように吹く風の中、廃墟の中心にそびえる崩れかけた時計塔の展望台で、レティシエルはその禍々《まがまが》しい陣をただ見上げることしかできないでいた。

陣の規模からしてアストレア大陸全体を覆っているとさえ思える白い星座は、それを貫く黒い柱に汚《けが》されるようにジワジワと黒く染まっていく。

風はさらに強まり、どこかから雷鳴にも似た音が響いてくる。

『黒い池の魂柱《たまばしら》は無事に全て起動できたようだな』

つい先ほどこの魔法陣が出現したとき、サラはそう言った。

彼……いや、肉体は少年でも魂は千年前のレティシエルの幼馴染《おさななじみ》だった〝サラ〟なのだから彼女と呼ぶべきなのか。

白いローブに仮面をつけたその姿は、時計塔の崩れかけた石の柱を結ぶアーチの上にあり、半身をねじるような形で魔法陣を見つめている。

黒い池の魂柱《たまばしら》とやらがなんなのかはわからないが、心当たりはある。かつてカランフォードの郊外で見た、黒い水のような何かで満たされたクレーター。

十数年前にその場所を起点とした謎の爆発事故が、当時別荘地として栄えていたカランフォードの街をゴーストタウンに追い込んだ。

それ以前にも各地で同様の事故が起きており、それも全て魂柱《たまばしら》だというならサラの計画はずっと前から水面下で進み続けていたのか。

胸の内に焦りが募っていく。あの北斗七星の陣は邪悪なものだ。あれを完成させてはならないと本能が警鐘を鳴らしている。

こうしているうちにも黒色は少しずつ、だけど着実に白色を呑み込んでいる。あれが完全に黒く染まったら、きっと恐ろしい事態が起きる。

そこまで直感で理解していても、レティシエルにはできることが何もなかった。どうしたらこの魔法陣を止められるのかがわからない。各地の魂柱《たまばしら》とやらを消せばいいのか？　だがどうやって消せばいいのだろう。

黒い霧の怪物たちは無属性の攻撃を弱点としていた。しかし魂柱《たまばしら》はただの黒い霧ともまた違った感触を受けた。無属性の術式をぶつけたところで浄化できるのかも疑問だ。

そもそもレティシエルが知っている爆発事故の起きた場所は数箇所しかないし、転移を使うにしろ一度行ったことがある場所でなければ移動はできない。

魂柱《たまばしら》の仕組みも、この魔法陣が及ぼす効果も、干渉することで何が起きるのかも、全て謎。

レティシエルが現状持っている情報だけでは、もうどうにもできないところまで事態は進んでしまっている。

「……」

この場所へ来るのに上ってきた螺旋《らせん》階段を振り返る。相変わらずの静寂。

レティシエルとともにここへ来たルーカスとジークは、サラがさっき使った何かの術によって階段の空間に閉じ込められ、今延々と出口にたどり着かない階段を上り続けているのだろう。

どうにかして助けたいけど、サラはこちらの手の内を理解している。レティシエルと同じく、魔術全盛時代だった千年前を生きたからこそだ。うかつに動けば二人の命はないかもしれない。

それにサラは帝国に魔術を無効化する木片を提供していた。魔術はもう万能なものではなくなってしまっている。

「……ねえ、混乱してる?」

上から声が降ってくる。

振り向けば頭上のアーチに腰かけるサラが薄ら笑いを浮かべながらこちらを見下ろして

いる。その声色はどこか楽し気なものだった。

「魔法陣が完成するまでに、今しばらく時間はかかる。いい機会だ、質問に答えてやろう。お前も、何も知らないままこの世界から消えるのは不本意だろうからな。おっと、変な気は起こすなよ？　お仲間の命が無事であってほしいならね」

この世界から消える……用が済んだらレティシエルを消すつもりらしい。

仮面越しに覗《のぞ》くサラの目は赤く、己の勝利を一ミリも疑ってはいない。余裕綽々《しゃくしゃく》なその様子が、否応《いやおう》なしにレティシエルの苛立ちと屈辱を加速させていく。

「……いいわ」

相手の手の上で転がされているような屈辱感は消えないけど、胸の内にくすぶる感情と戦った結果レティシエルは開き直ることにした。

どのみち現状ではレティシエルには打てる手はない。

ジークたちを人質に取られているようなものだし、サラやあの魔法陣に対抗できる手段の見当もつかないし、対等に渡り合えるような情報も尽きている。

チェスでいえばチェックメイト寸前のようなものだ。

どういうつもりかは知らないけど、サラはこちらの質問に答えるつもりはあるらしい。ならその気まぐれに乗ってやろうじゃないか。

「あなた言ったわよね、この場所から魔術は滅んだって。あれはどういう意味？」

陣が発動するより前にサラが言いかけていたこと。

あのときはこんな魔法陣が出現する事態なんて予測していなかったから跳ね返したけど、思えばかつてクロヴィス修道院で対峙《たいじ》したとき、サラは己の目的について〝魔術を滅ぼすこと〟だと言った。

魔術の滅亡がここから始まっているのだとしたら、そこにはサラ自身も一枚噛《か》んでいるはずだ。

「へぇ、その話聞く気になったんだ」

「御託はいいわ。質問に答えてくれるんでしょう？」

「あぁ、そう言った」

クツクツと嗤《わら》うサラ。その背後の崩れた天井から見える白い魔法陣の黒色が広がっているように見えた。

「この街は魔術の暴走に巻き込まれ、一夜にして滅んだ。大きな戦争の最中だった」

「……」

魔術の暴走によって滅んだ街……聞いたことがある。どこでだっただろう。あれは……確か精霊からの情報だったか。

六百年ほど前に、複数の魔術師が一斉に魔術を暴発させたことで消し飛んだ、恐らくドランザール帝国の首都だったという街。それがこの廃墟だったということか。

「魔術の一斉暴走が原因だったらしいわね」

「へぇ？　そこまで知ってるんだ。精霊が話した？」

さして驚いている様子もなく、サラはそう言って口角を上げる。

「ここは元々ドランザール帝国の首都だった場所さ。この場所で国々はドランザールの統率の下《もと》、和睦を受け入れた」

それは、知ってる。

レティシエルの死後、当時の二大国家だったドランザール帝国とセフィロス王国は停戦を決め、それにより長かったアストレア大陸戦争は終焉《しゅうえん》を迎えた。歴史で語られている範疇《はんちゅう》だ。

「だが平和はそう長く続かなかった。ようやく大陸全体が戦禍による疲弊から脱却できた矢先に、セフィロス王国が瓦解した」

「瓦解？」

「そう。内部崩壊ってやつだ。冷害による飢饉《ききん》に加えて、王位継承争いが泥沼化していた」

それは……知らない。レティシエルが辿《たど》れている過去はせいぜい六百年前……プラティナ王家が今のアレスター朝になって以降だ。

「大陸はまた荒れた。あの戦乱の時期に逆戻りだ。ドランザールのいる東部はまだ持ったが、王国のあった西部と南部は群雄割拠に陥った」

スッとサラの指がある方向に向けられる。

それはプラティナ王国が広がっている南の方角と一致している。西側は……今ラピス國《こく》が手にしている一帯か。

「わかるか？　今この国が治めているこの場所のことだよ」

「……それが、魔術の滅亡と関係しているというの？」

「あぁ、あるとも。それが六百年前にこの大陸で起きていた動乱だからな。私は運が良かった」

なんの運が良かったのだろう……とは考えるまでもなかった。戦だ。サラは当時にこの群雄割拠が起きたことに対してそう言っている。

「あの頃はまだ呪術の研究を完成させる途上だった。これこそ魔術と対抗しうる新たな力だ、おろそかにはできない。まぁ、錬金術やら魔法やら、大して使えない副産物も多かったがな」

「……だから戦乱の世の再来は都合がよかったと？」

「そうだ。国にどんな被害が生じようとも、戦に明け暮れる人間たちは勝手に『敵国のせい』で全てを片付けてくれる。おかげで実験が大変はかどったよ。人間には感謝している」

かつて戦乱を経験しているはずの者が、戦乱をありがたがって利用している。

レティシエルはぞっとした。その実験とやらで、またどれだけの人を犠牲にしたのだろう。

「この街にも、実験目的で訪れた。ドランザールの首都は当時もっとも人の集まった場だからな、紛れるのも簡単だった」

語りながらサラは虚空を見つめている。その瞳には、いったい何が見えているのか。

「ただ想定外のこともあった。精霊が私のことをマークしていた。あの、人間界の情勢には興味もない精霊が、だ」

「……戦ったの？　この場所で」

そこまで聞けば、レティシエルでもなんとなくサラの言おうとしていることが読めてきた。

おそらく精霊はサラを見逃さなかった。サラも受け身に甘んじたわけではないのだろう。だから両者は戦った。この、かつてドランザール帝国の首都だった街で。

「察しが良いじゃないか。そうだよ」

「……」

「なかなかいい勝負だったが、最終的には精霊側に分《ぶ》があった。激しく力を消耗したせいで、再転生するまでずいぶん無駄に時間を取られた」

脳内に、過去に見聞きした情報がよぎる。

今のプラティナ、イーリス、ラピスの国境にあった街は、かつてそこに滞在した魔術師たちが力を一斉に暴走させて滅んでしまったのだと。

聞いた当初から違和感を覚えていたけど、少なくとも、後世になって当時のことはそういうこととして伝わっている。

（……やっぱり、暴走が原因ではなかったのね）

サラが嘘《うそ》を言っている様子はうかがえない。

その話が事実なら、この街が滅んだ原因はサラだ。ここで精霊と戦い、敗北して命を失い、一つの国の都の繁栄を終わらせた。

そして、その決着の余波を喰《く》らって、全ての責任を負わされた魔術はそのまま歴史の表舞台から完全に消去されてしまったのだ。

「……なぜ、そのような非道な真似《まね》ができるの？」

無意識のうちに叱責するような口調になった。

かつて戦のひどさを身をもって知り、自らも戦によって散っていった過去を持つ身として、サラのやっていることは許せそうもない所業だった。

「勝手な都合に巻き込んで、関係のない人の命まで奪うことが、あなたの正義だとでも言いたいのかしら？」

「……フン、革命に犠牲はつきものだ。それをとやかく言われる筋合いはないね」

何を言われようとサラには一切響くことはないらしい。レティシエルの言葉を鼻で笑い、どこ吹く風だ。

「むしろ、この国の民には私に感謝してほしいくらいだ。私がいなければ、今のプラティナなど存在しない。私が盲目王を作らなければな」

「……え？」

今何か、聞き捨てならない言葉を聞いた気がする。

戦乱を鎮め、アレスター朝を開いた偉大なる王であり、現在の王家に連なる祖であり、今なお民から愛され続けている英雄。

その盲目王を……作った？

「あれは実に出来の良いモノだった。出来が良すぎたせいで、後世になってアレを復元量産させようとしたときにずいぶん苦労したな」

「それは、どういうこと……？」

「驚くこともないだろう？　似たようなモノとお前は何度も遭遇している」

そう言われて眉をひそめたのはレティシエルだった。過去に自分が遭遇した敵のことを思い浮かべる。

「……呪術兵？」

白髪《はくはつ》に赤い瞳を持ち、呪術を行使するために改造された傀儡《かいらい》たち。まさか……一国の王朝の祖ともなった人間が、サラの手によって作られた人形だった？

「あなたは……異端の呪術兵を一国の王に据えたの？」

「……ハハハハハ！　そうだよ！　人工的に作られた人間のなりそこないなのに、誰もがあいつをありがたがった。尊敬さえした。本当に滑稽でたまらなかったさ！」

レティシエルの言葉を聞いて、サラは大笑いした。用意したクイズに正解してもらって喜ぶ子供のようで、実に楽しそうだった。

「呪術が異端？　それをお前たちが言うか？　お前たち王国の人間こそ、その呪術によって血をつないできた王家に傅《かしず》いているというのにな！　それどころか、呪術から生まれた欠陥品の魔法をありがたがって、まるで喜劇じゃないか！」

「……おかしいわ」

まるで異種族の何かを見ている気分だ。

肉体は同じく人間のはずだけど、理屈が通じない。サラは笑いを引っ込め、またあの冷たい眼差《まなざ》しに戻る。

「おかしくて結構。目的を果たすためなら、私はどこまでもつき進んでやる」

「……どうして私にこんな話を聞かせるの？　自分の武勇伝をひけらかして楽しい？」

「あぁ。お前の動きを封じて、優位に立てていられているこの状況がな」

そうと言いながら、サラがこちらを見ていないことにレティシエルは気づいた。レティシエルのほうを見てはいるのだけど、微妙に目が合わない。

仮面から覗く目から感情が読み取れないのは、本当に無感情でいるからなのか、今のレティシエルのように読まれないようにしているのか。

（……本当に、あなたは楽しいと思っているの？）

そんな風には、あまり見えないような気がした。そう思っているなら、もっと先ほど王国を嗤ったときのようになっているはずなのに。

レティシエルへの恨みと、魔術を滅するというサラの意志は確固たるものだった。

少なくともレティシエルにはそう感じられた。だけど……このチグハグさはなんだろう。

「あと少し。あと少しなんだ。私の計画が、いよいよ完成しようとしている」

空に浮かぶ北斗七星の魔法陣を見上げてサラが呟《つぶや》く。

それはレティシエルに聞かせているというより、どこか独り言のようにも聞こえた。自分に言い聞かせているような……。

「ただ……」

ふいに言葉を切り、サラが自身の背後を振り仰いだ。その視線の先には、サラが自分で展開させた北斗七星の魔法陣が浮かんでいる。

「何か、妙だな」

再びレティシエルを振り向いたとき、サラの顔からは一切の表情が消えていた。

「お前、何をした？」

「……？」

感情を見透かされないよう無表情を貫いていたレティシエルだが、その問いにはさすがに疑問を覚えた。

こちらを見据えるサラの目は冷たく鋭い。

恐らくサラにとって都合が良くない出来事が今現在起きているのだろうと見当がついた。

そしてその原因をレティシエルに求めようとしている。

特に何もしていないのだけどな、と思いつつ素早く周囲を観察する。サラがこのタイミングで気づけたことだ。きっと目視で異変を確認できるもののはずだ。

一見何も妙な変化はない。しかし空を仰ぎ、レティシエルは漠然とした違和感を覚えた。空には例の北斗七星の魔法陣が変わらず広がっている。

見つめているうちに違和感の正体がわかった。色だ。黒い光の柱の起動とともに空に現れたあの陣は当初白く輝き、それが時間経過とともに徐々に黒い光に侵食されて灰色になっていっていた。

その色の侵食が、問答を始める前と比べてほとんど変化がない。出現直後はあんなにわかりやすく色の移り変わりが見られていたのに、白い陣を蝕《むしば》む黒色の侵攻が止まっていた。

(これは……陣が完成していない、ということよね?)

仕組みがわからずとも流石《さすが》にそう理解できた。そしてそれが、どうやらサラにとって都合が良くないことだということも……。

「……知っていたとして、それをあなたに教えると思うかしら?」

「この期に及んで強情だな。今のお前など、私からすれば取るに足らない存在なのにな」

そう言って嗤《わら》いながら、サラは術式とともに生み出された黒い槍《やり》を振りかぶる。漆黒の三叉槍《さんさそう》だ。サラの手を離れたそれは、勢いよくレティシエルの心臓目掛けて飛んでくる。

とっさに結界魔術を展開させようとして、しかし、術が撃ち出されることはなかった。

「!?」

槍が床にぶつかり、小さな穴をこじ開けて砕け散った。

咄嗟《とっさ》に体を反転させて回避しなければ、今頃レティシエルの体には風穴があいていたことだろう。

何度試しても、ほんのわずかに小規模で脆弱《ぜいじゃく》な結界が生み出されるだけ。魔術に何か異変が起きている……その事実は即座に理解した。

「今頃になってようやく気づいたか。お前も随分勘が鈍ったものだな」

「……何をしたの？」

「何も？　ただ魔素に、この世界から退場してもらったにすぎない」

一瞬、サラが何を言っているのかよくわからなかった。魔素が……世界から退場？

「なんのために、私が大陸規模でこんな陣を用意したと思う？　それだけ広範囲にわたって駆逐するものがあるからさ」

「……！」

そして次の一言でその言葉の意図を理解した。サラが展開したこの陣は、魔素を攻撃するために仕掛けられたものだ。

魔素は魔術を扱うための燃料だ。その燃料に異変が起きているがために、今こうしてレティシエルの魔術は思うように発動できなくなっている。

（なら今に至るまでのこの時間は、魔法陣の効果が十二分に発動されるまでの時間稼ぎにすぎなかった……？）

そう考えると、不毛にも思えたサラの言動にも説明がつく。自身だけが持つ情報をちらつかせ、それをレティシエルが見過ごせないことを見越した……。

まんまと罠《わな》にはまってしまったのは自分のほうか。

「まぁ、いい。お前が陣の阻害に関知していようといまいと、そんなことはどうでもいい。これでお前も晴れて無能の仲間入りだ。気分はどうだ？」

「……わざわざそんなことを聞くなんて、あなたはよほど暇みたいね」

「相変わらず口は減らないな。今のお前など、私の力の前では虫けらのようにひねりつぶせるというのに」

ボワッとサラの背後から黒い炎のような何かが立ち上る。攻撃してくるか、と思って身構えたが、何を思ったのか少ししてサラはまた炎を引っ込めた。

「だが……葬り去るにはその左目は惜しい」

「……目？」

レティシエルもといドロッセルのこの体は、異なる色の瞳を持っている。赤色の左目と、青色の右目。思わず左目に手をやる。なぜこれが惜しまれているのだろう。

「あなたに眼球集めの趣味があったなんて知らなかったわ。悪趣味ね」

「なんとでも言うがいい。私にとって、その左目は惜しむだけの価値がある」

「そんなに赤い目にご執心とはね。何がそんなに面白いのかしら」

「盲目王のものに匹敵するほどの質だ。これだけ高密度なものが天然で生まれるとは、初めてお前の存在を知ったときは随分驚いた。お前を素材にすれば、さぞ良い人形が作れるだろうな」

「……何の話？」

恐らくこの赤い左目の話をしているのだが、どうやらレティシエルとサラの間で、この目に対する見方が違っているらしい。

レティシエルは眉をひそめる。サラは何を言おうとしているのだろう。というより、今の話の流れだと盲目王の目も赤かったことになるが……。

「お前が、良い呪術兵になるだけの資質を有していると言っているのだ。喜ぶが良い」

「……はい？」

何を言われているのかよくわからない。というか話が飛躍しすぎていないだろうか。なぜ赤い目の話から突然呪術兵の話になるのだ。

「それはいったい何の冗談？」

「冗談？　私は至って真面目なのだが？」

また人を食ったようなでたらめかと思ったが、サラに嘘を言っている様子はなかった。

「本当に何も気づいていないのか？　あの孤児院で見せてくれただろ？　その赤い目を媒介にした、魔素と魔力の融合を」

「……！」

「まぁ、あれは錬金術の亜種のようだったが、実に素晴らしかった。後天的に呪石を埋め込んだ者では、あそこまできれいな融合は成し得ない。それだけお前の肉体は、呪術との相性が良いということだ。わかるか？」

――お前は、呪術の申し子なのだ。

「呪術、の……」

悪寒が背筋を伝ってじわじわと上ってくる。レティシエルはうめいた。

そういえばしばらく前から、この左目がうずくことが増えてきている。だいたいは呪術が発生する場所に居合わせている時だ。

ならばこれまでに感じた左目のうずきは、レティシエルの持つ赤い目が、共存関係にある呪術の力に呼応して共鳴し合っていたということなのか。

しかも王国ではこうも言われていた。赤い目を持つ者は長く生きられず、邪を振りまく災いの使者だと。

赤い目が呪術を媒介するための道具だとすれば、そう言われる理由も納得できる。呪術は術者の生命を削り、あらゆるものを破壊しうる力。

それを先天的に扱える素質を持つ赤い目持ちは、誰よりもその副作用の影響を受けやすかったはずだ。

様々な過去や出来事が一気につながって愕然《がくぜん》とした。過去に〝ドロッセル〟がサラに接触されたのも同じく目のことが原因だろう。

呪術と戦いながら、誰よりも呪術と隣り合わせだったのが自分だったなんて……。

「お前のことは殺したいほど憎いが、その赤い目と入れ物を私に差し出すなら生かしてやってもいい。死なない程度に飼い続けてやる」

「……」

赤い瞳がレティシエルを見据える。その奥に何も感情が見えないあたり、向こうも本気で勧誘したい訳ではないのだと思う。

その背後に黒い靄《もや》が漂っているのが見えた。ピッタリとサラの背中に張り付き、まるでとり憑《つ》いているような状態だ。

靄の奥には赤い線のようなものもある。あれは……糸目のようにも見える。

形のない靄に目があるなんておかしな発想ではあるが、かつてレティシエルは人にとり憑く黒い霧の怪物を見ている。

サラも、己の身に何らかの怪物でも飼っているのだろうか。

「……なんのつもりで私にそんな話をしているのかは知らないけど」

迷うことなんて何もない。たとえこの赤い目が呪術使いの証明だったとしても、レティシエルの答えなんて最初から決まっている。

「あなたのお人形なんて、お断りだわ」

「……そうか。そうだろうな」

頷《うなず》くとも思っていなかったのだろう。案の定、サラはレティシエルの返答に鼻で笑った。

「なら、お前はもう用済みだ。苦しみながら果てるといい」

サラの腕に纏《まと》うように黒いかぎ爪に似た影が揺らめき、それはレティシエルに狙いを定めて振り上げられる。

それを見上げてレティシエルは唇を噛《か》む。

これを防ぐ方法を、今のレティシエルは持ち合わせていない。今の世に来てから、初めて死が目前まで迫ってきたように思えた。

キィィィィン!!

突然時計塔内に甲高い音が響いた。まるで黒板を爪で思いっきりひっかいたような、背筋が寒くなる不快な音にレティシエルは反射的に両耳を塞いだ。

次いで、背後から光線のような太い光のラインが真っすぐサラへと直撃した。

爆音と閃光《せんこう》。薄く開けた目に飛び込んできたのは、さっきまでサラのいた場所に浮かぶ白い光の太陽。

「大丈夫ですかえ?　ドロッセル嬢」

こちらの名を呼ぶ声。

一瞬、混乱した。背後から聞こえるはずのない人物の声がする。まさかと振り向いたレティシエルが見たのは、螺旋《らせん》階段の出口に立つ小柄な白い翁《おきな》。

レティシエルの腰くらいの身長しかなく、たっぷりの白いひげと眉は床につきそうなほど長い、この姿は……。

「……デイヴィッド?」

ルクレツィア学園の大図書室で頻繁に世話になった司書デイヴィッドで間違いなかった。ますます意味が分からない。どうして彼がここに来ているのだろう。

「おい、ドロッセル、無事か！」

デイヴィッドの背後にはルーカスとジークの姿もある。彼らはサラの術中に捕らわれていたのでは……。

この状況で考えられる可能性は一つだけ。術中に嵌《は》まっていたルーカスたちを、デイヴィッドが何らかの方法で救い出したのだ。

そういえば先ほど聞いた、あの黒板をかくような嫌な音。あれはもしかするとデイヴィッドがサラの術を打ち破った音だったのかもしれない。

ギイィイン……！

状況把握が終わるか終わらないかのうちに、まるで金属が歪《ゆが》むような音を立てて白い太陽が真っ二つに割れる。

太陽の中から再びサラが姿を見せた。どうやら先ほどの一撃ではサラの動きをごく短い間停《と》めておくことくらいしかできないらしい。

「……」

彗星《すいせい》の如《ごと》く現れた小さき白い闖入《ちんにゅう》者《しゃ》を、サラは無言のままジッと見下ろす。先ほどの光線の衝撃のせいだろうか、銀の仮面がいつの間にか剝がれ落ちていた。

逆光になって顔はあまりよく見えなかったけど、その口元の表情にレティシエルはまた違和感を覚えた。サラは……驚いている様子がなかった。

「……へぇ、お前が来るんだ」

「お久しぶりですな」

そして二人の間に交わされた会話にさらに目を見開いた。ルーカスも驚いてデイヴィッドとサラを見比べている。

一言ずつしか発されなかったこの言葉は、しかしこの二人が以前から双方のことを知っていたことを如実に物語っている。

(サラとデイヴィッドが、知り合い……?)

あの魔法陣と、サラとの問答で事態の全容が見えてきたと思ったのに、そう簡単に事は済まないらしい。

思えばレティシエルはデイヴィッドの過去を何も知らない。知っているのはルクレツィア学園で司書をしていることくらいだ。

ならそれ以前の歳月のどこかでこの二人がまみえていたとしても、あり得ない話ではない。

「お前はしばらく前に王国から姿をくらましたまま行方知れずとなったはずだが?」

「あなたがワシを狙うのはわかっておりましたからな。あなたの目を誤魔化せていたようなら、念入りに潜伏を計画した甲斐《かい》があったのう」

「なるほど、道理で足がつかないわけだ」

うんざりした様子のサラ。二人の会話は完全に互いにしかわからない常識を前提に成立していて、はたから聞いていても状況がイマイチよくわからない。

「デイヴィッドさん？　どうやってここに……」

「転移の術を使わせてもらいましたぞ。この老体には少々応えましたが……」

転移？　それは……どう考えても魔術によるものではないか。

魔法陣の発動によって魔素は変異し、魔術の燃料としてはもう機能していない。

魔術が使えないことは、苦々しいことに先ほどレティシエル自身が身をもって実感したばかりだ。

それなのにデイヴィッドは魔術を駆使してここへやってきた？　レティシエルすら使えなくなってしまった魔術を、彼はどうして……？

「……やはりお前はあの時消しておくべきだったな」

忌々しげに呟《つぶや》くサラの背後から、あふれるように黒い霧が静かに周囲を侵す。それは徐々に形を変え、やがて手のような形になる。

まるで生命を持っているかの如くうごめき、時に目のような赤い線を描き出すその霧は、こちらとサラを区切るように両者の間を隔てている。

黒い霧の手に包まれたサラの体が浮かび、狭い時計塔の内部から離脱するように廃墟《はいきょ》の上空にとどまった。

曇り空からにじみ出るかすかな光が、サラの顔を照らした。

「そうなさらなかったことを悔やまれるといい」

「お前はよほど私に消されたいとみえる」

サラの手から黒い火の玉がいくつも生み出される。纏う禍々《まがまが》しい気配がチリチリと肌を刺す。

それが乱れ打たれると同時にデイヴィッドは純白の結界を展開する。白と黒の光がぶつかり炸裂《さくれつ》し、あたりに灰色の火の粉をまき散らす。

「……え？」

またもレティシエルは目を見開いていた。信じられないように、サラの顔を食い入るように見つめる。

「ジー、ク……？」

火の粉に見え隠れしながら、そこにはサラの顔がある場所にはジークの顔があった。正確には、ジークとほとんど変わらないほど瓜二《うりふた》つの顔。

白い髪に、爛々《らんらん》と光っているように見える赤い瞳。髪と瞳の色がそろえば、ジークの双子の兄弟と言われても驚かない自信があった。

それくらい不自然で気味が悪いほど似ている。

（どういう、こと？　サラが、なんで……）

サラは転生を繰り返している。たくさんの肉体を転々としている。

どの体に宿ってもおかしくないと理屈はわかっていても、なぜそれがこうもジークとそっくりなのかわからない。

世界に似た顔の人は三人はいる、とはよく俗説で言われるけど、この状況でそれを素直に真に受けられるほど能天気ではない。

（また、何を企《たくら》んでいるの……？）

だってジークに似ているということは、それはナオともそっくりだということ。

あの最期の時、ナオを殺したのはサラの放った一撃だった。

そんなサラが、何の意味もなく偶然ジークに……ナオに瓜二つの肉体を手に入れただけとは到底思えなかった。

あるいはそれすらも、レティシエルへ復讐《ふくしゅう》するための手段の一つにすぎないのだろうか。

「……あ、そうだわ」

そういえばジークは、例の魔法陣の影響で魔術の行使が困難になっていることをおそらくまだ知らないはずだ。

彼も魔術を戦闘に使っている。早く伝えなくては。驚愕《きょうがく》の余波から気持ちを立て直し、レティシエルはジークを振り返る。

「ジーク、話しておきたいことがあるのだけど……」

「……」

「……ジーク？」

そこで初めてジークの様子がどこか変だと気づいた。ジッと戸惑いの滲《にじ》む眼差《まなざ》しでサラのことを見ている。

　レティシエルの呼びかけにも反応がない。思えば先ほどから続いているサラとの戦いに、ジークはずっと参戦していなかったことに今さら思い至った。

「ジーク！」

「……！　あ、はい、すみません」

　もっと強めに呼んで肩を叩《たた》くと、ようやくジークはハッとこちらに目を向けた。やはり打ち倒すべき敵が己と瓜二つの姿をしていたことが応えてしまったのだろうか。

「魔術のこと、伝えようと思ったのだけど……大丈夫？」

「え、えぇ、少しぼんやりしてしまっただけで……それより魔術のこと、というのは？」

「あの空に浮かんでる魔法陣、魔素を変質させて消滅させるためのものだった。おかげで魔術は今発動もろくにできない」

「え⁉」

　長々と説明している時間が惜しくて端的に情報を並べたが、それだけでも十分伝わったようだ。ジークが愕然《がくぜん》と目を見開いた。

「待ってください。魔術が使えなくなったって……それでは……」

「……ごめんなさい」

　謝ることしかできなかった。こんな肝心なときにただのお荷物になってしまったことが本当に申し訳ない。

どうにかしようにも、レティシエルはあまりに魔術にのみ突出しすぎた。それを唐突に封じられ、魔法や錬金術といった他の力を扱える魔力もない。

「いえ、いいんです。謝ることはありません。なってしまったものは仕方ありませんから」

驚いたのは一瞬のことで、ジークは思いのほか落ち着いていた。

「私たちで守ります。魔術は封じられてしまいましたが、まだ魔法があります」

「それは、そうだけど……」

そう言いかけたところに、視界の端に漆黒の刃のようなものが見えた。

この禍々しい気配、疑いようもなくサラが放った呪術の術式だ。もはや条件反射のように魔術の構築を試みたが、結果はなし。

視界一面に広がる黒い光。それはレティシエルのもとに到達する直前、何かに激突したように乾いた音をたててあらぬ方向へそれていった。

パキンと、ガラスが割れるような音だった。

砕ける黒の中に、絹糸のように細く白い光の残滓《ざんし》が漂っては消える。ジークが、レティシエルの前に立ち塞がっていた。

「このように、かなり頼りないとは思いますけど……」

「……いいえ、ありがとう、ジーク」

遅れて、さっきのはジークが魔法を使って展開させた結界だったと気づいた。

燃費の悪い魔法による防衛では、呪術の攻撃を受け止め、そらしただけで耐久が限界を迎えてしまったのだろう。

それでも、今はそれがとても頼もしく思えた。何せ魔術がもう使い物にならない。たとえ弱くても呪術に抵抗できる力があるだけでありがたかった。

デイヴィッドとサラの戦いは未《いま》だに続いていた。ルーカスも加勢はしているが、両者の力の差はほとんど互角のように思えた。

両者絶えず術を繰り出しているせいで、時計塔の展望台から見える景色は術同士のぶつかり合いが生む乱反射の光ばかりで目が痛い。

戦いに集中しているのか、それともデイヴィッドが防いでくれているのか、サラからこちらへ攻撃が飛んではこない。

飛んでこないのはいいけど、呪術によって発生している邪気が、じわじわとレティシエルの体を取り巻いていた。

目には見えない。でも、確実にいると本能が訴えている。

「……う」

無性に吐き気がする。ソレはレティシエルの中に入り込もうとしていた。侵入を許してはいけない。懸命に精神を強く持って邪気を締め出す。

「ドロッセル様、大丈夫ですか!?」

「ええ、平気……」

轟音《ごうおん》は途絶えることなく響き続けている。

ジークのように声を張らなければ何も聞きとれない。返事はしたけど、きっとジークには届いていないだろう。

再び閃光《せんこう》。正面から熱を孕《はら》んだ風がすさまじい勢いで吹き付けてくる。

魔術と呪術の衝突によって発生した熱余波だ。飛ばされないよう身を低くしたが、タイミングが合わずよろけた。

「ドロッセル様！」

風に足をすくわれ、体が後方へ倒される。廃墟となった時計塔の展望台に、もともとあった手すりは既に風化して存在しない。

転落すれば地面まで真っ逆さま……反射的に伸ばした手は、すんでのところでジークに捕まえられた。ちょうど、レティシエルの片足が展望台の床を見失ったときだった。

すぐさま体が前へと引き寄せられる。そのままレティシエルはジークに抱き留められるような体勢で床の縁から離された。

「……」

パラリと、先ほどまでレティシエルの足があった場所の地面がひび割れ、細かな瓦礫《がれき》の破片となって地面に向かって崩れていく。

あと少しでも遅かったら、今頃レティシエルは死んでいただろう。この高さから落ちて、魔術による防衛なしに生き残ることなど不可能だ。

「……ありがとう、助かったわ」

「いえ……間に合ってよかった」

守られることには慣れていなかった。千年前の人生のときから、レティシエルはずっと誰かを守る側の人間だった。

それが当たり前で、誇りでもあった。だから何もできずただ守護されることが、ここまで感情をやきもきさせるものだとは知らなかった。

デイヴィッドの魔術と、サラの呪術が激突して爆《は》ぜる。固唾を呑《の》んで、レティシエルはただそれを見守る。

相変わらずまとわりつくような邪気が気持ち悪いが、せめて戦いの一部始終は見ておきたい。

それにしてもなぜデイヴィッドには魔術が使えているのだろう。あれはどう見ても魔導術式だ。なぜ彼に使えてレティシエルには使えないのか。

何か術式に特殊な加工でもしてあるのかしら？　いや、でも魔術である以上燃料として魔素が必要になる部分は同じはずだし……。

「ドロッセル嬢は下がっていてください。私も加勢に行きます」

レティシエルを背後にかばうようにジークが言う。彼の顔色は先ほどからずっと良くない。

どこか無理して気を奮い立たせているような、そんな気配さえ感じる。やはり……敵の親玉が自分と見まがう瓜二つだったことはショックなのだろうか。

「大丈夫、なのかしら？」

「このままでは埒《らち》が明きません。撃退なり何なり、あの人には去ってもらわなければ……」

確かにデイヴィッドたちの戦闘状況は、少し前からずっと平行線を維持したままだ。お互い引くことのない一進一退の攻防。しかし長期戦に突入したせいか、体力面で少しずつデイヴィッドの不利が如実に現れてきている。

ジークはサラを見据えたまま一歩前に踏み出す。

その背にかばわれているせいで、レティシエルのいる場所からジークの表情を見ることはできない。

ただ漠然とした不安が、背中から滲んでいるような気がしてならないのは、本当にレティシエルの思い込みなのだろうか。

「……」

向けられ続けている視線に気づいたのだろう。サラの赤い瞳がチラとジークのほうに向く。

ジークは何も言わない。サラも何も言わない。互いに向かい合い続ける二人は、見れば見るほど双子の兄弟としか思えなくなってくる。

あらゆる術が止《や》み、風の吹き荒れる音だけがこもる廃墟《はいきょ》の展望台は、なんともいいがたい沈黙に包まれた。

ふとこの二人も、どこかに接点があったのではないかと思った。

火花を散らせるのでも、警戒心や敵愾心をむき出しにするわけでもない。二人の対峙《たいじ》はデイヴィッドのそれとは違い、ただひたすら静かだった。

「……古《いにしえ》の漆黒」

「?」

しばらくして、小さくサラの口が動いたのが見えた。

声は聞こえなかったが、口の形を読んだ感じだとそう呟《つぶや》いている。サラに張り付く靄《もや》が揺らめく。その単語に反応しているかのようなタイミングだ。

それは前に精霊から聞いたことがある名前である。しかし……今この場所で、ジークを前にして、なぜそれが口頭に上るのだろう。

「……もう少し遊んでやってもいいが、そろそろ潮時だ」

そう言ってサラは再び銀の仮面をかぶり直し、ジークそっくりのその容貌はまた仮面の下へと隠される。

「逃げるのですか?」

「逃げではない。時間の有効活用だ。これ以上お前の相手をしていても意味がない」

飽きたように言うサラの声色は、どこか煩わしそうな響きを含んでいた。

「私の陣を阻害したことは褒めてやろう。せいぜい無駄なあがきを続けるといい」

「無駄かどうかは、ご自分の目で確かめられてから言っていただきたいものですがねぇ」

デイヴィッドはまだサラを逃がそうとは思っていないらしい。会話をしながらもずっと警戒しつつ追撃の機会をうかがっている。

「サラ！」

とっさに名を呼んでいた。その声に反応して、サラがレティシエルのほうを見やる。

「……なぜ、私に質問なんてさせたの。あなたに利があるようには思えなかった」

何か特別に聞こうと思っていたことがあったわけではなかったけど、自然とレティシエルの口からその疑問がこぼれた。

「あなたの目的は何？　この世界に、本当は何を望んでいるの？」

「……」

そう問いかけてみるも、サラはこちらを見つめ返すだけで何も言わない。仮面の陰に隠されて、その顔から感情は読み取れない。

「それを今、お前に話す義理はないね、レティシエル」

そして不敵な笑みとともに背中から倒れ、そのまま展望台の縁から消えた。

わざわざ落ちてみせたのだ。慌ててレティシエルが下を覗《のぞ》き込むが、既にサラの姿はなかった。

後に残ったのは、虚空を漂うかすかな黒い靄のようなもの。まるでサラが残していった残滓のようだと、レティシエルは漠然と考えた。

「ドロッセル、無事か？」

レティシエルの横にルーカスが並ぶ。魔素の影響を受けない魔法の熟達者だった彼には、先ほどの局面でも助けられた。

「学園長、ありがとうございました」

「礼はいらん。必要なことをしたまでだからな」

その背後には服の埃《ほこり》を払いながらデイヴィッドがちょこんと立っている。横にはジークが青い顔で佇《たたず》んでいた。

レティシエルは不思議な思いでそれを眺める。まさかこの場所に、デイヴィッドがやってくるとは全くの想定外だった。

「……デイヴィッドさん」

名を呼ぶと、デイヴィッドはその真っ白で豊かな眉をこちらに向ける。相変わらず眉に隠れて目はまったく見えない。

「あなたはいったい、何者なのですか？　敵？　それとも味方？」

「……」

デイヴィッドは沈黙している。ここへ来て、なおかつサラとつながりがある以上、彼は間違いなく今回の事態に関わっているはず。

ただどういう状況なのか知りたかった。ずっと、事件の渦中にいると思っていた。いや、実際渦中にはいたのだろう。

だけどそれは思っていた以上に局地的で、今、レティシエルは完全に萱《かや》の外だ。

「あの魔法陣のことはどこまで知っているのです？　助けに入ってくれた時から、あなたは何も驚いていませんでした。最初から全部わかっていたのでは？」

「……」

「答えてはくれないのですか？　今、世界ではいったい何が起きて――……」

ゴゴゴゴ……。

レティシエルの声に覆いかぶさるように地鳴りに似た轟音が近づいてきた。

何の音なのか、考える必要もなかった。音が大きくなるにつれ、レティシエルたちの立っている床面が徐々に震動し始めている。

「……！　みなさん塔を降りましょう。崩れます！」

そう叫ぶとその場にいた誰もが状況を理解できていたようで、返事もそこそこに皆一斉に時計塔から駆け降りる。

一心不乱に階段を下っている途中にも、轟音と揺れはどんどん大きくなっていく。

ピシリと音がして壁を見てみれば、苔《こけ》むした石レンガの壁にはすでに無数のひびが走っていた。

グルグルと螺旋《らせん》階段を降りた下方に出口の光が見えた。壁のひびはカウントダウンのように縦横無尽に広がっていき、レティシエルたちの後ろを追いかけてくる。

ドォォォォン……！

そして全員が時計塔を脱出し、塔の立つ広場の中ほどまで移動したタイミングで再び轟音。今度は時計塔の建物が崩れた音だ。

あれだけ激しく戦っていたのに、良く今まで保ったものだと思う。あるいは戦闘が終わるまでサラが崩れないよう何か細工していたのかもしれない。

「……」

崩壊し、石の山と化した時計塔の残骸をレティシエルは振り返る。

おそらく先ほどサラと交戦した影響で、ただでさえ朽ちていた建物がいよいよ限界を迎えたのだろう。

背後ではルーカスとデイヴィッドの話し声が聞こえてくるが、会話の内容も思うように頭に入ってこない。

あと少しでも脱出が遅れれば、レティシエルたちはみんな仲良く瓦礫に押しつぶされていた……。

「しかしデイヴィッド、お前どうしてここまで来た。なぜ、俺たちがここにいると?」

「わかるんですよ、ルーカス殿。人より長く生きておるからね、見えてしまうものも多い。そういう血なのじゃ」

「……お前、あいつと知り合いか？　親しげ……というと語弊があるが、初対面には見えない」

「……フォッフォッ、それはもう長いお付き合いでございますよ。それこそワシが生まれたときからじゃ。あの人は――……」

唐突に言葉が途切れる。

どうしたのかとレティシエルが振り向くと、そこには胸をかきむしるように崩れ落ちようとするデイヴィッドの姿があった。

「おいどうした、デイヴィッド!?」

倒れたデイヴィッドにルーカスが駆け寄る。突然の事態にジークも混乱を隠せない様子だった。

デイヴィッドは気を失ってしまったようだった。その顔色は青く、冷や汗も浮かんでいる。

「これは……ひどい高熱だな」

白い髪と眉をかき分け、デイヴィッドの額に手を当てて眉間にシワを寄せるルーカス。

「ひとまずデイヴィッドを連れてここを離れるぞ。ここに残り続けても意味はない」

「……そうですね」

デイヴィッドを背負ってルーカスは立ち上がり、レティシエルもそう返事する。

今も廃墟を襲う揺れと崩壊は進んでいて、この場所も遠くないうちに巻き込まれてしまう。

ルーカスの後を追いかける。さらにその後ろからはジーク。難しそうな顔をして無言のままついてくる。

何か声をかけてあげたいと思うけど、気の利いた言葉は何も浮かばない。それほどの余裕も、今レティシエルの心にはさして残っていなかった。

サラのこと、魔法陣のこと、魔術のこと、デイヴィッドのことだって心配だ。いったい何から考えればいいのだろう。

崩壊する廃墟の街を、一行は沈黙を保ったまま走り抜ける。背後からは絶えず土埃《つちぼこり》を含んだ衝撃波と轟音《ごうおん》が追いかけ、建物の残骸が崩れる衝撃が地面を揺らす。

上ってくるときに通った、山肌に開いた大きな洞窟。中に入ると途端に音はくぐもり、それは移動に伴って少しずつ聞こえなくなっていく。

それでも一行は足を止めることなく洞窟を抜け、坂道を下る。

「……よし、ここまで来ればさすがにもう巻き込まれる心配はないだろ」

久々に会話が発生したのは、ノクテット山の中腹までたどり着いたときだった。詰めていた息を一気に吐き出すようにルーカスは言う。

レティシエルは来た道を振り返る。

もうカルデラの姿は何もうかがえない。後ろから来ていたジークと目が合い、なんとなくお互い謎に会釈してしまった。

「とりあえずこのまま麓まで歩く。そこから王都まで戻れば王国軍の連中とも合流できるだろう」

「ええ……」

「……」

「……大丈夫か？　お前ら」

心配そうに言うルーカス。レティシエルはジークと顔を見合わせた。

お互いがお互い、普通じゃないことは見ればわかったけど、何も言わず結局曖昧に微笑《ほほえ》み合った。

きっと今、自分たちは同じような表情をしているのだろう。

「学園長、山、下りましょう。日が暮れます」

ジークが言った。言葉に覇気がない。戦闘の時には気丈に振る舞っていた彼だけど、やはりあれは無理をしていたらしい。

「……そうだな」

何かを察したのか、ルーカスはそれ以上何も言うことはなかった。ただ背中のディヴィッドを背負い直し、そのまま静かに坂を下っていく。

その後ろにジークが続く。一瞬レティシエルと目が合って、ジークは小さく笑んだ。

〝大丈夫ですよ〟と伝えたかったのだろうか。

もしそうなのだとしたらこれほど〝大丈夫〟じゃない笑みはないと思うが、人のことを言えない自覚はある。

ジークの微笑みに、自分は今ちゃんと笑って返してあげられてたのか、自信がない。

「……」

ノクテット山の山頂を振り返る。空は曇天のまま、灰色の空をバックに中途半端に黒く染まった白い魔法陣は変わらず広がっている。

来るときと変わっていることがあるとしたら、それは廃墟《はいきょ》の崩壊によって巻き起こった風が土砂や瓦礫《がれき》を巻き上げ、空に土色を足していることくらいか。

ルーカスとジークを見失わない程度にあとをついていきながら、レティシエルはサラのことを思い出す。

レティシエルにとって魔術の師匠で、サラにとって父親だった人を助けられなかった。そのことから始まったサラの恨み。

互いに道をたがえてからもそれは消えることなく、こうして千年もの執着を経て大陸に花開いた。全ては、レティシエルを苦しめるため……。

「……サラ」

その名を口にしてみても、誰の耳にも届かずただ空気中に吸い込まれて消えていく。

先の邂逅《かいこう》。結果だけ見れば、サラはレティシエルの力……魔術を封印できたが命は取り損ない、決して少なくない情報をレティシエルに晒《さら》しただけで終わった。

（単に魔法陣が発動して、私が魔術を使えなくなるまでの時間稼ぎだったのかしら……？）

それだけでは……ないような気がする。

どこか自分語りのような空気も漂っていたあの時間は、単に時間稼ぎをするためのものには思えない。

それだけが目的なら、わざわざ自分が不利になりそうな状況を作る意味が分からない。

サラの底が見えないことが、レティシエルの不安を掻《か》き立てる。

情報を晒しても、サラは焦っていなかった。最後まで余裕綽々《しゃくしゃく》のまま、レティシエルたちの前から姿を消した。

それともレティシエルに情報を与えて、話をすること自体が、サラにとっての目的だったのだろうか？

レティシエルがそれを聞くことで、いったい何の意味があったのだろう……？

閑章　北斗七星の夜

夢を見た。久々の、懐かしい夢だ。

荒野を見渡す小高い丘の上に、三人の子供たちが薄い芝生に並んで座っている。

度重なる戦火の影響で植生の育たない不毛の地となっている場所も多い中、その丘には珍しく緑と白いクチナシの群生があった。

「お花、こんなにあるの？　とり尽くしちゃいそうでこわいよ」

持っているカゴに摘んだ花を入れながら茶髪の少女が呟《つぶや》く。かつてレティシエルとして生きていた頃の自分の、幼少期の姿。

「へいきよ。パパだっていつもこのくらいはとってきてるんだから」

逆にもう一人の少女はどこ吹く風だ。カゴ一杯になるまでクチナシの花を摘み続けている。

あれは……千年前、まだレティシエルの幼馴染《おさななじみ》だった頃のサラだ。そういえばかなり気が強い、勝ち気な女の子だったことを覚えている。

「それにそうなっちゃったらしょうがないじゃない。ぜんいんなかよくパパに怒られるだけよ」

「えぇ……なんでボクまで……」

間に挟まれた少年が嫌そうに声をあげる。

白っぽい灰色の髪で、片目に包帯を巻いて隠している。先生がかつて保護してきた、レティシエルたちと同じ年ごろの少年。

あの子の名前はなんだったか……あぁ、そうだ。リュートだ。元々は孤児で名前すらなかったけど、サラの独断でそう決まった。

「だってほんとうのことよ。リュートだって、わたしたちのお手伝いしてるんだから」

「それは……そう、なんだけど……」

「何よ、オドオドしちゃって。このお花たちはね、ケガした人たちのためのおくすりになるんだから、もっと胸をはりなさいよ。たくさん人をたすけられるのよ？」

リュートはあまり自己主張が得意な子供ではなかった。今思えば人見知り気味で、引っ込み思案だったのだと思う。

だからズバズバものを言うサラはリュートとは正反対で、サラはリュートの態度に不満をこぼすことも多かった。

今もサラはムッと眉間にシワを寄せている。この三人の中ではよくある光景だった。

「まぁまぁ、二人とも……。ぐんせい地、ほかにもあるんだよね？」

「うん、パパはそう言ってた。だからそんなにしんけいしつにならなくてもだいじょぶよ」

「だって、リュート。そう考えるとちょっと気楽でしょ？」

「う、うん……ありがと、レティちゃん」

もごもごとお礼を口にするリュート。こういうとき、いつも間に入っていたのはレティシエルか先生だった。

十分な量のクチナシをカゴ一杯に詰め、日暮れの始まりとともに幼子三人は家路につく。この周辺は比較的安全とは言え、夜はやはり危険が多い。

丘を下り、この時代では珍しかった森の中を通り抜ければ、木々に隠れるようにサラの家があった。

「おや、おかえり」

家につくと、先生が出迎えてくれた。研究明けなのだろうか、服も髪もボサボサだ。

「ただいま！　はい、パパ、お花」

「ずいぶん摘んできたね……取り尽くしたわけではないよね？」

「違うもん。ちょっとは残ってるもん」

「ちょっと……ちょっと、か。まぁ、そこは休閑地にすればいいか」

先生が娘の頭を撫《な》でている。

先生はこの森の中に隠居して魔術関連の研究をしていた。魔術の腕も高く、レティシエルにとっても尊敬できる良き師であった。

「ありがとうね、サラ。リュートとレティシエルも」

「い、いえ……ボクなんて、たいしたことは、してないです」

「リュートは真面目だね。でも夕暮れなのにレティシエルがまだいるということは……今日は泊まるのかい？」

「はい。お父さまから許しはもらっています」

一国の王女であったレティシエルは、基本的に日暮れ前に城からの迎えとともに帰城していた。

だけど時たま、父王の許可が下りたときだけ先生の家に泊まることもあった。先生も慣れた様子で、そうか、いらっしゃい、と言ってくれる。

先生はよそから流れ着いてきた人だと聞いている。ここへ来る以前に何をしていたのかは知らない。

でもそれなりに偉い人だったのではないかと思う。だってレティシエルは、父王が先生と旧知の仲だった縁でこの人のもとで魔術を学んでいた。

国王ともご縁がある隠居研究者なんて、今思うとただ者ではあり得ない。

先生のことを思い出すと、最後には決まって一つの疑問にたどり着く。そうしてぼんやりと考え込むのだけど、その問いに結論が出ることはない。

――先生、あなたはなぜ死ななくてはならなかったのですか？　あなたはいったい、何者だったのでしょう？

「あ、パパまたてきとうなごはん食べてる！」

厨房《ちゆうぼう》の竈《かまど》の中を覗《のぞ》き込んだサラが、先生を振り返って目を吊《つ》り上げている。

「ちゃんとからだのためにも、ごはんはバランスよく食べてって言ってるのに！」

「あぁ……ごめんね。研究がはかどってしまって、つい食事は後回しになってしまうんだ」

「いっつもパパはそう言うじゃない！　ちゃんと食べないとけんきゅうだってうまくいかないよ。そうでしょ？　リュート」

「う、うん。そう、かも……？」

「ちょっとリュート！　そこはウソでももっと自信もって言ってよ！　これじゃぜんぜんパパにひびかないじゃない」

「ご、ごめん……」

　リュートはサラに対して強く出られない。彼はサラの父親……レティシエルにとって魔術の先生に拾われてきたみなしごだからだ。

　元は大陸の西側の出身だと聞いたことがある。

　リジェネローゼの王国の国土よりも、もう少し西の未開の地。特異な体質を持ったために、故郷を追われてしまったとか。

「ごめんね、サラ。私が悪かったよ。怒らないで？」

「フンッ。もうごはんつくってくる！」

「また怒らせちゃったな……。そうだ、リュート。目を視《み》てもいいかい？」

「あ、はい、おねがいします……」

目を隠すために巻かれた包帯をリュートはほどく。その下から、深い血の色の瞳が姿を現す。

この赤い目が、先生がリュートを拾った理由だったと思う。拾われたばかりの頃、リュートは頻繁に発作のようなものを起こしていた。

体中が刺すように痛んだり、目が破裂しそうなほど強い痛みやうずき。時には何かにとり憑《つ》かれたように錯乱することもあった。

先生はその看病と治療に尽力して、彼の発作の原因が、彼の赤い目にあることを突き止めたのだ。

「今日一日、目の具合は？」

「よかったと、おもいます。痛くなることもありませんでしたし、変な声も、ぜんぜん……」

「そっか、とりあえず発作は起きてないみたいだね。この調子でもう少し様子を見ようか。レティシエル、研究室からいつもの薬液を持ってきてくれない？」

「はい、わかりました」

先生がリュートの目の包帯をまき直し、過去の自分が奥の部屋へと走っていくのを見送る。

――リュートの目も、赤かった。

今の自分《ドロッセル》の眼孔にも、リュートと同じ赤色の瞳が収まっている。リュートの身に起きていたことが、形を変えてこの身に降りかかっている。

これはただの偶然なのだろうか。いや……そうとは思えない。

だって共通していることが多すぎる。百歩譲って偶然だったとしても、これだけ偶然が集まればもはや必然だ。

——そういえばリュートはあの火事以降どうしたのだろう。

レティシエルは直後にサラとは絶交状態に陥ったから、庇護者《ひごしゃ》を失った彼のその後を知らない。

ただサラとともに行方をくらましたことだけは知っている。先生の死からしばらくしても、サラは家の焼け跡の周辺で暮らし続けていた。

しかしあるとき、サラはそこからいなくなった。リュートはサラと行動を共にしていた。だからその時も一緒に姿を消した。

「……わたし、いつか先生のような、りっぱなまじゅつ使いになりたいです」

瞬く間に情景が変わった。窓の外はすでに夜だった。

たくさんの書架と書物に囲まれて、幼いレティシエルが部屋の中に立っている。この風景にも覚えがある。先生の書斎だった部屋だ。

「私はただの罪深い研究者だよ。魔術使いなんて、立派なものではない」

椅子に座っていた先生は首を横に振る。オレンジ色のろうそくの光に照らされたその横顔は自虐的で、悲しげに見えた。

レティシエルにとって、先生はずっと憧憬の対象だった。今の言葉にだって嘘《うそ》はない。だけどレティシエルがこうして憧れを口に出すと、先生はいつもそう否定する。いつも決まって、とても苦しそうな顔をする。

だからいつからかレティシエルは憧憬を言葉にすることをやめた。心の内で思っているだけであれば、誰も傷つけることはないのだから。

「いいかい、レティシエル。魔術は諸刃《もろは》の剣《つるぎ》だ。決して溺れてはいけない。あれは本来、人間の手には余るものだ。使い方を見誤ってはいけないよ。わかるね？」

「はい、先生……」

そしていつも、否定のあとに先生はそう続けていた。

小さい子供に言い聞かせるように、あるいは呪文を唱えるように、毎回毎回、同じ言葉をかける。

まるで、自身は魔術が嫌いかのようなその言葉は、レティシエルの記憶にも深く残り続けた。

嫌いなら……なぜ先生は終生魔術の研究に没頭し続けてきたのだろう。捨てる選択だってあったはずなのに、それをしなかった。

理由は今も、わからないまま。どうして先生は魔術使い……魔術師を嫌い、魔術を嫌い続けたのか。

そうなるだけの事情が過去にあったのだろうか。ちょうど、サラが父親を失ったことを契機にレティシエルを恨み、魔術を呪ったように。

「ねえ、見て。おほしさまよ！」

再び場面が切り替わる。今度は夜の寝室。サラが窓の外に広がる夜空を指差し歓声をあげていた。

先生の家にお泊りするとき、レティシエルはいつもサラの部屋で寝させてもらっていた。二人並んでベッドから空を見上げている。

「きれい……ねえ、サラ。きょうはなんの星座がみえているの？」

「えっとね……あ、アレとか」

「どれ？」

「ほらあそこ。おほしさまが七こつながってるでしょ？」

天文にはレティシエルは疎かったが、サラは逆に詳しかった。先生の書斎には星に関する本も多く、それに触れて育ったからだろう。

「あれね、ホクトシチセイって言うんだって。この前パパのほしの本に書いてあったわ！」

「ホクトシチセイ……なんだか杓《しゃく》みたいなかたちだね」

「そうよ。あれはおねがいごとをすくい上げてくれる、まほうの杓なの」

「まほうの杓？」

「七このおほしさまに誓いをたてて、それをぜんぶ果たすとホクトシチセイが一回だけおねがいをかなえてくれるの。そういうおとぎ話。ステキでしょ？」

「へぇ……」

　サラの星の談義を聞くことが、レティシエルは嫌いではなかった。知らないことを知るのは、純粋に楽しいことだった。

「じゃあサラは、もしおほしさまにおねがいするならなんて言う？」

「うーん……わかんない。それにチャンス一回だけだもん。気軽につかったらもったいない」

「あぁ……それもそうだよね」

「あ、なら代わりに二人でやくそくごとしない？　今ならホクトシチセイが証人になってくれるよ！」

「……ホクトシチセイは人じゃないよ？」

「そんなこまかいことはいいの！」

　もうすっかりサラは約束事をする気満々でいる。思えば昔から一度こうと決めたらテコでも動かない性分だった……。

「じゃあ——……」

　サラの口が動く。明かりのない夜闇の中、それがどんな言葉を形作っているのかはわからない。不思議とそのときだけ、夢の中は静かな沈黙に満たされていた。

「やくそくだよ、レティ！」

「うん、やくそく」

——やくそく。

自分の声を聴いたような気がして、真っ暗な夜闇の中レティシエルは目を覚ます。

あのとき、サラはなんと言っていただろう。レティシエルは、なんの約束を結んだのだろう。

思い出せない……でも、思い出しても仕方ないように思える。だってその約束は、千年の時をかけてもなお、果たされることはないのだから。

二章　太陽の魔法陣

その日、アストレア大陸全体に衝撃が走った。

大陸の各地より謎の漆黒の光柱が立ち上り、それによって濃灰色の空に刻まれる謎の巨大魔法陣。

魔素の本質そのものを書き換え、消滅させるための魔法陣。誰しもが空を振り仰ぎ、その光景を愕然《がくぜん》と見つめていた。

異変は間もなくやってきた。

体調不良を訴え、突然昏倒《こんとう》してしまう人々が現れ、各地に散らばった聖遺物が一斉に暴発。空からは黒い雪のような粉が舞い落ち、世界を黒く染めていく。

世界は混乱に包まれた。パニックを起こす者、終末を予見して絶望する者、諦める者、安全な場所を求めて移動を試みる者。

各国の国境には逃げようとする人々が殺到し、ほどなくして封鎖された。

暗雲が空を覆い隠し、得体の知れない黒い粒子が漂いながら静かに空気を蝕《むしば》む。この先何がこの世界に起きようとしているのか、それを知る者はまだいない。

＊＊＊

プラティナ王国王都ニルヴァーンにあるルクレッツィア学園のエントランスホールは静まり返っていた。

その静かなホールにレティシエルは一人立っている。あの日、ノクテット山から下りたのち王国軍と合流し、そのまま王都まで引き揚げてきたのが数日前の話だ。

大陸全土を巻き込んだ今回の非常事態に、イーリス帝国との間に起きていた戦は停戦へと持ち込まれた。

確かにこれでは戦争どころではないだろう。各地では混乱が不安を呼び、中には暴動にまで発展する地もあったという。

ずっと休校になっているせいで無人の廊下を歩き、別館の大図書室の前までやってくる。今日レティシエルがここへ来ているのは対策会議に参加するため。

王城ではなくわざわざこの学園で開くのは、デイヴィッドがこの場所より移動することをかたくなに拒んだから。なんでも例の魔法陣の進行を食い止めるための術の中心地がこの場所だからだとか。

「失礼します」

ノックもそこそこに扉を開けると、すでに会議の参加者たちは勢ぞろいしていた。ルーカス、エーデルハルト、デイヴィッド、そのほか数名の上級官僚と貴族たち。なんなら会議自体はもう始まっているのか、すでに様々な会話が聞こえてきている。

レティシエルの知人である三人はそうでもないが、他の者たちの顔色は一様に悪かった。不安のせいかしきりに足を鳴らしたり、落ち着きなげに辺りをうろついている人もいる。まぁ、無理もないか。

国王であるオズワルドの姿は見えず、代わりにライオネルの姿がある。帝国との戦の前から床に伏している国王は、今でもベッドから起き上がることもできないほど病状が重いと聞く。

だから現時点では第二王子ライオネルが国の統治を担っており、この会議に参加しているのも国王代理としてなのだろう。

「来たか、ドロッセル」

目ざとくレティシエルの姿を見つけたのは、壁にもたれかかって腕組をしているルーカス。手招きされるまま、レティシエルは彼の傍《そば》まで移動する。

「遅刻だったでしょうか？」

「遅刻しても問題はないさ。現状が不安な連中が集まって感情をぶつけ合ってるだけだからな」

そう言ってルーカスは部屋の中央のあたりを一瞥《いちべつ》する。

大図書室の中心に密集している読書用のテーブルと椅子は撤去されており、大勢の人間が入れるよう広い空間が確保されている。

「いったい今、この国で何が起きてるんだ！　あの空の魔法陣はなんだ!?」

「うちの領の民が、空から降ってくるあの黒い靄《もや》に触れて倒れたんだぞ？　これが呪いでなければなんなんだというんだ！」

「このまま人がどんどん流れていっては私の領が立ち行かんぞ。はっきりとご説明くださいませんか、殿下！」

そこに集まった群臣たちが各々議論を繰り広げている。いや、議論というより言い争いというほうが近いような口調だ。

静観を決め込んでいる様子のライオネルの代わりに、エーデルハルトが彼らの間をうまく取り持って雰囲気を調整しているのが見えた。

「この会議……なぜわざわざ開くことになったのでしょう」

「群臣からの強い直訴があったらしい。現状何が起きているのか、何も説明がないのは民を軽視している、だとさ」

傍《はた》から見れば、あまり会議としての機能を十分に働かせられてないように思うのだけど……とは口に出さないでおいた。

千年前でも王家と市井の持つ知識レベルは差があったし、何か特殊な事態など発生したときには王家が民に直接事情説明を行っていた。

それは互いに互いの意見をぶつけ合いながらも、どこかで理解できる部分を拾い出して折衷し、お互いに理解・納得させるための過程だった。

でも、ここではその過程がない。群臣たちはただ、己が言いたいことだけを好き勝手に言っているにすぎないように見えた。

「ただ政務を司《つかさど》る王城でこれをやられては政が滞るからうちが使われてるんだ。どのみち学園は今休学になって、どこもかしこもガラ空きで使い放題だからな」

「なるほど。使い放題とは言い得て妙ですね……」

「群衆の不安を吐き出させて、落ち着かせるための建前に会議の名目を使ってるだけだし、まぁ、妥当な判断だろうよ」

確かに言われてみれば、先ほどから会議の様子を静観しているライオネルはつまらなそうな顔をしている。

彼自身、具体的に得られるものは何もない不毛の時間とわかった上で、臣下たちの要望に応えてこの会議の開催を容認したのだろう。

会議だと聞いていたからてっきり根掘り葉掘り情報を聞かれるかと思っていたが、誰もレティシエルたちのところへやってくる気配はなかった。

どうやらルーカス曰《いわ》く、レティシエルらがノクテット山でサラと遭遇したことは緘口令《かんこうれい》のおかげで秘されているらしい。

『私は君たちの存在に期待している。今この国、いや、世界でこの事態を打開できるのは君たちだけだろう。それなのに下手に情報を流布して、私を含む無知の群衆の相手をさせるのは生産性が良くない。君たちはただ、現状に集中していればいい』

緘口令を敷いた張本人であるライオネルはそんなことを言っていたという。

イーリス帝国との戦争で共に戦ったときから、かなり実利的な人だとは思っていたが、なんとも彼らしいセリフだ。自分のことすら無知と言い切るなんて……。

ぼんやりと会議の様子を傍観しているうちに、だんだん彼らが抱いている不安のパターンが把握できるようになってきた。

一つ、突如空に出現した謎の北斗七星の陣。あれがどういう効果を催すのかがわからず、天が落ちてくるのではないか、太陽が消滅したのではないか、など大自然の災害的事件を案じているパターン。

二つ、北斗七星の陣が出現して以降、各地で従来には確認されたこともない事象が多く報告されていること。

それによって人身に被害を受けていることについて、国家の行く末を不安視しているパターン。大まかに分けてこの二グループがあるらしい。

他に避難や亡命による人口流動で己の財産を維持できなくなることを心配する貴族もいたが、この二つと比べれば些事《さじ》にすぎない。

実際、全くの健康体だった人が急に気を失ったり、各地の聖遺物が同時に暴発したことによる被害などが、ここ数日王都内だけでも数十件は報告されている。

前者は思うに、魔素の消滅に伴う影響だ。魔素を扱う術は失っても、人はずっと魔素がある前提で生きてきた。その魔素が消えたことによる変化に肉体がついていけていないのだろう。

後者は……手持ちの情報ではパッと理屈がわからない。あのときサラに聞けばよかったなと、今になって若干後悔のような気持ちを抱いた。

かつて精霊から聞いた話では、彼らは太古の昔に何かとてつもなく危険なモノを聖遺物に封印した。それがレティシエルも度々戦った黒い霧の怪物で、その怪物たちが相互に影響し合ってることが確認できただけだ。

（……もしかしてサラが言っていた『古《いにしえ》の漆黒』とも何か関係しているんじゃ……）

あの場ではその名前一つしか聞き出せなかったけど、なんとなくこれこそ今回の出来事諸々《もろもろ》に関わる重要な手掛かりになるような気がする。

「ドロッセル、いったん出るぞ」

グルグルと物思いにふけっていたところ、トントンと肩を叩《たた》かれて我に返った。ルーカスだ。

「いいんですか？　まだ来たばかりですし、会議もお開きではありませんけど」

「この状況だぞ。これ以上話が進むと思うか？」

会議に集った面々の様子を観察する。先ほどから色々な声が飛び交いすぎて、誰が何を話しているのか全く把握できない。

みな不安が限界を迎えているのだろう。とても冷静に対策を話し合える雰囲気ではない。もう少し落ち着くのを待ったほうが良さそうなのは明白だ。

「……しばらくは何も動かないでしょうね」

それに彼らに事態の説明をすることも至難の業に違いない。そもそも魔素や魔術、呪術のことなどわかっていないと状況把握は難しいし、他にも転生やら精霊やら理解しなければいけない事柄が多すぎる。

説明必須の事項を色々と脳内で羅列してみて、これをゼロから説明できる自信は自分にはないな……、とレティシエルはぼんやり思った。

「ライオネル殿下から途中退出の許可はもらってる。この場は殿下たちに任せよう。ひとまず学園長室に行こうか。あそこなら腰を据えて話し合える」

「デイヴィッドさん、話してくれそうですか？」

「本人はそのつもりらしいから心配ないんじゃないか？　ともかく、まずは移動だ」

大きな音をたてないよう、扉を開けて大図書室から出る。再び扉が閉まれば、中で行われているであろう議論の声は全く聞こえなくなった。

ルーカスのあとをついて学園長室に向かう。大図書室と同じく別館にあるので、移動時間はさほどかからない。人気《ひとけ》のない廊下を通って目的地に着くと、すでに先客がいた。

「おぉ、ドロッセル嬢、来られましたか」

背の高い椅子にぬいぐるみのように座っていたデイヴィッドは、レティシエルの姿を認めるとフルフルと小さくひげを揺らした。

学園長室にはデイヴィッドと、今来たレティシエルとルーカス以外の者の姿は見当たらない。ルーカスが引いてくれた会議机の椅子に座り、レティシエルはデイヴィッドと向かい合う。

「さてと……何からお話しするべきかのう」

長く白いひげを撫《な》でながらデイヴィッドはしばらく考え込んだ。レティシエルらも特に急《せ》かしたりはしない。やがてデイヴィッドはひげを撫でるのをやめ、何を思ったのかペコリと頭を深々と下げた。

「まずは謝罪をさせておくれ。いずれドロッセル嬢にはワシの知ることを全て話そうとしておったのじゃが、事が起こってからとなってしまった。すまないのう」

「え、いえ、謝罪なんていいですよ。デイヴィッドさんは何も悪いことはありませんから」

さすがに急に謝られるとは予想していなくて、レティシエルは驚いてかぶりを振った。デイヴィッドにだって己の事情はあっただろうし、サラの目を警戒して話せなかった可能性だってある。未来を知ることなんて誰にもできないのだから、責めようなんてつもりは毛頭ない。

「それで、ドロッセル嬢はどこから聞きたいかね？」

「……」

そう言われると答えに迷う。何せ聞きたいことだらけなのだ。こちらも何から質問したらいいのか悩む。

「……デイヴィッドさんはあの子……サラのことをよく知っていそうな様子でしたけど」

「そうじゃな。あの人は、あれでも一応ワシの母親じゃからのう」

「……はい？」

さらりと初手から想定外の返答。思わずレティシエルはポカンと呆《ほう》けてしまった。同席しているルーカスも明らかに困惑顔だ。

「は、母親ってどういう……」

「うぬ。ドロッセル嬢、あの人が延々と太古より転生を繰り返してきたことは知っておろう」

「ええ、本人がそう言っていましたし……」

「四百年ほど前かのう。当時のあの人の転生体は女人であった。その人生を生きていたとき、あの人はワシをこの世に産み落とした」

「……」

四百年とは、また随分と長い年月だ。その当時は……確か聖ルクレツィアがこの場所にルクレツィア学園の前身となる孤児院を作った頃か。

「なぁ、デイヴィッド。疑うわけではないが……人間は四百年も生きられんぞ。お前、いくつなんだ？」

「フォッフォッ、そのまま四百歳ですぞ、ルーカス殿」

思いっきり怪訝《けげん》そうに眉間にシワを寄せるルーカスに、何でもない様子でデイヴィッドは答える。嘘《うそ》を言っているようには見えない。

「ワシは普通の人間ではないのでのう。いつ死ぬのかと考えているうちに四百まで生きておった」

「デイヴィッドさん、あなたは……何者ですか？」

「……」

そうレティシエルが聞くと、デイヴィッドは少しだけうつむいた。

「そうじゃのう……人間と精霊の間に生まれた、どっちつかずの半端者といったところかのう」

「人間と精霊の間って……」

ハーフ、ということだろうか。しかしこの二種族の間で子供が生まれるなど聞いたことがない。

むしろ精霊と人間は体の作りが異なるから一緒になっても子が誕生することはない、というのが千年前では常識だったはず……この千年で体質の変化でもあったのか？

「そんなこと、可能なんですか……？」

「現にワシがいるのだから、まぁ……そういうことなのじゃろう」

ふと、かつてツバルから聞いた、聖ルクレツィアを主役に見立てた童話のことを思い出した。天使と人間の女性が恋に落ちてしまうという、王道の悲恋物語。

しかし探究者の一族であるツバルの家に伝わる話では、天使は己の思いを告げることなく去り、女性は純潔を保ったまま天使の子を産み落とす展開になっていた。

(……その天使の子というのは、もしかしてデイヴィッドさんのことかしら?)

天使が闇の精霊、女性が聖ルクレツィア……四百年前のサラだと考えると、そうとしか思えなかった。

なんとなくデイヴィッドにそれを聞いてみたい気持ちはあった。しかし今、それはきっと重要なことではない。レティシエルは話を続けることにした。

「つまり、あの子は千年前の私の幼馴染《おさななじみ》の少女であり、六百年前に盲目王を生み出し呪術を開発した男であり、四百年前にデイヴィッドさんを産んだ聖ルクレツィアでもあると?」

「転生先の器は、人種性別共々ランダムらしいからのう。そういうことじゃな」

「……混乱してきたわ」

状況の複雑さ加減に、思わずこめかみを押さえた。

一回の転生しか経験していないレティシエルと違い、サラは絶え間なくこの大陸で転生を繰り返してきた。つまり千年の歴史をたどれば、様々な姿のサラが確認できるということだ。

数えきれないほどの人生があっただろうし、今あげたもののほかにも、無名のまま歴史の渦の中に消えていったものも、きっと少なくない。

ただ唯一、ゆるぎなく判明していることはある。それはこの千年の間、世界の転換点となった出来事の中心には、常にサラの転生体がいたということ。

時を超え、姿を変え、アストレア大陸の歴史の陰で、ひっそりと罠《わな》を張り続けていた。

「それほどまでに長い計画だったのね、あの子の……あの魔法陣は」

「そうじゃ。その計画の一端を知って、ワシは止めようとした。直感で、達成させてはいけない計画だと思った。人類という種にも、どんな影響を及ぼすのか想像もできんからな」

「……だから、あの子はあなたを消しておくべきだったと、そう話していたんですね」

サラの野望を知って、止めようとして、でもしくじって逃げて、今ここにいる。

そう言ってデイヴィッドはカラッとした笑みを浮かべた。長く豊かな白い眉とひげは、その奥に潜む本当の表情を隠している。

「そもそも、あの謎の陣はなんなんだ？　どうしてアレで魔素を消すなんて芸当ができる」

横からルーカスの問いが飛ぶ。彼としては、それが一番の謎で解明したいことなのだろう。レティシエルもデイヴィッドに視線を戻す。

「ルーカス殿も見ておられただろう。あの陣の個々の点を支えていた黒い光の柱を」

「おぉ、あったな」

「あの子はあれを〝魂柱《たまばしら》〟と、そう呼んでいたわ」

「ええ、まさしくあれは魂の柱じゃ。あの柱一本一本に、闇の精霊の魂が楔《くさび》として使われている。あれは、人柱なのじゃよ」

「や、闇の精霊の……魂？」

予想外の一言だ。まさかあの黒い柱が精霊の魂だなんて誰が予測できよう。

しかし魂を楔として使ったと、言うのは簡単だけどいったいどうやったのか。闇の精霊たちは精霊界から追放されたのち姿をくらました。デイヴィッドの話によれば彼らはその後サラの手に落ちたのだろう。

そうだとしても魂を楔に転用することが容易なことだとは思わない。そもそも魂を使った魔法陣なら、闇の精霊たちの肉体はどこにあるというのか。

「のう、ドロッセル嬢。闇属性の精霊について、精霊側からはどこまで聞いておる？」

「……転生を繰り返して、その個体数は常に１０９体を保ち、四百年ほど前に他属性の精霊を虐殺して、精霊界から追放された」

「そこまで存じているなら話は早いのう」

それからデイヴィッドは語った。闇精霊という種族は特殊な者たちで、他の精霊たちと異なり唯一出生が謎に包まれている。

彼らの本体は魂の石である黒い玉石。寿命を全うした後、一度肉体を解体して石だけとなり、その石を軸に新しい肉体を再構築することで転生を繰り返す。

その再構築の過程に横槍《よこやり》を入れ、転生に使われるべきエネルギーを玉石内部に封印することで彼らの肉体を奪い、エネルギー体として利用する方法をサラは確立させたのだという。

（精霊界を追放されたのち、闇精霊たちはどこへ行ったのかと不思議に思っていたけど……）

おそらく彼らは追放から間もなく、魂の石を求めたサラによって一人残らず黒い玉石に封じられてしまったのだろう。そう考えると不憫《ふびん》に思えてならなかった。

「闇精霊の力を閉じ込めた黒い石……見たことはあったと思うわ」

かつてルクレツィア学園のミュージアムで。

旧フィリアレギス公爵領での反乱の際に、聖レティシエル教の拠点から運び出され、一時期ミュージアムに保管されていた黒い宝玉があった。

それは後にミュージアムが襲撃されたときに持ち出されているが、あの石を目にしたときに感じた、石の向こうにいる誰かに引き寄せられるような感覚。

今でもよく覚えている。もしあの黒玉が闇精霊の魂の石だというなら、あのときレティシエルが引き寄せられたのは、その石の中に眠る名もなき闇精霊の魂だったのだろうか。

「そんな具合に、闇の精霊は特殊な種族でのう。これは又聞きではあるのだが、闇の精霊たちは共に玉石を核にしているせいか、一体が洗脳を受けるか暴走すると、他の個体までその影響を受けてしまうらしい」

「……なら、かつて闇の精霊たちが他の精霊たちを一斉に裏切ったのは、彼らの中に洗脳か何かされた個体が現れたから、ということかしら」

確かティーナとディトの父精霊からの情報では、精霊族を裏切った筆頭は闇の精霊王……正確には精霊王に匹敵する力を持った、一族のリーダー的個体だったという。

闇の精霊一族がそういう仕組みでつながっているのだとしたら、確かにリーダーが暴走したら他の者も引きずられてその凶行に加担してしまうだろう。

そう考えると、大陸各地で確認されている聖遺物の一斉暴走は、この闇精霊族の相互影響と状況が似ている気がする。黒い霧が闇の精霊と関係しているのだとしたらあり得る話だ。

「……そうじゃ。それはワシの父親に当たる存在じゃ」

「え……でも、闇の精霊には生殖能力はないと以前聞いたことが……」

「うむ、生殖能力は確かにない。ワシは、あの人が己の血と、闇の精霊の核の一部を融合させて作った、人工の存在じゃよ」

「融合……あの子は人間も作り出せるというの？」

「それを可能にしてしまうのじゃよ、呪術というものは」

あれはこの世に生み出されてはならない力だったと、そう言ってデイヴィッドは黙り込んだ。

レティシエルも何を言ったらいいかわからない。話を聞けば聞くほど、レティシエルは自分が本当の意味では何もわかっていなかったのだと痛感するばかりだった。

ずっと思ってはいた。白の結社が姿を見せ始めた辺りからずっと。いくら事件の謎を紐《ひも》解《と》いてもちっとも底が見えてこない、と。

見えなくて当然だ。だって千年もの時があったのだから。その間にも数えきれない出来事が複雑に絡み合って積み上がってきた。それを解きほぐすために、どこまで過去を遡らなければいけないのだろう。

　重たい沈黙。それを破ってくれたのは、横でずっと眉間にシワを寄せて聴いていたルーカスだった。

「とりあえず……なんだか込み入った仕組みがありそうだってことはわかった。精霊の件《くだり》は、正直俺には何が何だかだがな」

「フォッフォッ、すまんのう、ルーカス殿。話を戻そうか。どこまで話したかね？」

「精霊の話より前のことだろ？　確か……あの魔法陣のことだ。あれでなぜ魔素が消せる？」

「おぉ、そうじゃったな」

　もともとルーカスを含めて、今の世に住む人間にとって精霊族はそもそもおとぎ話の中の存在だ。それ関連でいろいろ言われてもパッと呑《の》み込めるわけもない。デイヴィッドが笑った。

「とはいえ、あの魔法陣が魔素を打ち消す仕組みについては、ワシも完全に理解しているとは言えんのじゃ」

「そうなのですか？」

「うむ。おそらく魂柱《たまばしら》として使われている闇の精霊の力が、魔素変質の過程に関わっておる。あとはあの人に憑《つ》いている黒い影……『古《いにしえ》の漆黒』も一枚噛《か》んでいることまではワシにもわかっている」

「古の、漆黒……」

サラがあの時計塔の廃墟《はいきょ》で漏らしていた名前だ。

「なんだか、闇の精霊と関わりがありそうな名称ですね」

「いや、どちらかというと聖遺物との関係のほうが深いと聞くぞ?」

「……? ということは、聖遺物に封じられている黒い霧の怪物と、闇の精霊の魂柱《たまばしら》はまた別物なのでしょうか?」

「そうだったはずじゃ」

「……まだ何かあるのかよ」

げんなりした様子でルーカスが言う。レティシエルも同じ感想だった。一個謎が解けてもすぐ別の謎が立ちはだかる。もう永遠に底につかないのではないかと、そんな気さえしてきた。

もうこの際、闇の精霊のことも怪物のことも、洗いざらい精霊側に問い詰めてみたほうが良いのでは? こちらから連絡できる手段はないから、今度向こうから人が来たときまで待たなければ。

「……その、サラに憑いている『古の漆黒』のことで、何かわかることはありますか?」

精霊を問い詰める前に、デイヴィッドにも念のため話を聞いてみることにする。

レティシエルが知っているのは幼馴染だった頃のサラだけ。少なくともこの千年を経て変わった彼女については、レティシエルより彼のほうが長く見てきたはず。

「むぅ……ワシもあの影のことはなんとも……『古の漆黒』のことを誰かに知られることを、あの人はひと際恐れておったから……」

大変曖昧な答えが返ってきた。ダメもとで聞いたようなものだから別にガッカリはしないけど、よほどサラにとって重要な存在らしい、その『古の漆黒』とやらは。

「だた千年前からずっと憑いている腐れ縁のような奴《やつ》だと、あの人は話しておったのう」

「千年前……そんなに昔から？」

そうすると、レティシエルがまだレティシエルだった千年戦争の時代から、サラはあの『古の漆黒』と一緒にいることになるが……。

先生が亡くなって道をたがえ、最期の謁見の間でレティシエルを転生させるまでの間に憑いたのか、それともレティシエルが死んだあとのことなのか。

「それとあの影、なんでもかつてスフィリア地方のいずこかに封印されていたとも聞いたのう」

「え、スフィリア地方に？」

「千年も共にあるのであれば、封印が解かれたのは千年前のことであろうがのう」

思わずルーカスを見る。彼も難しげに眉をひそめている。スフィリア戦争を経験している当事者なのだ。その名に反応するのは当然だろう。

「……てことはなんだ？　スフィリアで起きたあの戦争も、結社の連中にとっては起こるべくして起こったものだっていうのか？」

「あの子は……サラは言っていました。あの魔法陣の中心は、スフィリア地方に打ち込んだポイントだと」

「闇の精霊と同じく、その『古の漆黒』も陣の重要なキーであったから、そいつにゆかりある地を中心に選んだとしても、不思議ではないさね」

「……クソッ」

舌打ちをするルーカス。たとえ結社にとっては、欲しい土地を得るためだけの戦であっても、こちらからすれば大きな被害を受けた出来事に変わりないのだ。

ましてやルーカスはその戦で兵を率い、生死をさまようこともありながら戦い抜いたのだ。こんな話を聞いて、気分いいはずがない。

「でも今の陣は不完全なのですよね？　サラは、デイヴィッドさんが何かしたと言っていたけど……」

「そうじゃな……確かに、陣の発動を妨げているのはワシの発動した術じゃ」

レティシエルの問いかけにデイヴィッドは頷《うなず》く。そして懐をガサゴソと探ったかと思えば、おもむろに一枚の紙を取り出した。

「……？　あの、これは？」

差し出されたので受け取り、中を見てみた。そこには太陽のような形のカラフルな図形が描かれている。

その太陽の模様は複数の図形によって緻密に組み上げられており、カラフルだったのは個々の図形ごとに色が違うためだった。これだけ見ても何がなんだかさっぱりだ。

「それが、ワシがあの人の陣の効果を阻害するために組んだ、もう一つの魔法陣じゃ」

まぁ、それを図面に写し取ったものだけど、とデイヴィッドは付け足す。

「その節は、ドロッセル嬢にも世話になりましたのう」

「？　なんのことです？」

世話になった？　この太陽の魔法陣のことで？　ちょっと心当たりがないのだが……。

「ほれ、あれじゃよ。ドゥーニクスの遺産」

「……あ」

それは覚えがある。かなり前のことではあるけど、あるオルゴールを手に入れたことがあった。

少し古めかしく、底の部分に不思議な図形が描かれていた。あれは確か知り合いだった行商人からの意見で、鑑定のためデイヴィッドに預けていたはず。

「でも、それとこの魔法陣がどう関係するのです？」

しかしオルゴールと魔法陣がどうつながるのだろう。オルゴールにも図形はあったけど、まさかその図形と何か関わりでもあるのかしら。

「ドロッセル嬢はご存知と思いますが、ドゥーニクスの遺産にはどこかに必ず色のついた図形が彫り込まれておる」

テーブルの上に広げられた太陽の魔法陣の模写図、それを見つめながらデイヴィッドが語る。レティシエルは頷いた。

「それは、ただの図形ではありません。目くらましなのじゃ」

「目くらまし？」

「そこに織り込まれた術式の断片を、カモフラージュするための措置じゃ」

「断片……」

もう一度太陽の魔法陣の模写図を観察する。太陽を描き出しているのは無数の色を持ったたくさんの図形。そう、この魔法陣は、複数の形の寄せ集めで出来上がっている。

「……もしかして、太陽の魔法陣を構成しているこのカラフルな図形は、もとは全部……？」

「うむ。各々バラバラの物に分割して刻印し、それをワシが集め、切り張りし、この形に再構築したものじゃよ」

簡単に言うけど、パッと見た感じだけでも太陽を構成している図形の数は百を下らない。デイヴィッドの話に沿って考えれば、これらと同じ数だけ、レティシエルが出会ったオルゴールのようなものがあるということ。一か所に集めるだけでも相当な手間ではないだろうか。

それに、どんな物体に術式断片を刻んでいたかはわからないけど、日常用具などが選ばれていたのならさらに探し出すことも困難を伴う。

「どうして、ここまで細切れにしなければならなかったのでしょう？　万一のことを考えて分割したのだとは思いますけど、それにしても多いのでは？」

「……いいえ。ほんのわずかでも、あの人に勘付かれる可能性を残さないようにするためですよ」

フルフルと首を横に振りながら、デイヴィッドは長くため息をついた。

「あの人は……長年魔術や呪術の沼に浸《つ》かっていた影響か、術式の発動や気配に対して異様に敏感なのじゃ。ましてやこれは、あの人の計画を阻むための物。極限まで気配を消し、発動させるその日まで存在を秘匿する必要があった」

「……そう、でしたの」

「だからあの男……ドゥーニクスが術式を切り分け、姿形もバラバラの品々の中に封じ、それを各地を渡り歩いて秘蔵してきた」

「！」

ドゥーニクス。これまで何度も聞いてきた吟遊詩人の名前。まさかここでも耳にすることになるなんて。

なるほどドゥーニクスが吟遊詩人として各地を渡り歩いていたのは、このドゥーニクスの遺産を分散させる裏目的のためだったのか。彼はデイヴィッドと、志を同じくする同志だった。

「デイヴィッドさんは、その旅には随行しなかったのですね」

「その間、ワシは術式の完成の研究を続けることになっておったからのう。あやつがこの太陽の構想を持ち込んできた段階では、魔法陣の本体は出来上がっておったが、発動するための『鍵』は未完成じゃったからなぁ」

「え、この魔法陣の構想は、ドゥーニクスさんがお一人で……？」

「うにゃ」

カラフルな太陽に目を落とす。そこにどんな術式が刻まれているのか、レティシエルにはさっぱりわからない。いったいどういう仕組みで動いていて、どうやってサラの北斗七星陣を止めているのだろう。

それについては、どうも太陽の魔法陣は北斗七星陣が行っているプロセスを逆行することで効能を打ち消しているとのことだった。

北斗七星陣は空気中の魔素に介入し、その性質を書き換えることで世界中の魔素を陣の中心地点に集約させているのに対し、太陽の魔法陣はその書き換えを無効化し、解放することで効果を中和している、らしい。

魔術の研究は長い間ずっと取り組んで来たことだったけど、魔素のことについて深く追及したことはなかった。盲点だ。

「これもまた、サラの魔法陣と同じく大陸規模でしょうか……？」

「そうじゃ。この学園を中心に展開しているその魔法陣の図面はあくまで『鍵』じゃ。『鍵』を構成している図形と同じ個数だけ、大陸各地には各々の術式に対応する別の遺産が配置されておる」

「えっと……ということは『鍵』を起動すれば、その対応している遺産の効果が発動する、という連鎖かしら？」

「うぬ。そうして各地の遺物たちが順次起動していけば、最終的にそれらは一本の線として術式を構築する。それで一つの大陸陣が出来上がるというわけじゃ。ちょいと完全に発動しきるまで時差が発生してしまうのが惜しいがのう」

「……そう考えると、ドゥーニクスの遺産というのは相当な数ありませんか？」

「ふぅむ、単純計算で二倍の数はあるじゃろうな」

「そんな規模の術式を、たった一人で……。そのドゥーニクスってのはどういう人間だったんだ……？」

　完全に仕組みを理解したとは言い難く、まだどこかポカンとしながらもルーカスはうなるように呟《つぶや》いた。

　レティシエルも同意である。上には上がある、とはまさにこのこと。魔素レベルの干渉ともなると、さすがにレティシエルの知識でも追い付くのが大変だ。

「あやつのことを語ろうとすると長くなるのじゃが……とにもかくにも魔導関連の事柄に異様に詳しい男じゃった」

「魔導関連というと……魔法や魔術も？」

「錬金術についても、呪術についてもじゃな」

「はぁ、それは……本当にオールマイティですね……」

聞けば聞くほどドゥーニクスへの印象が人間離れしていく。

本当にそんな万能な人が存在しうるのだろうか？　いっそ人間じゃないんです、と言われてもきっと驚かない自信がある。

「そうか……その男、今どうしてる？　協力してもらえれば、この事態を打破するのにも心強いんじゃないか？」

「……」

何気ないルーカスの問いかけにデイヴィッドは黙り込んでしまった。突然訪れてきた沈黙。

「……もう、死んでしもうたよ」

やがて開かれたデイヴィッドの口からは、ただ短く、そう一言だけ呟かれた。

「結社に目をつけられてしまってのう。あの人の手に落ちるより先に、自死を選んだ」

「……すまない」

「いやいや、ルーカス殿が謝ることはないですぞ。何も気にしなさんな」

気を付けていたとはいえ遅かれ早かれこうなっただろう、と付け足すデイヴィッドは落ち着いていた。彼自身は同志の死をすでに受け入れている様子だ。

「……誇り高い方だったのですね、ドゥーニクスさんは」

「そうじゃのう……亡くなるに惜しい人であった。ローランドの奴《やつ》め……」

「デイヴィッドがそう言うほどの者か……。どんな奴か、お目にかかってみたかったな」

「……？」

ローランド？　レティシエルは首をかしげた。

どこかで聞いたことがある名前の気がする。ほんの些細《ささい》な違和感だったが、なぜかそれが妙にレティシエルの心の内にこびりついて離れない。

デイヴィッドは自身がその名を口にしたことに気づいていない様子。つまり……よほど普段から言い慣れた名前だということか。

話の流れから考えて、おそらくこれは吟遊詩人ドゥーニクスの本名なのだろう。しかしどこで聞いたのかしら……？

「……！」

考え抜いた先にふいに閃《ひらめ》いた。なぜその名前に聞き覚えがあったのか、その理由を思い出した。

ジークだ。かつてジークの口からその名前を聞いたことがある。彼は言っていた。彼の父親の名前が、ローランド・ヴィオリスである、と。

（じゃあ何かしら？　吟遊詩人ドゥーニクスは……ジークのお父上だったというの？）

前にジークは、彼の父親は歌がうまくないと言っていたはず。それが本当なら、凄腕《すごうで》の吟遊詩人が務まるとは思えないけど……。

それともジークの前では歌がうまくないふりをしていたのだろうか。

「ただ、多少気持ちの余裕は持てそうだな」

ルーカスが頷《うなず》きながらそう口に出し、レティシエルの思考は中断された。

「この太陽の魔法陣が起動しているうちは、あの黒い魔法陣がこれ以上広がることはないんだろ？　ならその時間で可能な限り対策を講じなければ」

「そうじゃのう……ただ、全てが盤石というわけでも、残念なことにないのです」

「……ん？　そうなのか？」

再びルーカスの眉間にシワが寄る。若干の雲行きの怪しさを察知し、レティシエルも小さく眉をひそめた。

「実を申しますと……この太陽の魔法陣は未完成なのじゃ」

「未完成？　サラの魔法陣から始まって、この陣もそうなのですか？」

「うぬ。あの人の陣が発動してしまったから、早く食い止めるため止《や》む無く未完のまま起動させせました」

そう答えるデイヴィッドはどこか申し訳なさそうだ。完全な形で陣を発動できなかったことを気にしているのかもしれない。

それにしても、未完でも北斗七星陣を食い止めるだけの威力があるなんて相当強い力を持つ陣なのだろう。そこは素直に感心してしまった。

「ドロッセル嬢、陣のこの一角が空白になっているのはおわかりいただけるかね？」

「ここ、ですか？　確かに色が微妙に角が欠けている部分ですけど……」

「その最後の一ピースが、未《いま》だワシの手元にはないのです」

「どこにあるのかもわかっていないのですか？」

「お恥ずかしながら……。諸刃《もろは》の剣《つるぎ》のようなピースらしく、特に慎重に隠したようで……」

「諸刃の剣？」

「あの人にとっても、非常に有用な効果をもたらすものらしいのじゃよ」

「……」

　それは……あの子の手に渡らせたらダメな代物ではないか。結社への対抗手段とともに、宝探しも並行してやらなければならないらしい。

　心当たりは正直言って全くないのだけど……まずミュージアムの備品でも確認してみようかな。学園内だと恐らく一番物品を収納している場所だろう。

「……ゴホッ」

　ふいにデイヴィッドが手で口を覆って咳《せ》き込んだ。ずっと話しっぱなしだったから、どこかむせたのだろうか……。

　と、レティシエルが思ったのは一瞬だった。口を押さえたデイヴィッドの手の隙間、指の間からわずかに赤い雫《しずく》がこぼれたのを見つけたのだ。

「デイヴィッドさん!?」

　すぐに血を吐いているのだと気づいてレティシエルは思わず立ち上がった。ルーカスはすでにデイヴィッドの傍《そば》まで移動している。

「おい、どうした。大丈夫か！」

「そう大きい声を出さんでも良いぞ。ワシは平気だ。この頃、よくあることじゃから」

しかし吐血した本人はなんともケロッとしている。手でゴシゴシと口元をふき、なんてことなさそうに笑う。

「いくら精霊の血が入っておるとはいえ、四百年も生きておったのじゃ。人間としてはとうに終わっておかしくない命だったのに、ここまで持っただけでも儲《もう》けものじゃろう」

フォッフォッといつもの朗らかな笑い声をたてるデイヴィッドの声は、あまり力強さを感じられなかった。一緒には笑えなくて、レティシエルはそっと目を伏せた。

「ひとまず茶を飲め。大したものもなくて悪いが」

「構わんよ。水でも何でも、ありがたくいただきますぞ」

「ドロッセル、お前も飲むか？」

「いいのですか？　ならいただきます」

ルーカスがカップと茶葉を用意するため席を立つ。それをデイヴィッドが見送る。その間だけ会話は途切れ、室内にはどこか穏やかな空気が流れる。

（……早く、この世界を覆う闇を祓《はら》わなければ）

まだ何も改善までの道筋は見えていないが、部屋の窓から覗《のぞ》く暗雲立ち込める空を見上げ、レティシエルは心の内でそう決意する。

ちなみになぜ魔法陣の形が北斗七星なのかは、さすがにデイヴィッドも知らない様子だった。

北斗七星は、千年前にサラと二人で見上げた唯一の星だ。それをわざわざ陣の形として選んだのは、レティシエルへの当てつけなのだろうか……？

＊＊＊

その後もしばらく対談は続いたが、デイヴィッドの体力がいよいよ限界を迎えてきた様子で、今日はいったん切り上げることになった。

「じゃあ、俺はデイヴィッドを救護室まで運んでいく」

学園長室から退出し、レティシエルは廊下に出る。あとから出てきたルーカスは背中にデイヴィッドを背負っていた。デイヴィッドは寝ている。

「学園長はこの後どうするのでしょう？」

「あとはライオネル殿下に今聞いた話を共有してくるつもりだ。お前は……まぁ、好きにしていてくれ」

「好きに……はぁ、そうですか」

好きにしていいと言われても、この状況でどう好きにすればいいのだろう。気の抜けた返事になってしまったが、とりあえずレティシエルは頷いた。

「さて……」

ルーカスを見送り、レティシエルは今後の予定について思案する。何となくこのまま帰宅する気分にはなれない。

そういえば長らく研究室に赴くことがなかった。魔術研究のために与えられた研究室ではあったけど、最近はめっぽう寄りつかなくなってしまった。

ずっと旧公爵家の反乱やら白の結社との対決やら帝国との戦争やらと、休む間もなかったせいだろう。自身の研究室がある旧第七研究棟に行ってみることにした。

とはいえ、行って何をするのかは考えていなかった。研究は今さらしても意味がない。だってサラの魔法陣が発動して以降、魔術は何の役にも立たなくなってしまったのだから。

おそらく現状、魔術をいくら研究しても突破口は見いだせないのだと思う。かと言って魔法や錬金術が鍵を握っているようにも思えない。いったいどうしたものか……。

「……あ、ドロッセル様！」

廊下を移動していると、背後からレティシエルを呼ぶ声。

振り向くとミランダレットとヴェロニカがちょうどこちらに向かってきていた。ヒルメスの姿は見当たらない。一緒ではないらしい。

「ごきげんよう、ミラ様、ヴェロニカ様。なんだかずいぶんお久しぶりね」

「はい、本当に。今日、お会いできるとは思いませんでした」

言葉の通りミランダレットは本当に驚いている様子だった。ポカンと栗色《くりいろ》の瞳を丸くし

ている。

「ヒルメス様はご一緒ではないの？」

「あぁ、リーフは……ボランティアと言いますか……」

「ボランティア？」

「えっと、今王都って色々人手が足りてないじゃないですか。この……一連の騒動で」

その話は、先の大図書室での会議でも言及されていた。今の異常事態から避難しようと町や村からは民があちこちに流れていて、従来うまく回っていた社会が機能不全に陥っているという。

「だから救援活動とか、そういう諸々《もろもろ》の雑用をしてくれる有志を募ってるところがかなり多いんです」

「なるほど……それにヒルメス様は参加しているのですね」

「そうなんです！　もう連日で……無理は良くないってずっと言ってるのに」

日々王都のあちこちを東奔西走して人助けに勤《いそ》しむなんて、なんだかとてもヒルメスらしいなと、話を聞きながらレティシエルは思った。

それと比べて、今の自分は何ができるのだろう。レティシエルの取り柄は魔術で、特異性でもあった。それを失った今、戦闘面で出来ることはなくなったに等しい。

ボランティアの話は今初めて知った。従事してみてもいいかもしれないけど、サラの計画と復讐《ふくしゅう》が着実に進んでいるのに、自分はそれを指をくわえて見ているしかできないのか。

「……あの、ドロッセル様にお会いしたら、聞こうと思ってたんですけど……」

ふっと会話が途切れてしまったタイミングに、ミランダレットは遠慮がちに口を開いた。恐る恐るといった様子だ。

「この前、あの陣が空に浮かんだあとのことなんですけど、魔術を使おうとして、ほとんど使えなかったんです。どうしてか、ご存知なのかなって……」

「……そうね。詳しくは話せないのだけど、あの魔法陣は、魔素の性質を書き換えて消滅させるためのものらしいわ」

「え」

「まだ完全ではないらしいけど、それでも魔術を使うことはかなり困難を伴うようになってしまったの」

「え、じゃあ、まさかドロッセル様……」

「……魔力無しは魔術との相性が良い分、影響も大きかったのだと思うわ。今では思うように術を発動することができない」

そう言ってレティシエルは両手を差し出す。ほんの少し空気中に陽炎《かげろう》が立ち上るだけで、他には何も起きない。

これでも一応、最も簡単な炎の基礎術式《ベーシック・スキル》の行使を試みているのだけど、もはや炎を形として作り出すこともできない。

「……なんだか、怖いです」

二人ともその光景を見て唖然《あぜん》としている。ボソリとミランダレットが呟《つぶや》いた。

「ごめんなさい。肝心なときなのに役立たずで」

「あ、いや、ドロッセル様のことを言ってるんじゃないですよ！　私のことです！」

「？」

てっきりレティシエルが無能に逆戻りしてしまったことを言っているのだと思ったけど、思いっきりかぶりを振られて思わず首をかしげた。

そんなレティシエルの反応には気づくことなく、ミランダレットがもごもご話し出す。

「私、ずっと落ちこぼれだったじゃないですか。魔法が苦手で、そのときドロッセル様に出会って魔術を知って……」

少し目が泳いでいるのはうろたえているのではなく、多分緊張しているからなのだろう。

「でも、今はその力がほとんど使えなくなって、またあの下手な魔法しか使えない状態で、ここしばらくはずっと一寸先は闇と言いますか……何が起きてもおかしくない日が続いて、それで前に襲撃されたときみたいな、あの、危ないことがないとも限らなくて……」

しどろもどろになりながらミランダレットは懸命に言葉を紡ぐ。横でヴェロニカが応援するようにジッと見守りの視線を送っている。

「えっと、だから……自分やみんなを守れる力がなくなって、何かあったときにはまた何もできないんじゃないかと思うと怖くて……すみません、なんか言ってることグチャグチャしちゃって……」

「いいえ。伝わってますよ、ちゃんと」

気づけばレティシエルは自然と笑みを浮かべていた。ミランダレットの言葉が素直に嬉《うれ》しいと思えた。

（私も、いつまでも袋小路にはまったままでいるわけにはいきませんね……）

ノクテット山での一件以来、あれこれ思考を重ねてもいつも〝魔術がもう使えない〟という結論に落ち着いてしまって堂々巡りばかりしていたような気がする。

それではわざわざ考え事をする意味もないだろう。手持ちの手札を封じられても、封じられたまま前に進む術を模索するまでだ。

「そういえば話し込んでしまったけど、何か用事の最中でした？　わざわざ休校中の学園に来ていますし」

「あ、大した用はないんです。魔術が使えないんじゃないかって昨日気づいて、本当にそうなのか急いで確認したくて。家だとやっぱりこぢんまりとした確認しかできないですし、だから学園の魔法訓練場でなら大丈夫かなって来たんです。そしたら途中でヴェロニカ様をお見掛けして」

「わ、私は、図書室に用があって…………でも、大図書室は使用中だったので、小図書室のほうに、行ってきた帰りで……」

小図書室……そういえば別館の大図書室の他、本館にも一応図書室があったことを思い出した。レティシエルはもっぱら大図書室にしか通っていないから、本館の図書室の存在はすっかり忘れていた。

「今日、大図書室のほうは会議の場として使われていますからね。ヴェロニカ様は何を読まれたのですか？」

「えっと、錬金術の本、です。以前、関連資料をいくつか、図書室に入れてくださったと、エーデルハルト殿下がおっしゃっていたので」

そう言うヴェロニカの腕の中には、年季の入った古い革表紙の分厚い本が二冊、大事に抱えられて収まっている。

「市井だと、錬金術の本はやっぱり、あまり見つかりませんし……。こんなときだからこそ、早くこの力を使いこなせるように、なりたいですから」

まぁ、確かに錬金術そのものがもう廃れて久しく、術者もいないし扱いたい者も少ないため、入門書や学術書などの書物は出回っていないものね、と心の内でヴェロニカに同意するレティシエル。

「……あれ？　ヴェロニカ様、錬金術は今も使えているのですか？」

ふとおかしなことに気づいた。記憶違いでなければ、錬金術という力は術者の体内の魔力を抽出し、それを特殊な術式を用いて空気中の魔素と融合させることで発動するはずだ。ならば当然北斗七星の魔法陣に影響を受けるわけで、魔素が失われている今、理論的には魔素を使う錬金術も燃料不足で行使できなくなっているのでは……？

「え？　は、はい、特に問題ないと、思いますけど……」

「そう、なの……」

ハテと首をかしげる。いったいどういう仕組みなのだろう。考えようにも、レティシエルには錬金術に関する詳細な知識がないので考えようもない。

考えられる可能性としては、同じく魔素を燃料とするとはいっても、魔術と錬金術では使っている魔素の性質が実は異なっているとか、それくらいしか思いつかないが……。

そもそもこれは、錬金術そのものがまだ使えているのか、それともヴェロニカだけが使えているのか。……よくわからない。

自分で確認できれば一番手っ取り早いのだろうけど、残念ながら錬金術行使に必要な魔力を持ち合わせてない魔力無しなもので……。

「ともかく、順調そうだと聞いて安心しました。ただ、ご自愛くださいね。体調を崩してしまっては本末転倒ですもの」

「は、はい、わかってます、大丈夫です！　最近は自分でもたくさん練習して、術式といいますか、発動媒体になるあの紙、うまく書けるようになってきていますし、心配はご無用、です」

力強く拳を握ってみせるヴェロニカの瞳は、世界の不穏などにとらわれることなく生き生きと輝いていた。

魔力飽和症という特殊な体質のせいで、魔法の世界からも魔術の世界からも締め出されていたけど、錬金術との出会いは彼女にとっても大きく転換点となったらしい。

ヴェロニカが強くなってきていることは嬉しいけど、もしや今後は彼女も戦場に駆り出されてしまうのだろうか……そこだけが気がかりだ。

「お二人はこのあとどうされるの？　大図書室は……今日は使えないのではないかしら」

「わ、私は、この本たち、読みきりたいので、どこか空き教室でも見つけて、読んじゃいたいなと……」

「私は帰りますよ。今は先生方もお忙しいみたいですし、明日また来ようかなって。それにこのあと、リーフを迎えに行くことになっているんです。また傷だらけになってないかな……」

「傷だらけ……ミラ様も大変ね」

「いいんです。どうせ昔からリーフは変わらないんですもの」

そんな会話を交わしながら、レティシエルは二人と手を振って別れる。二人もこちらに手を振り返しながら廊下の先へと消えていった。

ミランダレットとヴェロニカが帰っていったあと、レティシエルは手を開き、そこに火球を構築しようともう一度試みる。

最初は相変わらず、炎すら出ず手のひらから陽炎が立ち上るだけ。しばらく魔導術式の組み上げと解体を繰り返して、ようやく小さな炎が一つ灯《とも》った。大きさは細い蠟燭《ろうそく》一本分の光程度、だろうか。

「……はぁ」

グッと手を握って火球を打ち消し、ため息を一つ。

太陽の魔法陣に相殺されていることで北斗七星陣は未《いま》だ不完全で、魔素も百パーセント消滅したわけではないけど、これでは火種くらいしか使い道がない。

先ほど決意を新たにしたとはいえ、最も魔術を扱うのに向く魔力無しの体でさえ、この程度の術式しか展開できないのだから、今後サラとの決戦において魔術はきっと何の役にも立たないだろう。

今からでも魔法と錬金術の研究をしたほうがいいのかしら。ただ魔法についてはこれ以上発展できるほどの伸びしろはないし、錬金術も自分が使えない以上研究しようにも制約がかかる。

何より、そうやって対策を練る時間を、サラが許してくれるのかも怪しい。現状動きはないけど、それはただの嵐の前の静けさな気がしてならない。

「……あ」

「？」

廊下の向こうから小さく声が聞こえた。目を向けるとジークがこちらを見ている。ちょうど奥の廊下の角から曲がってきたらしい。

「ジーク……」

「……ドロッセル様」

気まずい沈黙。互いに距離を取ったまま、二人は黙って相手の様子をうかがう。

「……あまり顔色がよくないわ」

先に口を開いたのはレティシエルのほうだった。ノクテット山から一緒に帰還して数日しか経《た》っていないのに、ジークの姿を見るのは随分久しぶりに感じた。

少し見ないうちに、ジークはかなりやつれているように見えた。ちゃんと寝れていないのか、目の下にはうっすらとクマがある。

「ハハ……最近はあまり食欲がなかったもので……」

そう言ってジークは弱々しく微笑《ほほえ》む。ノクテット山での出来事を引きずっているのは明らかだ。

デイヴィッドの攻撃によって外れたサラの仮面とフードの下には、ジークに瓜二《うりふた》つの顔があった。黒髪のジークに対して、向こうは白髪《はくはつ》で両目が赤いことくらいしか違いがなかった。

「……何が、原因？」

気づいたときにはそう訊《たず》ねていた。

「……え？」

「あなた、なんだか普通じゃない気がする。そこまであなたを悩ませているものは何？」

「……私は、何も変わっているわけではないのですけどね」

そう言ってジークはうつむいた。双方その場を去ることなく、ただ黙って向かい合う。

「私の父は、すごく謎が多い人なのです。今になって、私は私の父が何者なのかわからなくなってしまいました」

「……お父君？」

　唐突に始まったジークの話に、疑問を覚えながらもレティシエルは耳を傾ける。

「私は父とはほとんど面識がありませんし、今でも父の背中は遠い昔の記憶の中でずっと留まっています。止まった時間の中を、私はずっと父の影を見て今日まで生きていたのです」

「うん」

「私は私の知る父以外はわからないのに、現実はそこで足を止めることを許してくれません。戻れなくてもいいと急《せ》かしてくる。こんな泥沼だとわかっていたら、時間なんて止まったままで良かった」

「うん」

「なんて……妙なことを言ってますね。すみません。何を言っているんだろう……」

「いえ、別に構わないけど……」

　それは本当に、父親に対してのこと？　だってあなた、今泣きそうな顔をしている。今の話は〝結果〟であって、〝原因〟ではないよ？

「……あの、私はまだ所用があるので、もう行きますね」

　そう言い残して、ジークは少し気まずそうな空気を漂わせてその場から立ち去る。

「……」

きっとジークは、レティシエルに気を遣ったのだと思う。だからこそ、先ほどの対応と独白が彼にとっての精一杯なのだろう。

それでも去っていくジークの後ろ姿を見送りながら、レティシエルはどこか歯がゆい思いを抱いていた。

ジークのことは気がかりだ。何かで思い詰めていないといいと、思っているけど踏み込めない。ジークが、踏み込ませようとしていない。

（……付き合いの長いルーカスなら、あそこで踏み込めたのかしら？）

あるいは誰も、彼が心の内に抱えた何かをすくい上げ、共有してあげることはできないのだろうか。

追いかければすぐに追い付けるほどに、物理的な距離はまだ近いのに、ジークと自分の間に分厚く透明な壁があるような気がしてならなかった。

閑章　赤き瞳の矛盾

ルクレツィア学園本館一階部分にある救護室。

休校になっているため本来常駐している救護員の姿も今はなく、誰もいない救護室には白い無機質なベッドだけが冷たく並んでいる。

その救護室の扉をルーカスは開ける。その背中には小柄な老人が背負われている。

一番入り口に近いベッドに、ルーカスはここまで背負ってきたデイヴィッドの体を横たえる。学園長室前でドロッセルと別れ、まっすぐここへ来た。

デイヴィッドはまだ眠っている。先ほど学園長室で、今回の事態について話せる情報を全て開示してくれた。

そして疲労が祟《たた》っているのか、その後すぐ気を失ってしまった。

「……」

思えばノクテット山へ助けに来てくれたときも、デイヴィッドは血を吐いて倒れた。

デイヴィッドは自分のことを、精霊と人間のハーフだと言った。そのせいで本来人間にはあり得ない四百歳まで生き長らえていると。

こいつの体はもう限界を迎えているのではないだろうかと、ルーカスは思った。

いくら精霊の血が入ってたとしても、半分は人間なのだ。ガタが来てもおかしくない年齢はとうに過ぎている。

ぐるりと周囲を見渡す。救護員がいないから、このままデイヴィッドを寝かせたまま放置して帰るわけにもいくまい。

とりあえず近くの棚に納められた水差しとカップを取り出して水を補充する。

誰かの看病をするのは久しい。家族以外であれば、あのスフィリア戦争の時以来かもしれない。

「……んぅ」

ベッド横に置かれた椅子に座って窓の外を眺める。しばらくそのままボーッとしていると、小さなうめき声。

デイヴィッドが目を覚ました……らしい。寝てても起きてても、こいつの目は常に豊かな白眉に隠れてるせいでわかりにくい。

「よう、起きたか」

「……おやおや、ルーカス殿ですかね」

「そうだ。起きれるか？　それなりに寝てたんだ、そこに水があるからまずは飲んだほうが良い」

「おぉ、かたじけないのう」

水の入ったカップを受け取り、ゴクゴクとデイヴィッドはそれを一瞬で飲み干す。

「して、ワシはまた倒れてしもうたようですねぇ」

自分事のはずなのにまるで他人事《ひとごと》のようにそんなことを言う。

さっき学園長室で血を吐いたときもそうだった。まるでいつこの世から消えても良いとでも言うような口調だ。

それは諦めや許容と似ているような気がする。

ルーカスには想像しえない世界だが、四百年も生きていれば己の生死すら人はなんともないように思えるのだろうか。

「あぁ、だからここまで運んだ。あのまま学園長室に寝かせておくわけにもいくまい」

「フォッフォッ、それはたいそうお手数をおかけしました」

「具合は……見た感じ悪くはなさそうだな」

実際どうなのかはさておき、デイヴィッドの顔色から判断して危険な状態にあるようには見えない。少なくとも顔に血色は戻っている様子。

「あまり無理はしてくれるな。そんなに何度も倒れては、体がいくつあっても足りないだろ」

「なにぶん年なものでしてねぇ。体力が色々と衰えてしまっていかん」

「……まぁ、とにかく養生しろ。まずはそれが先決だ」

本当に体力だけの問題なのか疑問だったが、あえて本人には聞かなかった。そんなことを聞いても意味は何もないのだから。

「ご心配痛み入ります……。ルーカス殿には何かとご迷惑をおかけしましたのう。あの話も、突然されて驚かれたじゃろう？」

「確かに驚きはしたが、お前が気にかけることはないだろ」

先ほど、学園長室でルーカスがドロッセルと一緒に聞いた一連の話のことだろう。腕を組み、ルーカスはその時のことを思い返す。

「むしろ初めて聞く情報ばかりだったおかげで現状の理解が進んだんだ。感謝こそすれ、迷惑だとは思ってない」

「そう言っていただけると、ありがたいですのう」

ホッとしたようにデイヴィッドが肩の力を抜いた。

聞いた話の内容を踏まえて、まずやれそうなのは欠けているという最後のドゥーニクスの遺産を探し出し、太陽の魔法陣を完成させることだろう。

そうすれば、空に広がるあの北斗七星の陣も効果を打ち消せるはず。魔術が今封じられている以上、こちらが全力を出すこともできない。

あの陣がある限り、こちらは一方的に不利のままだ。魔術を使わないルーカスはあまり関係ないが、ドロッセルという切り札を封じられたのは痛手だろう。

「遺産の件については、俺のほうでも色々あたってみよう。ダメもとかもしれないが、何もしないよりはマシだろう」

「申し訳ないですね。せめて候補くらいは出せるとよかったのじゃが……」

「ないものは悔しがっても仕方ない。人間は万能じゃないんだ。わからないなりに努力すればいい」

「そう、ですな……」

ピクリとデイヴィッドの眉がはねた。なぜこのタイミングで？　思わず首をかしげる。

「どうした？　まだ何か心配事か？」

「いえ、心配事というわけではないのじゃが」

「ならなんだ。言ってくれて構わないぞ？」

「ドロッセル嬢のことで、少々ねぇ……」

デイヴィッドは頷《うなず》くが、何やら歯切れが悪い。万能、という単語に反応したように思えたが、それがいったいどうしたというのか。

「のう、ルーカス殿。あの子はいったい何者なんでしょうかね？」

「……？　何者って、あいつはドロッセル以外の何者でもないだろ」

「それはもちろんそうなのですが、つくづく不思議な子供だと思いましてね……」

「うーん……まぁ、変わった奴《やつ》だとは思うな。いきなり突拍子もないことを始めたり言い出したりするし。それが面白いところではあるんだろうけど」

「いえいえ、そういう意味で不思議なのではなくてですね」

「ん？」

どうやら少々会話の意図がズレているらしい。

微妙に噛《か》み合っていない。これ以上喋《しゃべ》ると趣旨が混線しそうだと判断し、ルーカスはひとまず聞き手に回ることにした。

「ノクテット山であの人がドロッセル嬢に言っていたことを、ルーカス殿もお聞きになりましたでしょう？」

「……あのサラって男が言ってた、赤い目のことだろう？　呪術を媒介する上で必要不可欠な、石みたいなものだって話だったな」

時計塔の螺旋《らせん》階段で、謎の結界に取り込まれていたルーカスとジークは、現れたデイヴィッドに助けられて展望台……ドロッセルのいる場所へ脱出できた。

その脱出の直前、結界越しにドロッセルとサラの会話が一部聞こえてきていた。

――赤い瞳を持つ者は、呪術の申し子である。

あの少年は確かに、ドロッセルのことをそう言っていたのだ。

「そうです。それを持たぬ者は、後天的に呪石を体内に埋め込んでようやく呪術を扱えるようになる」

「それが、ドロッセルと何か関係するのか？」

「……彼女の左目も、赤い。呪術を扱う先天的な素質をお持ちです」

部屋の天井をぼんやりと見上げながら、とつとつとデイヴィッドは話し始める。

「しかし呪術というのは、体内で魔力と魔素を錬成し、暴発させることで攻撃として表出させる、己《おの》が命を削る能力です。魔法も錬金術も、その研究の過程で生み出された残滓《ざんし》にすぎませぬ」

「……俺たちの使っていた力、そういう起源だったのか」

「そうじゃ。親元から分離したにすぎませんよ」

「……」

自分たちが無意識に、呪術つながりの力を使ってしまっていたことは気に食わなかったが、なるほど、そう言われると確かに妙かもしれない。

魔力を持たず、そもそも呪術を使えもしないドロッセルに、なんのために生まれもった呪術的才能があるのか。

「ただ、赤い目を持って生まれることは運なのだろう？　偶然が重なってたまたまそうなってしまっただけって可能性はないのか？」

「……ワシが見てきた四百年の中で、彼女のような例を見かけたことは一度もありません。普通であれば、一緒には存在しえないものなのです」

ルーカスの言葉に、デイヴィッドはフルフルと首を横に振る。

「魔力と魔素は本来相反しておる。魔力は人の生命力を錬成して循環される力で、そこへ魔素という異分子は介入できんはずじゃ」

魔力が生命力……とは初めて聞いた概念だ。そんな研究結果は今までになく、考えたこともなかった。

だがアルマ・リアクタにつながれた人間たちの末路を思うと、おそらく本当にそうなのだろう。

「だから魔力は魔素への抵抗力になる。魔力が高い者は、たとえ赤い目持ちでも呪術を扱うのは困難ですし、逆に低いと容易に取り込まれてしまいます」

「……待てよ？　ということはドロッセルの奴、呪術に対してまるで抵抗力がないってことなのか！」

「ええ。ですから、ワシはあの方が不思議なのじゃ」

赤い目で魔力無しで、呪術の器として最も無防備のはずなのに、彼女はまったく邪気による精神侵蝕《しんしょく》を受けなかった。そうデイヴィッドは不思議そうに語る。

「ふむ……」

なんとなく話の内容が見えてきた。

つまりデイヴィッドは、本来揃《そろ》わないはずの魔力無しと赤い目という、相反する属性を持って生まれたドロッセルのことが謎だと言いたいのだ。

しかも魔力には呪術による侵蝕に対する抵抗力としての機能もある。持っていることで呪術の瘴気《しょうき》からある程度精神を守れたりもする。

それがない状態にもかかわらず、ドロッセルが呪術の影響を一切受けないことも妙なのだろう。

そこまで聞くと……ドロッセルが不思議というのもわかる気がした。あいつ自身が謎を一つ秘めている。それもかなり大きい謎。

「じゃあ、魔力無しってのはなんなんだ？　その言い分だと、人間が生きている限り皆魔力を持ち合わせていないとおかしいだろ」

「理論上はそういうことになりますのう」

ただ何事にも例外はある、とデイヴィッドは続ける。

「生命力は人にとって欠かせないものじゃが、それを魔力に錬成するプロセスは必須のものではない。だからそれを持たずして生まれる者が、時たまおるのですよ」

「それが、ドロッセルみたいな奴だということか……」

かなり前のことではあるが、ドロッセルはこの世界の魔法の燃費の悪さにしょっちゅう嘆いていた。悪くて当然だろう。何せ生き死にに直結する力だ。

通常であれば、魔力を消費するときにも人間は心身のどこかで本能がリミッターをかけている。

それを無視して帝国のアルマ・リアクタのように強制的に抽出すれば、人は生きていられなくなってしまう。

魔法を尊び、魔力の多少で人の優劣を測る今の王国の上流階級は、行きすぎれば自らを滅ぼす可能性を秘めていることになる。

「まぁ、いろいろ考えてもワシにはやっぱりわからんのじゃがのう」

「この話、あいつにしなくてよかったのか？」

「ドロッセル嬢は、魔術を封じられたことにショックを受けておられる。状況改善に役立たないことを、わざわざこのタイミングで知らせることもないでしょう」

「……それもそうか」

　そもそもドロッセルは魔力無し……生命力を魔力に錬成する人体のプロセスを持たない者だ。

　今魔力のことを彼女に話しても、事態の打破につながることはないだろう。

　魔力の本質が鍵になるのなら、このことをかなり前から知っているデイヴィッドがとっくに突き止めていたはずだ。

　ともかく魔法を今後どうするかは考えものだが、それも今やることではない。

「聞けて良かったよ。ありがとうな、デイヴィッド」

　そう言ってルーカスは笑う。今の話は、魔法をメインに使っている自分にとっては大変有意義なものだった。

「お礼を言われるようなことは何も」

　それにルーカスの場合、魔法の他に魔力を食う義手というものがある。今後の戦闘の際には魔法の使用頻度を調整することを心掛けたほうが良さそうだ。

「のう、ルーカス殿」

「なんだ？」

「ドロッセル嬢のことはお頼み申すぞ」

　先ほどまでの話とは打って変わって、突然穏やかな口調でデイヴィッドはそんなことを言ってきた。

「急にどうした？　まるで遺言みたいな言い分だな」

「遺言……言い得て妙ですね」

「阿呆《あほう》、言い得るな」

今の状態のデイヴィッドが言うとまったく冗談に聞こえない。ギロリと睨《にら》みを利かせると、さして応えた様子もなく肩をすくめてみせている。

「お前に言われずとも、あいつのことを放り出したりはしないさ。これでも一応、あいつの保護者だからな」

フィリアレギス公爵家が没落し、ドロッセルが平民となってからも、彼女の目付け役はずっとルーカスに任されていた。

もっとも、任命されて以降に戦争やら何やらと激動が多すぎて、自分でも忘れそうになるが。

しかもドロッセルは、あんな性格と見た目のせいで落ち着いているように見えるし、本人も淡々としてそうに思われる。

だがずっと付き合い続けているルーカスはわかっている。そう見えるだけで、案外そうでもないことを。

時々とんでもない荒業をやってのけるし、自分のこともそっちのけに誰かを助けたりもする。色々な意味で目を離す予定はない。

「だがお前にもいてもらわなければ困る。俺一人ではどうしたってカバーできない部分はある」

「その腕を託されているなら、任せられますよ」

「腕？　なんのことだ？」

そう訊《たず》ねると、デイヴィッドはおもむろにルーカスの腕を指差す。それは……かつて一夜の宿を貸した男が、残していった義手の腕だ。

「お前、その口ぶりだとこれがなんなのか、心当たりありそうだな」

「フォッフォッフォッ……ワシが作ったものじゃからのう」

「……は？　そうなのか？」

驚いた。魔力を吸って勝手に稼働する、仕組みもよくわからないこの義手は一体誰の手によるものなのかと、ずっと心の片隅で疑問に感じていた。

それがまさか、長らく同僚としてそばに居続けたデイヴィッドだったとは露ほども思わなかった。

「まぁ、正確に申し上げると共同制作によるもの、ですがのう。ワシが作ったのは、その義手のひな形と本体のみじゃ。中の仕組みを組み上げたのは……あの男ですよ」

「……まさか、ドゥーニクスのことか」

それ以外には考えられない。

ならばあの日の夜、ルーカスが宿を貸したローブ姿の謎の男こそ、全ての鍵を握っていた吟遊詩人ドゥーニクスだったのだ。

「あの男は、当初それを遺産の媒体に使おうとしておった。だが太陽の魔法陣の試作のために内部に組み込んだ回路のせいで、かえって媒体としては機能できんようになってしまいましてね」

「へぇ。それがなければ、この腕は例のドゥーニクスの遺産とやらになったかもしれないということか……」

　そして、今こうしてルーカスの腕として機能していることもなかっただろう。つくづく妙な巡り合わせがあるものだなと思わずにはいられない。

「ワシは器を作ったにすぎませんからのう。あの後ドゥーニクスの奴《やつ》がそれをどうしたのかは知らなかったのじゃが……まさかルーカス殿の腕になっておるとは、びっくりじゃ」

「なんだ、驚いているのはお互い様じゃないか」

「必然のような偶然も捨てたものではありませんねぇ、フォッフォッ」

　デイヴィッドが笑い、釣られてルーカスも笑う。二人の笑い声ががらんどうの救護室に静かに響く。

　義手の機能についてはまた日を改めて教えてもらえることになった。デイヴィッドがこれの作り手である以上、聞きたいことはごまんとあるが、今はもう少し彼を休ませるべきだろう。

「ワシはもう少しここで休ませていただきますぞ。ルーカス殿はご自分のことを為《な》されたら良い」

「もう平気なのか？」

「うぬ。今はまだぽっくり逝ったりはせぬから心配は無用じゃ」

「かえって安心できないんだが……」

まったくどこまで本心で言っているのやら。こんなときにもどこか飄々《ひょうひょう》としているデイヴィッドに、やれやれとルーカスは嘆息する。

「わかった。何かあったら呼んでくれ。そこの枕元の鈴を鳴らせば俺に伝わるようになってる」

「おや、我が学園の設備はいつの間に遠隔操作まで可能に？」

「馬鹿野郎、何年も前からだ」

「それはそれは……気づきませんでしたな」

「そりゃあ、お前が日頃から大図書室に引きこもってばかりだったからだろ」

「おぉ、確かに。言われてみればそうかもしれんのう……」

こうして不毛な会話ができているあたり、どうやら本当に今は具合が落ち着いているらしい。

定期的に様子を見にくると言い残し、ルーカスはひとまず救護室から出た。

とりあえず、まずは大図書室に戻ろう。あれからしばらく経《た》ったのだ。例の会議もそろそろ終わっていることだろう。

デイヴィッドから聞いた情報についてはかなりの重要案件だ。両名殿下にも共有しておかなければなるまい。

それから義手についても今度こそ本腰を入れて調査をしなければ。鍵になる可能性がある以上、躊躇《ちゅうちょ》もしていられない。

チェックメイトにはまだ猶予があるかもしれない。

ルーカスはかかとを鳴らして歩き出す。廊下を照らすオレンジのランプが、その影を長く窓に映していた。

警戒心が際立っているときに限って何も起こらなかったりするもので、デイヴィッドの話を聞いてから二日が経った。

レティシエルの身の回りにも、王都近辺にも特に異変はない。国境のほうからは変わらず報《しら》せが届いているようだが、少なくともそれは市井にまでは降りてこない。

「お嬢様、お茶をお持ちしました」

「ありがとう、ルヴィク。置いておいてもらっていいかしら」

ここは王都郊外にあるレティシエルの屋敷。毎日学園に意味もなく通い詰めても仕方ないから、今は自分の家で文献等を色々紐解《ひもと》いているところだ。

軽く肩を回してから、ルヴィクが持ってきてくれたお茶にさっそく口をつける。程よく薫るハーブの匂いが心地いい。

「……そういえば、この家の物資などはどうなっているの？」

ハーブティーを飲みながらふとそんなことを思った。

市井ではすでに物価の高騰などが始まっていると聞く。この舞い散る黒い粒子のせいで作物に壊滅的な被害が出ているからだろう。

元より最低限の簡素な暮らしを続けてきたこの家にはまだ壊滅的な影響は出ていないが、

金銭などの管理は主にルヴィクに任せてきた。状況を聞いておきたい。

なおニコルが今、故郷に帰省している。今回の騒動で実家のほうでも母君が黒い粒子で体を壊されたようで、先日飛んで帰ったばかりだ。

「物資ですか？　まぁ、今のところはまだなんとかやり繰りできている、かと思います」

「自信がなさそうね」

「自信がないといいますか、この先行きが見えない状況が不安、といいますか……」

ルヴィクはそう言葉を濁す。それは誰もが今抱えている感情なのだろう。レティシエルとて持ち合わせている。

「現状屋敷の備蓄で、補給せずとも数日は持つかと思います」

「日頃から貯蓄を意識し続けていたことが功を奏したわね……」

「そうですね……。ただこの状況が何週間も続くとなると、いくら備えがあるとはいえ維持できないかと」

「……」

レティシエルの家だけではなく、全大陸の民にとっても苦しい日々が続くことは間違いない。タイムリミットはそう長くない。

なのに未《いま》だにそれらしい打開策がないのがもどかしかった。サラはいったい何を企《たくら》んでいるのか……。

「では私は貯蓄庫の整理をしてまいります。ご自愛くださいね」

「ええ、ありがとう、ルヴィク。あなたもちゃんと休んでちょうだいね」

「お心遣いありがとうございます、お嬢様」

ルヴィクが一礼して部屋を退出していく。昨日と比べてまたクマが濃くなっていたと思う。ゆうべもあまり寝れなかったのだろう。

きっと自分ではやらないと思うから、あとで不眠に効きそうなハーブティーでも淹《い》れて持っていこう。レティシエルばかり飲んでいても、肝心な人の役に立てていないなら意味がない。

それに紅茶はともかく、ハーブティーくらいならレティシエルにも淹れられるはずだ。この後ハーブについても別件で調べないと……。

机の上に広げられている革表紙の本たちを見つめる。どれも屋敷の書庫から運んできたものである。

サラが千年間様々な人生を転生し続けていると聞いて、歴史を紐解いてそれらしい人物を探せないかと、こうして書物に向き合っている。

それらの人物たちの軌跡……いうなればサラの過去の行動をたどっていって、何か手掛かりになる情報は得られないかと、そう思った次第である。

(でも……やっぱり事はそううまくいかないわよね)

大陸千年の歴史を遡り、国々や聖人の偉人伝も読み込んだ結果、確かに『これはサラの転生体だったかも』と思える人物はいた。

かなりの数だったから途中で数えるのを諦めてしまったが、少なくとも両手の指では足りない。千年という月日の長さを改めて実感する。

ただそれらしい人物は見つけられても、実際に伝記や歴史に偉業や覇業として記録される内容なんてほんの上辺だけだ。しかもそれすら後世の人間は必要以上に美化したりする。だから当然、そこからサラの軌跡を読もうなど、砂の中から一本の細い針を探すような難作業だ。

今開いている本は聖人伝だ。伝承で語り継がれている聖人たちの、いわば簡易図鑑のようなもの。ちょうど『聖レティシエル』という名前が紙面に躍っている。

（これも、多分サラの転生体だと思うのだけど……）

旧公爵領の反乱でも一度聞いたことがある名前。異名に『虐殺の聖女』と書かれているあたりが心中モヤモヤする。いったい何をやらかしたのだろう。

こんな物騒な異名がついているせいか、聖レティシエルの記載は極端に少ない。類まれなる美貌と知性を持っていたことと、ラピス國《こく》の黎明期《れいめいき》に生きていたこと。あとは……。

（……この『精霊の加護を持つ者』って何かしら？）

聖レティシエルの異名の後ろにそんなワードが続いている。見覚えのない称号だ。何を指す単語なのか。

レティシエルが記憶している限り、精霊という種族はそもそも人間に〝加護〟を与えたりはしない。精霊に気に入られる人間はいるけど、だからと言って精霊がその人間を守るとも限らない。

基本的に精霊とは人間界とは隔絶した存在で、気まぐれにこちら側へやってきて人間とたわむれても、極度に人となれ合うこともなくまた己の世界へと帰っていく。

聖レティシエルはなんの特異性があって、後世にこんな称号が伝わったのだろうか……。

精霊に直接聞いてみたいけど、北斗七星陣が起動して以降まだ一度も姿を見ていない。魔素を書き換える陣である以上、魔素を生み出す精霊が無傷でいられるとは考えにくい。

（みんな、無事だと良いのだけど……）

ティーナとディトがいつもやってくる方角に目を凝らす。人影はやっぱりなし。

「……はぁ」

結局、文献はさほど当てにならないと確認しただけの時間だった。レティシエルは本を閉じる。

窓から黒雲広がる空を見つめ、この後の予定を考える。現状、レティシエルが呼ばれるような状況は発生していない。ルーカスには用事に備えて待機しておくように言われていた。

ただこんな事態で、家で暇を持て余してなどいられるはずもない。文献調査以外に何ができるのか、脳内で候補を列挙して模索する。

（……そうだ。学園に行こうかしら）

ポンと頭に浮かんだ案は一瞬で採択された。出かける準備をしにクローゼットへ向かう。

学園でやりたいことを思いついた。

「……」

なんとなしに背後を振り返る。誰もいなければ、物音もしていない。

最近……というより陣の発動以降か。誰かが後ろにいるような感覚がすることが何度かある。当然見ても誰もいないから気のせいではあるが、何となく胸の内がモヤモヤする。まるで誰かに見られているような、そんな感覚。この身を呼ぶのは、いったい誰なのだろうか。

＊＊＊

休校になったままのルクレツィア学園の正門は閑散としている。

大勢が集まるような会議も予定されていないせいか、人の出入りはまばらだった。目的地を目指してレティシエルは正門をくぐる。今日は馬車を使わず徒歩だ。

普段は転移で来ることも多く、馬車を使うにもルヴィクに御者をしてもらっていたけど、今は転移が思うように発動しない上、ルヴィクは屋敷のことで必要以上に世話をかけているから声はかけなかった。

本館のエントランスに入る。門のあたりはガランとしていたけど、内部には職員やら教員やらがいるためそれなりに人通りがある。

恐らくルーカスの配下だろう、騎士の鎧《よろい》を着た男たちもいるなと思いつつ、レティシエルはホールを素通りして訓練場の前までやってきた。

今日、レティシエルが学園に来た理由はここを使うためだ。術のことを色々試すのに、この場所は実に使い勝手がいい。

(……さすがに誰もいないわね)

生徒が使う場所なのだから、肝心の生徒がいない今、無人なのは当たり前か。

魔法研究会の活動場所としてずっと確保してあった一番奥のブースへ向かう。利用者がいないことで手入れが雑になっているのだろう、踏み固めた土の裂け目からは雑草が顔を出している。

備え付けの的の前に立つ。レティシエルがこの魔法訓練場に来たのは、ひとえに魔術が今置かれている状況を確認するためだ。

サラの展開した北斗七星の魔法陣により、大陸中の魔素が使えなくなった。そのせいでそれを燃料とする魔術も同様の打撃を受け、ほぼ使い物にならない。

しかし陣は未完成でもあり、微《かす》かに生き延びた魔導術式もある。どの魔術がまだ使えて、どれがもう使えないのか、あるいは今後はどういう戦いをすればいいのか。

そういった試行錯誤をするための、この時間だ。

ブース内の時計を確認する。時間感覚はこの空のせいでもう狂っているけど、時計上今は正午らしい。実験に熱中すぎて夜中になったりしないよう気を付けなければ……。

「さてと……」

何から試そうか。しばし思案した結果、とりあえず属性順にテストすることにして、まずは火属性から確認していく。

的に向かって火球の術を発動する。手のひらの先に魔導術式が展開され、ポンと小さく灯《とも》った炎が素早く的へ吸い込まれていった。

少しの沈黙を経て、薄い布の袋が爆《は》ぜるような小さな爆発音。視線の先の的には一切破損も焦げも見当たらない。

基礎術式《ベーシック・スキル》とはいえ、やはり相当威力が落ちている。これでも可能な限り力を圧縮し、今できる得る最大威力のものを撃ったつもりなのだが……。

（……これでは到底実戦で使い物にならないわね）

それでも訓練用の的一つ破壊できないようでは、戦闘では明かりか火付け程度の役にしか立たないだろう。

これよりも高度な火属性魔術も発動させようと試みてはみたが、こちらに関しては術式は展開されるが、構築が完了する前に霧散して不発に終わってしまった。

原因は恐らく燃料不足だろう。複雑な術式であればあるほど、構築や起動などで消費する魔素は多い。

だから魔素が変異させられてしまっている今、きっとこれらの術の発動を支えられるほどの魔素が空気中には残っていない。

つまり火属性魔術の中で未だ使用可能なのは、最も弱い基礎術式《ベーシック・スキル》のみ、ということらしい。ずいぶんと頼りない。

一発目からこれでは先が思いやられるな……、と早くも途方に暮れそうになってしまった。

火属性の実験が終われば次は水属性。その次は風、土、雷といった具合にテンポよく進んでいく。

というのもまだ実験していない光と闇以外の五属性は、こぞって戦闘に堪え得ないほどまで術式の威力が低迷していたのだ。

「……」

そして今、五属性の実験を終えたところだが、未だ小ぎれいなままの的をレティシエルは複雑な心境で見つめている。

正確には一部がへこんでいたり、切り込みが複数入っていたり、黒いシミのような焦げがついてはいたが、全体で見れば大した傷はついていない。

従来であれば火球一つだけで、あの的はとうに爆散していたくらいなのだから、威力の差は歴然としている。

（参ったわね……まさかこんなに使い物にならなくなってるなんて……）

レティシエルが予想していたよりも、状況はさらに深刻だったようだ。

数ある魔導術式の中で、攻撃魔術は圧倒的に五属性のものに偏っている。その五つの属性の使い勝手がこれではつまり、攻撃手段としての魔術は実質死んだも同然だろう。

（この調子では、残りの属性たちも望み薄ね……）

これはいよいよ魔術を使わない戦い方を本気で模索しなければいけないかもしれない。

そんなことを思いつつ、とりあえず順番通りだからと、気の抜けた勢いのまま光属性の術式の実験へ流れていく。

光属性の術式には攻撃性があるものは少ない。基本的に結界やら治癒やら、守りや後衛向きの効果ばかりがそろっている。

「……あ」

使えた。期待半分だったせいで、思わず小さく声を漏らした。

淡い半透明の黄色い膜がレティシエルの周りを、たゆたう水面のようにユラユラと揺れながら囲んでいる。ちゃんと……結界だ。

これまでの結果がひどかったから真面目に発動に集中してもいなかったけど、それでも一応発動するとは驚いた。

一度術を解除し、今度は術式を圧縮しながら再発動。先ほどよりも強い光を放つ結界が展開された。威力はきちんと上がっているみたい。

どのくらいの攻撃まで防げるのかを検証したいのだが、攻撃してくれる相手がいないので自分で検証する。片腕にのみ結界の効果を集中させ、その辺で拾った石片をそこに目掛けて打ちおろす。

礫《つぶて》同士がぶつかり合うような鈍い音。力いっぱいにふるった石片の先端は軽く腕に食い込んだだけで、血が流れ出ることはなかった。

どうやら石程度の耐久性の物体なら無傷で防げそうだ。それより上の鉄やら他の金属ともなると無傷では済まなそうだけど……どのみち実戦で結界を使う優位性は失われたということか。

結界で可能な限り攻撃を防ぎ、味方の負傷者を減らすことが戦場での結界魔術の意味だったのだが……。

(……でもあの時は全然使えなかったのに……)

時計塔での出来事を思い出す。あれはサラの魔法陣が発動した直後か。あの場所でレティシエルは結界魔術を使えなかった。

そのときは冷静と集中を欠いていたから？　デイヴィッドの言う太陽の魔法陣の発動のタイムラグに当たっていたから？　それともあそこが北斗七星陣の影響をひときわ強く受けていたから？

「……」

心がザワザワする。まただ。見られているというか、呼ばれているというか、内から何かが湧き出そうとしているというか……このうまく説明できない現象。

何を考えても袋小路なものだから、今は実験に全集中することにした。治癒系の術式はどうだろう。発動は……できるようだ。

レティシエルの手には治癒魔術の術式が完全な形で展開されている。先ほど検証に使った石片をそのまま使い、今度は普通に腕に突き刺す。痛みとともに赤い雫《しずく》が細く腕を伝う。治癒魔術を発動させたまま傷口に手をかざす。治癒の光が傷口を覆い、光の粒子が周囲を舞いながら周辺を淡く照らす。

しばらく待つと光は自然と弱まっていき、完全に消えた頃には石で付けた腕の小さな傷は跡形もなく治っていた。さすがにこの程度の傷だったら余裕で治せるみたい。

剣でバッサリ傷を作って検証したい気持ちはあったが、万が一弱体化で治癒効果が追い付かなかったら大問題なのでこれ以上はやめておこう。

ちなみに浄化魔術も発動できた。浄化できる対象がいないから効果までは試せていないけど。

（となると現状生き残っているのは結界と治癒と、あとは浄化魔術くらいということかしら……？）

結論を出す前に、残りの闇と無属性の検証も進める。闇属性は……いまいち効果が芳しくなかった。

汎用性の高い五属性の術式と比べて、闇魔術の術式は大規模のものがほとんどである。数も多くないし、北斗七星陣の効果が発動している今、そうなるのも仕方あるまい。

（一応発動しそうな気配はあるけど……）

何度か挑戦したが、埒《らち》が明かないので途中で諦めた。どのみち元からあまり闇属性魔術は使っていなかったし。

無属性もはっきりと言い切れる結果が出たわけではないが、おそらく使えるのではないかと思う。数少ない無属性の身体強化魔術は実際発動したし、動いてみたら効力も付いてきていた。

元々、無属性単体の術式というのは少ない。無属性は基本的に他の属性の術と複合させ、その属性の効果を強化するために使われていた属性だ。

だから展開可能と確認できた治癒と浄化魔術に無属性を複合強化させたところ、こちらもそんなに大きな問題はなく融合した。

「なるほどね……」

全滅ではなかったことに対しては少し安心したが、逆になんであの三つの術式と無属性魔術だけ生き残ったのかが今度はよくわからない。

この三種類の魔術が、他のものとは何か違う点があるということなのだろうか。属性の違い？　しかしこれ以外の光属性の術式は全滅だった。

他に考えられるとしたら、これらが全て回復あるいは防御系の術であることくらいだが……。

「あとはこれらでどう戦うのか……」

これが一番の悩みの種の気がする。だって今使用が確認できた術式に、攻撃性のあるものは一つも入っていない。

しいて言えば、身体強化のみ体術と併用することを前提とするなら戦闘に活用できるけど、治癒と結界と浄化は完全に後方支援特化だ。

それはつまるところ、現状レティシエルが戦場に出ても魔術を攻撃の手段として使えないということ。由々《ゆゆ》しき事態だろう。

だからと言って何もできないことに甘えようとは思わない。訓練場の備品倉庫の中もチェックしてみる。魔術の他にレティシエルが武器にできそうなものを探す。

倉庫には鉄剣やら的やら素材となる木材などが入っていた。何かに使えるだろうか。ひとまず手元に残しておく。

あとで剣術演習場のほうの倉庫も見てみようかしら。武器などに関してはあちらのほうが充実してそうだ。

「……」

そういえばと、ふと持ち出した鉄剣に目を落とす。これ自体は倉庫を漁《あさ》ってたまたま出てきた物品だけど、魔導術式の仕様が脳裏に浮かんだ。

魔導術式は物体に付与することができる。付与すれば、そこに魔素を流し込むだけで間接的に発動でき、例えば火属性の術式を剣に付与すれば、火属性を扱える魔術剣ができあがる。

千年前では魔術が不得手な者、あるいは簡単に武器の威力を増加させる手段として多用されていた。大きな術式は武器そのものを壊してしまうので、使う術式は基本的に下級のものばかり。

ヒルメスにかつて教えたことがある方法だけど、つまり基礎術式《ベーシック・スキル》しか使えない今でも、この方法なら活用できるのでは……？

物は試しだ。すぐにレティシエルは鉄剣に術式の付与を試み始める。種類はひとまず火属性の火球にしておいた。

小さな術式が展開され、それはレティシエルの意図するまま鉄剣の刀身へと吸い込まれていく。術式を内包した鉄剣はかすかに熱を持ち、ほんのり橙《だいだい》色《いろ》の輝きを放つ。

付与は無事に成功したらしい。触ってみたところ普通に熱くて火傷《やけど》した。剣の素材が鉄だから、火との相性も相まってあっという間に温度が上昇している。

（これは……使えるんじゃないかしら？）

直感でそう思った。そうとなれば早速実験しなければ。

試し斬り用に、ブース備え付けの倉庫から予備の的を取り出し、的とそれを支える脚部分を解体する。今回はこの脚を使わせてもらう。

学園の備品ではあるが、他に使えそうな道具がないのだから仕方ない。ルーカスへの釈明は……あとでなんとかなるだろう。

解体した脚部分は、ちょうど手頃そうな長さの木の棒になっていた。それを地面に並べ、薪《まき》割《わ》りの要領で魔術をまとわせた剣を振り下ろしてみる。

スパンッ。

小気味いい音とともに、木の棒が真ん中で二つに分かれた。切り口に小さな種火がつき、断面を焦がしている。火魔術の影響だろう。

「やっぱり……」

レティシエルの考えは間違っていなかったらしい。暗闇の中に一筋の光を見たようで、思わずほっと息を吐いた。この方法を使えば自分はまだ戦えそうだ。

となると練習が必要か。レティシエルとて剣は扱えるし、体術も一応会得しているけど、何せ普段使いの戦闘法が魔術だ。剣をメインにした戦いは随分久しい。

剣は使わなければすぐに腕がなまると誰かも言っていたし、今のうちにならしておく必要があるだろう。

時計を確認。ここへ来たときからの時間経過はだいたい二時間ほど。日暮れの時刻を迎えるのにまだまだ余裕があるので、このまま魔術剣の練習もこなしていこう。

途方に暮れるにはまだまだ早そうだ。

＊＊＊

戦術の試行錯誤を繰り返していたらあっという間に夕暮れの時刻を回ってしまったので、今日はこのくらいにして切り上げることにした。

本当に、この一切の変化がなくずっと真っ黒な空のせいで昼夜の判断がしにくい。気づいたときにはもう何時間も過ぎている。

魔法訓練場の外に出ると、来たときはまだちらほら見かけていた教員や騎士たちの姿も減っていた。おそらく帰宅するか巡回に出ているのだろう。

まだポツポツと明かりがついている本館の横を抜け、正門のほうへ向かう。

「……あれ？　ドロシーじゃないか」

そこで呼び止められた。レティシエルをこの名前で呼ぶ者は一人しかいない。

振り返ると案の定そこにいたのはエーデルハルト。先日の会議のときに少しだけ顔を合わせて以来だけど、なぜ彼がここにいるのだろう。

確かイーリス帝国との戦争の間、ライオネルが王都を留守にしていたからエーデルハルトが王の代理を務めていたはず。今はライオネルが代わったとはいえ、こんな場所をうろついていて大丈夫なのか。

「あら、エーデル様。王城にいらしていたのでは？」

「ぱっぱと引き継いでとっとと出てきた」

「はい？」

詳細に聞いてみたところ、どうやらライオネルの帰城とともに国王代理の権限を早々に全譲渡してきた、ということらしい。

「戦争中は仕方なかったからな。だが兄上が戻ったのなら、俺がこれ以上代理の座に居座る理由はない。その代わりここでの采配権は兄上からもぎ取ってきた。そういうわけ」

「そうでしたか。なかなか手際がいいですね……」

停戦を経てライオネル一行が帰還してからまだ二日程度なのに、そんなあっさり国王代理は全権交代できるものらしい。

あるいはいつでもスムーズに譲渡できるよう、前々から準備していた？　権力嫌いのエーデルハルトなら有り得そうな気がする。

「でもなぜこんな場所に？　ここには学園長も騎士の方々もいませんよ？」

「そういうドロシーこそ、魔法訓練場に何用？」

「実験です。この空の魔法陣のことは聞きませんでした？」

「聞いた聞いた。魔素を変異させて消滅させるって代物なんだろ？」

「だから現状魔術がどこまで使えて、今後自分がどう戦うべきか、それを検証して模索するためです」

「あぁ、なるほど……」

ポンと手を打ち、エーデルハルトは頷《うなず》いて納得した。

「俺のほうは近道中だ。救護室にはこの辺り通っていったほうが早いからな」

「救護室？　怪我《けが》でもされたんですか？」

「いや、俺ではない。メイのほうだ」

「メイさん……？」

エーデルハルトの従者の一人で、ドロッセルと同じく魔力無しだと聞いた、ハニーブロンドの髪の少女のことか。

するとちょう度そのタイミングでエーデルハルトの背後からアーシャとメイの姿が見えた。こちらに向かってきているよう。

レティシエルを見つけるとアーシャはペコリと頭を下げた。彼女にしがみつくようにくっついているメイは、逆に大変眠そうにしている。だが、その顔色は青い。

「メイさんが怪我を？」

「そうじゃない。体調が悪いんだ」

やはりそうかと納得した。メイのあの顔色だ。単に寝不足というようにはとても見えない。

「大丈夫、なのですか？」

「うーん、ここんとこよくあるからなぁ……なんとも」

気難しい表情でエーデルハルトは言うが、〝よくある〟って……そんなに頻繁に体調不良が起きているということか。

「それは……問題なのでは？」

「そうなんだよねー……」

「……もしかして、原因がわかりませんか？」

さっきからやたらエーデルハルトの反応が煮え切らない。自身にとって大事な配下のことにもかかわらず。普段の仲間想《おも》いの彼には似つかわしくない反応。

だから煮え切らない態度をとっている理由があるのではないかと思って聞いてみたのだけど、言いにくそうに沈黙している様子からして……どうも当たっているらしい。

「……本当に、よくわからないんだよね」

しばらくして、ようやくエーデルハルトが口を開いた。

「メイはさ、前々から急に体調崩したり、寝込んだりすることはあったんだ。その都度医者には見せてたんだが、答えはずっと『原因不明』でね」

「原因不明……」

「それでも気づけば具合は改善していたし、本人もケロッとしてるから、結局有耶無耶《うやむや》になって今日まで来てた。ただ……」

「……最近は、有耶無耶にできない状況に？」

「……あぁ」

そう言ってエーデルハルトは肩を落とす。本人もそれで相当悩んでいると見える。

曰《いわ》く、しばらく前から一週間のうち何度もめまいや頭痛を訴えるようになったという。

これまでは数か月に一回程度だったのに、急な頻度増加だ。

そして帝国戦から帰還後、すなわち北斗七星陣が発動したあとは毎日のように不調を訴え、しかも症状は悪化している。

「日に日に痩せていくし、あんまり食べられないし、この頃は幻覚を視《み》てる節まである。でもやっぱり理由がわからないんだ。休ませても治らないし、かなりお手上げ」

「……あの空の陣が、何か影響していそうな気がしますけど」

横目に空を見上げる。相変わらずそこには、サラが起動させたままの形の北斗七星の大陸陣が一面に広がっている。

連日のようにメイが体調不良に苦しむようになったのは、この陣の発動以降だと聞いた。契機として十分疑い得る出来事だろう。

「メイさんは確か、魔力無しなのですよね？　以前そう伺いました」

「おう、そうだけど……アレって魔力がない人に影響を与えるような代物なのか？」

「……」

空の魔法陣を指差しながらエーデルハルトが首をかしげた。

そう言われるとレティシエルも自信がない。何せ同じく魔力無しにもかかわらず、レティシエルのほうは特に劇的な体調の変化があったわけではない。

だとしたら体調不良の原因はまた他の事ということになるが……ほかに何が考えられる？　瘴気《しょうき》？

「あの、エーデル様」

「ん？」

「メイさんに浄化魔術をかけてみてもいいでしょうか」

「え？　いいけど……あれ？　ドロシー、魔術まだ使えてるの？」

「一部だけ、なぜか生き残っている術式がありまして……」

先刻まで訓練場で行っていた実験とその成果について、レティシエルは簡潔にエーデルハルトに説明する。

「へぇ。なんというか……癒し系の術ばっかだな」

「それに関しては私も意味が分かりません」

「まぁでも、全滅よりはマシだろ」

これほど回復系ばかりが揃《そろ》っているとなると偶然ではない気もするが、エーデルハルトの言葉もその通りなのでレティシエルは頷いた。

メイの額に手をかざし、浄化魔術の発動に集中する。光の陣が展開され、少しずつ明るさを増しながらメイの全身を包んでいく。

そういえばさっきの実験では浄化魔術だけ効果のほどがわからなかったけど、ちゃんと効力を発揮しているだろうか……。

そんなレティシエルの心配をよそに、メイの息遣いは徐々に穏やかになっていた。額に滲《にじ》んでいた冷や汗も引いており、体調の回復が見て取れる。

やがて浄化が済んだ頃には、あれだけ真っ青だったメイの顔にほんのり赤みが戻ってきていた。

「おぉ……効いてそうな感じだな。さっきより顔色が良い」

「浄化が効くということは、本当に黒い霧の瘴気の類が原因……？」

「……」

手ごたえ的に、純粋に瘴気だけが元凶という感覚でもなかったのだが……。

ぼんやりとしながらメイがこちらを見ている。何かと首をかしげると、その口が小さく動いているのに気づいた。

「……くる」

「え？」

「くる、よ……」

意味ありげにポツリとそれだけ呟《つぶや》いて、メイはまぶたを閉じた。すぐに、規則正しい呼吸音。どうやら寝てしまったらしい。

「言っただろ？　最近は幻覚だか幻聴だか、そういう類のものを見たり聞いたりする節があるって」

「……来るって、何が来るんでしょう？」

「それがわかればもうちょっとどうにかなるかもしれないのにな」

つまりエーデルハルトでもわかっていないのだろう。眠ってしまったメイをアーシャがおんぶしている。

「……？」

ふと見慣れない物がエーデルハルトの首元にあるのを見つけた。ブレスレットらしい。ブレスレットなのに、なぜか腕につけずチェーンを通して首から下げている。

細い金色のブレスレットで、中央の台座には大きな黒真珠。それも形を見るに、女物だ。

女物と男物の見分け方はいつぞやニコルに教えてもらった。

　エーデルハルトの持ち物に、こんなブレスレットなんてあっただろうか。いや、レティシエルも彼の私物を把握してはいないから、これまで身に着けてなかっただけかもしれないけど。

「どうかした？」

「あ、いえ……ブレスレットなんて珍しいと思いまして」

「あぁ……」

　胸にかけたブレスレットをエーデルハルトが持ち上げた。金属同士がぶつかる涼やかな音が鳴る。

「これ、メイから渡されてるんだ。何か知らないけど、常に持っててほしいとさ」

「メイさんから？」

「そう。最初は別で保管してたんだけど『それじゃあダメ』って怒られた」

　シャラシャラとエーデルハルトはブレスレットをかけたチェーンを揺らしながら言う。

「ドロシーさ、メイが元貴族の出って話は聞いてるだろ？」

「ええ、スフィリア戦争時に滅んだウルデ公爵家の跡取り娘だと。それを証明するブレスレットを持っていたから……」

「そのブレスレット」

「？」

「だから、これがそのブレスレット」

思わず目が点になる。己の身分が認められる契機となった物品……しいて言えば身分証明とも呼べる物を、エーデルハルトに預けた？　このようなタイミングに……？

「え……それ、かなり大事なものですよね」

「やっぱりそう思う？　俺もそうだと思うんだけどなぁ……」

どうにも頑として譲らないから、結局そのまま受け取ることになったのだとか。

メイにとって、それだけこのブレスレットを譲渡することが重要だったということなのかしら。マジマジとブレスレットを見つめる。

大変簡素な作りの一品だ。何か暗器や手紙の類を仕込めそうな大きさもないし、術式が刻まれている気配も……ない気がする。

じっと見ていると少しこめかみがムズムズしてくるが、それだけでは何を意味するのか判断もつかない。

「まぁ、とりあえず今はメイを救護室に連れてくよ。無意味だとしても、俺には休ませてやることしかできないしな」

「エーデル様……」

「ドロシーも色々と気を付けろよ。体調もそうだし、敵の出方とかも。向こうは魔術を封じたと思ってても、それで君が用無しになるわけではない気がするしな」

「そうですね。肝に銘じます」

実際、レティシエルの意識が目覚めるきっかけとなったのは、サラによる『ドロッセル』への呪術干渉だった。そのとき当然この体は魔術を知らない。

だからエーデルハルトの言葉に一つ頷《うなず》く。結社側が魔術が使えないことのみを理由にレティシエルを放免するとも思えない。

メイを負《お》ぶったアーシャのあとをエーデルハルトが追いかけていく。その背中を最後まで見送り、レティシエルもまた帰路についた。

サラの魔法陣をきっかけに、世界は変わった。レティシエルの身にも、以前はなかったことがいくつか起こっている。

（もっと対策を急がないと……）

敵の今後の意図はまだ不透明でも、日に日に状況は悪くなっていくはずだから。そんなことを考えながら薄闇の中、屋敷を目指す。

そしてその翌日、事態は急激に動き出した。

この日もレティシエルは魔法訓練場に来ていて、その帰り道のことだった。

再訪したのはもちろん、昨日編み出した戦闘術の練習のためだが、今回は午前の内から早めに来ていたせいで、切り上げる時間もかなり早くなってしまった。

（……もう一度デイヴィッドさんに話を聞きに行こうかしら）

このまま帰宅するのはなんだかもったいない気がする。廊下を歩きながらレティシエルはしばし考え込む。

サラの魔法陣のことやドゥーニクスの遺産のことなどは色々話してくれたけど、まだ一つ聞けていないことがある。

魔法陣の発動により魔素が介入を受け、その結果レティシエルは魔術を扱うことに不自由になってしまい、満足に戦うことが叶《かな》わなくなった。

しかしデイヴィッドはサラのもとへやってきたときにも転移を使い、戦闘にも魔術を使用していた。陣はすでに起動していたのに、彼はなぜか術を使えていたのだ。

デイヴィッドは自身が人間と精霊の間に生を享《う》けた者と言っていた。その二つの種族の特徴を併せ持ったことが、魔術を扱えたことと関係していることはないだろうか。

一応レティシエルは生身の人だから、もしその出自に秘密があってもそのまま応用はできないだろうけど、打開のヒントは得られるかもしれない。

「……？」

ふと何者かの気配を感じてレティシエルは立ち止まる。

気づけば廊下にはレティシエル以外の人影は見当たらず、シンと静まり返っている。アーチ状の廊下から見える庭の植物たちも止まっているように見えた。

気配の居所を探る。それはすぐに見つかった。レティシエルが向かおうとした側とは反対、今しがた歩いてきた廊下の先の暗がり。

そこにぼんやり光に包まれるように白い少女が一人ポツンと立っている。純白な無地のワンピースが、風もないのに小さくなびいて揺れる。

「君は……」

左目の視界のみが、まるで少女に呼応するように赤色に染まった。右目を閉じれば、赤い世界に少女だけが白く浮かび上がっている。

その少女にも、目に映る景色の色が変わるのも、レティシエルには覚えがあった。かつてレティシエルをシルバーアイアンのもとへ導き、ノクテット山に導いた、あの謎の少女。

「……ドロッセル」

自然とその名前が口からこぼれた。ずっと正体がわからなかったはずなのに、なぜか今は確信があった。あの姿は、幼い頃のドロッセルのものだと。

「……」

『……』

無言で二人は見つめ合う。少女の……ドロッセルの姿は時々揺らいで見えた。多分、虚空に浮かぶ幻の姿なのだろう。

でもなぜ、今になってあの子はレティシエルの前に姿を見せるようになったのだろう。警告？　それとももっと別の理由？

『……』

沈黙の時間がしばらく続いたが、ふいにレティシエルは目の前の少女の口が動いていることに気づいた。

本当にわずかな変化だ。注意深く見なければ黙りこくっているようにしか見えない。

もっとよく口の動きを読むため、レティシエルは一歩前に進む。

ドロッセルの幻は動かない。さらに近づく。互いの距離が縮まるにつれ、彼女が何を伝えようとしているのか読み取れるようになった。

『気を付けて』

少女の口は確かにそう言っていた。気を、付ける？　……何に対して？

「それは、どういう――……」

ドォォオン！

突如、大地が揺れた。何事かとレティシエルはすぐさま外を見やる。

建物の屋根の向こうから煙のようなものが見える。あの方向は……確か本館前の庭園が広がっていたはず。

視線を元に戻すと、すでに廊下にドロッセルの幻の姿はなくなっていた。目を外した隙にフッと消えてしまったらしい。

釈然としない気持ちのまま、しかしいなくなってしまった以上どうにもできなくて、レティシエルは後ろ髪を引かれる思いでその場を離れる。

エントランスホールを抜けて本館前に出ると、すでにルーカスやエーデルハルト、及び会議の護衛に来ていた騎士たちが集まっていた。

「エーデル様！」

一番近くにいたエーデルハルトのもとへ行く。彼はチラとレティシエルの姿を確認した後、またすぐに視線を正面に戻した。

「どうしたんですか？　先ほど凄《すさ》まじい轟音《ごうおん》が聞こえましたけど」

「どうもこうもないさ」

正門のある方角を睨《にら》みながら、吐き捨てるようにエーデルハルトは答える。

「結社の連中が、学園を襲撃してきやがった！」

白の結社がルクレツィア学園を襲撃してきた――……。

「ついさっき門番が上空に不審な影を見てな。攻撃が降ってきたのはその直後だった」

正門のほうを顎で示しながらエーデルハルトは言う。その方向から敵が来たようだ。何かが爆《は》ぜる音がここまで届いてくる。

「敵は上空にいるのですか？」

「いや、そのあと降りてきてるみたいだ」

「飛行してきたというわけね……」

「というより、呪術って空も飛べちゃうもんなのか？」

「魔術にはそれらしい術式があるので、応用すれば可能ではないかと」

サラは千年前……魔術全盛期の時代を生きている。浮遊魔術だって扱えていた。それを呪術の術式に転用していてもおかしくない。

「ドロシー、どうする？」

「行きます。こんなのでもまだ役に立てることがあるはずです」

即座に頷く。効力は大幅に下がったが、治癒の術式はまだ生きている。五属性の魔術も、工夫次第で戦闘に用いることができそうなものがある。

「足手まといになりそうだったら自主的に離脱しますので」

「……わかった。君がそう言うなら」

すぐさまレティシエルはエーデルハルトとともに正門の方角へ急ぐ。爆発音に紛れて人々の叫びも聞こえ始めてくる。

到着した現場は……白かった。地面や空には何も変化はないし、戦闘だって続いている。ただ門のあたりから迫ってくる白色が強い存在感を放っていた。

「呪術兵……」

正門周辺に集まった白の正体は、呪術兵たちの色の抜けた白髪《はくはつ》だった。

白い髪と白目のない赤い瞳だけが共通する、見た目も年齢も性別もてんでバラバラな者たちは、一つの意志に統率されているように真《ま》っ直《す》ぐ学園に向かってきている。

なんという数だろう。これだけの兵を作るのにどれほどの人々が利用されたのか。むしろこんな大勢の人間をどうやって集めたのか。

「くっ、なんなんだこいつら、斬っても倒れねえ！」

「おいおい、片腕落としたんだぞ……なんでまだそんなに動けるんだ……」

「どうなってる！　あんなのいったいどうすればいいのだ!?」

斬っても絶命しない限り、受けた傷をものともしない呪術兵に、騎士や兵士たちは苦戦していた。

それに数の暴力もある。すでにかなりの劣勢を強いられている。

「や、やめろ！　来るな！　こんな、こんなの……あのときと同じじゃないか……！」

中には戦意喪失している者もいた。スフィリア戦争……そのときにもラピス側は呪術兵を投入し、王国軍に甚大な被害を与えている。

その地獄の戦いを経験している者にとって、目の前で起きているこの状況はまさに悪夢の再来だろう。

「まずは非戦闘員を退避させるぞ。戦えなそうな奴《やつ》も避難させないと、ただ無駄に被害が広がるだけだ」

「同感です」

長々と話している時間ももったいない。互いに示し合わせ、レティシエルたちはすぐさま動き出す。

座り込んでしまっている者たちを、近くにいた騎士たちと一緒に退避させていく。

エーデルハルトはまだ命令を出していないので、どうやら彼らはまた別の指揮系統で動いているらしい。

ついでに避難先を確認するため味方の動きも観察しておく。

騎士たちは……別館のほうを出入りしているらしい。どうやらそこが本部のような役割を果たしているみたい。

本館のエントランスのほうが広さはあるが、より正門に近いのは別館のエントランスのほうだから利便性を考慮してここを本部としたのだろう。

近づくと、別館周囲を結界が取り囲んでいることに気づいた。

建物を覆うように淡い黄色の半透明の光の膜が展開されている。味方のみ受け入れ、敵を弾《はじ》く。

「あ、殿下、ドロッセル」

結界を抜け、別館に入るとそこには兵から報告を聞いているルーカスがいた。どうやら現場の騎士たちを指揮していたのは彼だったようだ。

「悪い、ルーカス殿、遅れた。状況は？」

「非戦闘員の退避はもうすぐ終わりそうです。あと戦場で腰抜けてる連中は、今部下たちに拾わせに行っています。あれではあっという間に呪術兵どもの餌食になりますからね」

「それは……ありがとう。おかげで心配事が一つ減った」

先ほどエーデルハルトが言っていたことと同じことをルーカスも考えて先回りしていたらしい。それを聞いてエーデルハルトは一つ頷《うなず》く。

「近隣住民の避難はどうなってる？」

「さすがに周辺は間に合いませんでした。今、城に緊急令の発令を要請しています。ただ……奴らどうも全員ここへ一直線のようで」

「他の人間には見向きもしていないと？　……ならこっちに引き付けている間に避難を完了させろ」

「ご安心を。すでに配下を向かわせています」

「さすが仕事が早い」

話がトントン拍子に進んでいるうちにも、エントランスにいる人数がどんどん増えていく。中にはすでに怪我人《けがにん》も交じり始めている。

治療要員たちも動き出しているけど、まだ十分な数が集まっていないのだろう。需要に対して供給が追い付いていない。

「それにしても地獄絵図だね……こんなに近くに来るまで誰も気づけなかったなんて」

次々とホール内に増えていく負傷者たちを、エーデルハルトは苦々しい面持ちで見つめていた。

「まさか、上から降ってくるとは予想しませんよ。あんな場所に、いったいどうやって……」

「転移……ではないでしょうか」

ルーカスとエーデルハルトの会話の間に、レティシエルが一言そう投げ込む。

「あの子……サラは転移を使える術者です。そしてこの場所のことも知っている。転移で呪術兵を送り込むことは可能です」

「転移ってお前、あの空の妙な陣のせいで魔術は使えなくなってるんじゃないのか？」

「私や、私の周りの者は確かにそうです。ただ……呪術は使えるのです」

それはサラが陣の発動後もデイヴィッド相手に呪術で応戦していたから間違いないことだ。しかし呪術もまた、魔力と魔素を融合させる力。

「同じく魔素を消費する力なのに、呪術は陣の影響を何も受けていないように思います。魔素を改変して消滅させるというのは嘘《うそ》ではないのでしょうけど、全てその通りだとも限りません」

「じゃあなんだ？　あの男の陣営が使う分だけ消されてないとでもいうのか？」

「さぁ、そこまでは……。でも私たちにもまだ把握できない原理が働いているのは、おそらく確実ではないかと」

「ったく、面倒な……」

そう言うルーカスの表情は心底面倒そうだった。正直レティシエルも話しながらちょっと思考が混乱を来《きた》している節があるので、人のことは言えない。

「避難している人々は、これで全員なのでしょうか？」

「いや、一部逃げ遅れてる連中がいるみたいだ。救助しに行こうにも、呪術兵どもに阻まれて一般兵たちは近づけないらしい」

「ならいったん迎撃に出ましょう。このままでは敵中に取り残される者が増える一方です」

「ああ。なら俺が一緒に行く。殿下はこの場の指揮を頼みます」

「わかった、司令塔は引き受けよう」

ここで味方の総司令官の役割はルーカスからエーデルハルトにバトンタッチされ、

「学園長のお力、頼らせていただきますね」

「お前に頼られるとなると、なんとも妙な心境だな」

「バカにされています？」

「してないさ。珍しいって言ってるんだ」

　珍しいと言われると確かにそうかもしれない。

　魔術を思うまま操れていたときには、むしろ先陣切って突っ込んでいってばかりだった気がする。

　仲間たちを信頼して頼っているつもりだったけど、結局は個として戦っていることのほうが多かったか、と自分で言って自分で内省。

「……デイヴィッドさんはいらっしゃらないのですね」

「ん？　あぁ、デイヴィッドなら別館の結界を任せてる。あれが起動してるうちは、少なくとも本部は安全なはずだからな」

　結界……別館を包むように展開されていたあの結界はデイヴィッドの手によるものだったか。

　不完全にしろ北斗七星陣の効果はすでに発動されているのに、相変わらずなぜそんな大規模の魔術を使えるのやら。

　個人で何らかの対策があるのか、それともデイヴィッドの中にある半分の精霊の血が何か作用しているのか。

　精霊は魔素を体内で生み出すことができる種族とされているし、空気中の魔素も精霊由来のものだともいう。あり得るかもしれない。

「学園長！」

別館を守る結界を抜けたところで、ルーカスのもとにジークが合流してきた。

「おう、ジーク。本館西の避難は終わったか？」

「はい、ひとまず全員別館に誘導しました」

「よくやった。ならすまないがこっちを手伝ってくれ。敵中で孤立してる連中がまだいるんだ」

「それは大変ですね……わかりました、私で役に立てるのなら」

どうやらレティシエルが来るよりも先に、ジークはもう戦いに協力していたようだ。

ルーカスの要請に二つ返事で了承している。

「あとドロッセル。お前はジークと組んで戦え。孤軍奮闘するより、今は二人のほうがお前としても心強いだろ」

「そうですね。お気遣いありがとうございます。ジークもそれで構わない？」

「ええ。よろしくお願いします」

「それじゃあ俺は西側を回るからお前たちは反対側から行ってくれ。救助作業が終わったら随時こいつを打ち上げて連絡をするように」

そう言ってルーカスが手渡してきたのは、こぶし程度の大きさの丸い球だった。持つとずっしり重く、導火線も付いている。どうやら信号花火のようだ。

信号花火が上がり次第、もう一方の作業を手伝いつつ撤退することを取り決めておき、レティシエルたちとルーカスは各々行動を開始する。

レティシエルたちが向かう方向には、十数人はいそうな呪術兵の集団。

呪術兵たちはいくつかのグループに分かれて侵攻してきているようで、これはまだ比較的中規模のものらしい。

(……気を利かせてくれたのかしら？)

確かルーカスが対処に行った方面が主戦場だったはず。そんなことを思ったりした。

「ジーク、何か見える？」

先頭を行くジークにそう尋ねる。遠視魔術は使えなくなっているから、この暗い中では先があまり見通せない。

ここで初めて〝ドロッセル〟は視力が強くないことを知った。今さらだ。見えなければ遠視魔術、暗ければ暗視魔術、早く動きたければ身体強化魔術。

そうして無意識に全てを魔術で賄ってきた。魔術は不足を補完し、人は己の身体的不自由をほぼ全て外付けで補うことが可能となった。

そして代わりに自分の限界を忘れてしまう。思いのほか魔術に頼りすぎだったのかもしれない。

「そうですね……見えはしていないのですけど、声はします」

「味方？」

「おそらくは。敵の声とは違うので」

　レティシエルにはまだ届いていないけど、どうやら敵中に取り残されている味方はまだ生きているらしい。そこについては安堵《あんど》した。

「くそっ、くそっ！　なんなんだよお前らは！　さっさと倒れろよ！」

　さらに進むとレティシエルの耳にもその声とやらが聞こえたきた。若い男性の声で、かなり気が動転しているように思う。

　声のするほうに向かうと複数の呪術兵に取り囲まれている青年の姿が確認できた。王国騎士団の鎧《よろい》を身に着けていて、やみくもに剣を振り回している。

「ジーク、裏へ回ってもらえるかしら。こちらで敵を引き付けるからその間にあの人を」

「わかりました。お気を付けてくださいね」

　対象者の救助はジークに任せるとして、レティシエルは近くに落ちていた剣を拾う。恐らくここで戦っていた者のものだろう。

　自身に身体強化魔術をかける。攻撃魔術は軒並み撃沈しているから討伐は厳しいだろうけど、囮《おとり》くらいなら今の力でもまだやれるだろう。

　剣に気持ち程度の火属性術式を付与し、そのまま敵の群れへ突っ込む。

　騎士の青年に集中していた呪術兵たちはすぐにこちらに気づいた。複数の赤い瞳が一斉にこちらを捉える。ちょっとしたホラーだ。

　呪術兵の一人がレティシエルにつかみかかろうとしてくる。その攻撃の軌道を読み、先回りして回避してから足首の筋を斬る。

弱体化しているとはいえ、呪術兵たちの動きもさほど俊敏ではない。集中を切らさなければ避《よ》けられる。

足を斬られた呪術兵は悲鳴も上げずに地面に倒れる。痛覚が麻痺《まひ》しているのだろうか、這《は》ってでもまた近づいてこようとしているのが不気味だ。

そして倒れた者の上を、他の呪術兵が容赦なく踏みつけていく。

その執念の深さに驚きながら、歩行を制限するのは有効な手段だと再確認する。

時間稼ぎや速度を重視するときはこの方法のほうが早いかもしれない。

仲間の体を踏み越えて襲い掛かってくる別の個体は、剣の届く死角から来たのでカウンターで背負い投げをして他の敵も巻き込む。

ジークの状況をちらとチェックすると、レティシエルが敵を全員引き付けているおかげで、かなりスムーズに騎士の青年の救助に成功している様子。

(……体術も織り交ぜれば、この程度の強さの兵相手ならまだなんとかなりそうね)

ある意味、数は多いけど弱い個体ばかりで助かった。

スフィリア戦争時に駆り出されていた呪術兵は、話に聞いた感覚だともっと選《よ》りすぐられた先鋭部隊のような印象を受ける。

対して今回の襲撃で利用されている者たちは、総じて変哲のない一般兵程度の力しか持っていないように思う。

これだけの兵を作り出すとなると、どうしても質が落ちるのかしら。

サラは盲目王のことを最上級の呪術兵だと言っていたし、呪術兵の中にも等級のようなものがあるのかもしれない。

「大丈夫ですか？」

周囲の安全を確保してから騎士の青年のところに戻る。ひとまず戦闘は終了したのだけど、彼の怯《おび》えっぷりは相変わらずだった。

「おし、おしまいだ……斬っても斬っても、埒《らち》が明かないんだ！」

「落ち着いてください。奴《やつ》らとて元は人間です、倒せない存在ではありません」

「け、けどあんな厄介なの、どう戦えば……」

「戦う際は足を狙ってください。回復能力は大して高くないようなので、足を斬っておけば少なくとも身動きは封じられます」

「そ、そうか、なるほど……！」

動転はしていたけど、即席対処法を教えると青年は多少気力を取り戻した。

「退路は確保してありますので本陣と合流してください」

「わ、わかった。君たちは？」

「他に救援を待つ人がいないかを確認します。誰か自分以外の者は見ました？」

「えっと……はぐれた同僚が庭園奥に取り残されてる事務員がいると。作業中で逃げ遅れたとか何とか……」

「庭園の奥……ありがとうございます。これから向かいますね」

手短に話を聞いて、青年を安全な場所まで避難させる。

索敵魔術を応用すれば要救護者の位置特定はたやすいのだけど、これもまた使えないのだから仕方ない。

「でも庭園のさらに奥ね……庭園だけでもかなり広いと思うのだけど、どこかにショートカットできるルートはないかしら」

「ありますよ」

「あら、あるの？　よく知っているわね……」

「時計塔へ通うときに時たま使っていましたから」

ジークが答える。時計塔とはまた懐かしい場所だ。学園にある時計塔内の機械室で、レティシエルは最初にジークと遭遇した。

近道とやらは壁沿いに広がる雑木林の中を通るという至って普通のものだった。

しかしどこで何を嗅ぎつけたのか、途中から呪術兵が普通に乗り込んできて何気に大変だった。

これなら敵陣を突っ切っても似たようなことだったのでは……と一瞬思ったけど、せっかく案内してもらっているのだから言わないでおく。

「……あ、ドロッセル様、見つけました！」

何度目かの呪術兵集団を振り払った直後、ジークがそう言ってある箇所を指差す。

それは作業小屋のようなこぢんまりとした木造の平屋で、二枚扉の片方が壊れて半開きになっていた。

その扉の隙間から女性の頭が見える。若い女性で、学園関係者の制服を着ている。ジークが駆け寄り、状態確認をする。

「息はある？」

「気絶してるだけみたいですけど……」

意識を失っている女性の体には黒い霧状のものが舞っており、本人は土気色でひどく苦しそうな顔色だ。

「……黒い霧による侵食ね」

「浄化しますか？」

「この場所では長居できないから応急処置だけど」

女性の額に手をかざし、レティシエルは浄化魔術を発動させる。

薄闇の小屋の中、柔らかい淡黄色の光があふれる。その光が女性にまとわりつく黒い霧をからめとり、呑《の》み込んでいく。

その過程で時々光が霧に押し負けそうになっているのは、北斗七星陣の影響で浄化の威力も弱まっているせいだ。

それでもまだ十分利用に耐え得るもので安心する。

少しずつ黒い霧の濃さが薄まっていき、女性の顔色も良くなり始めた。まだ完治ではないが、ここで外が騒がしいことに気づいた。

半開きの扉から外の様子をうかがうと、雑木林の中から複数の赤い瞳が光って見える。

騒がしさの原因は、呪術兵の足音とうめき声だったらしい。

「……敵が集まってくるわ」

「面倒なタイミングですね……この方、避難させたほうがいいですよね」

「応急処置は終わったから、ひとまずは大丈夫だと思う。活路を開いて、本部へ直行しましょう」

幸い、数はそこまで多くはないらしい。ざっと見て……二十人くらいか。

もしかしたら浄化魔術の光に引かれてきたのだろうか。とりあえず相手にできないほどの数ではない。

魔法という攻撃手段をまだ使えているジークには援護射撃を頼み、レティシエルは再び身体強化とともに剣で敵の相手をする。

火の属性を帯びた剣で切り付けると、傷口が小さく発火して移動をさらに拘束できる。

呪術兵たちの攻撃をいなし、時には体術で組み伏せ、一人一人確実に足をつぶしていく。

単体では全く攻撃に向かなくなってしまった魔術も、こうするとまだいくらか便利かもしれない。

「しかし……なぜ、今なのでしょう？」

敵の足が止《や》んだわずかな合間にポツリと、不思議そうにジークはそうこぼした。

「この場所を狙うのなら、もっとずっと前から機会はあったはずです。このタイミングで学園を襲って、何か利があるようにも思えないのですが……」

「……」

その疑問を聞きながら、そういえばジークは先日のデイヴィッドとの対話、あるいは同日に行われていた群臣の会議に参加していなかったか、と思った。

あの廃墟《はいきょ》の時計塔でサラは言っていた、意図せずデイヴィッドの妨害が入ったことで肝心の北斗七星陣が未完となっていたと。

そしてこのルクレツィア学園は、サラの陣を妨害している太陽の魔法陣の起動の要となっている場所だ。

それはデイヴィッド自身が認めている。だから彼は学園から移動することを拒み、その結果群臣会議は王城ではなくわざわざ学園に舞台を移して開かれた。

もしその情報をサラのほうでも摑《つか》んだのだとしたら、あの子がルクレツィア学園を襲撃する理由は十二分にある。

中心を壊せば、陣は無効となる可能性が高い。太陽の魔法陣を取り除くことが、恐らく今サラにとって最重要課題のはずだから。

「今だからこその狙いがある、ということなのでしょう」

「ドロッセル様？　それはどういう……？」

「結社にとって一大事のはずの今、彼らは学園の襲撃を選んだ。この行動そのものが、計画遂行のために必要な出来事だということよ」

「確かに、そう考えると筋は通りますけど……」

そう聞いても、やはりジークはあまり腑《ふ》に落ちてなさそうだった。

話の理屈は通っても、彼の中ではまだ、学園襲撃によってなぜサラの計画が進むのか、その関連性が一切不明なのだろう。

「ごめんなさい、本当はもっと前に話しておくべきだったのでしょうけど、タイミングが合わなくて今になってしまったわ」

「謝る必要はありませんよ。しかしドロッセル様……何かあるのですね？　襲撃が行われる理由に心当たりが」

「ええ、デイヴィッドさんから聞いた話があるの。そこからの推測にすぎないけれど」

「え……デイヴィッドさんから？」

予想外の名前を聞いたようにジークはキョトンとした。

あぁ、そうか。彼はデイヴィッドの正体と、サラとの関係性のこともまだ知らないのか。話さなければいけないことが多そうだ。

「そうよ。今回のこの事態に関わることだから、共有はさせたいのだけど……」

いったん言葉を切り、レティシエルはちらと自身の横方向に目を向ける。

そこには、今にもレティシエルたちのもとに迫らんと押し寄せてきている、大勢の呪術兵たち。未《いま》だ戦闘中である。

「……まずはこの呪術兵たち、どうにかしましょうか。これではおちおち話もしていられないわ」

「……ええ、同感です」

まずはこの呪術兵たちをどうにかすることが先決だ。会話をいったん切り上げ、レティシエルは剣を構える。

戦い方はさして変わらない。攻撃をかわし、足をつぶす。向こうの出方がずっと一緒だから、こちらも同じ戦法を取り続けている。

ジークが広範囲に放ったアースバレットの魔法が敵の体に直撃し、呪術兵たちがひるむ。その隙を逃さず一体ずつ倒していく。レティシエルのもとに集まってきてくれるので、ある意味戦いやすかった。

(……気のせいかしら。私ばかり狙ってくるような……？)

何体目かの呪術兵を無力化した頃に、ふとレティシエルはそんな疑問を抱いた。

偶然……とも言い切れない。何せ先ほど林を抜けていたときもそうだった。

最初はそこまで林内にいなかった呪術兵が、気づけば引き寄せられるように集まってきていた。

しかもジークより明らかにこちらを狙ってくる頻度が高い。なんとかさばけるから今のところ問題はないけど、攻撃対象に優先順位でもあるのだろうか。

ポォン……。

気の抜けた軽い爆発音がレティシエルの耳に届いた。

それもここことは違う場所からの小さな音。もう少し呪術兵の声が大きければかき消されていたかもしれない。

「……！」

真っ先に反応したのはジークだった。レティシエルはちょうど呪術兵たちと向き合っており、その身に伝わったのは音のみであった。

「ドロッセル様、信号です」

「……あちらの救助作業、終わったのかしら？」

「そのようですね」

「わかったわ」

レティシエルは見えなかったけど、ちゃんと信号花火の光が打ち上がったのだろう。

飛びかかってきた呪術兵の攻撃を受け流し、剣で足を斬って身動きを封じてから素早く敵軍団と距離をとり、周囲をざっとあらためる。

見渡す限り呪術兵、呪術兵、呪術兵……。

白い髪に赤い瞳の者ばかりがひしめき合い、それでない者……つまり保護対象者の姿は見当たらない。

「……こちらも、もう取り残されている人はいないみたいね」

「信号花火を打ち上げます。それが済み次第、私たちも撤退しましょう」

「ええ」

花火に火を点《つ》け、レティシエルはそれを空に放つ。先ほど聞いたばかりの、ポォンという抜けた音とともに小さな光が空に咲き、消える。

今も気を失ったままの女性をジークが背負う。任務の完了を確認し、レティシエルはジークとともに来た道を戻り始める。

呪術兵たちがその後ろから追いかけてくるが、足は速くないらしい、距離は開く一方だ。

「おう、帰ったか、お前ら」

結界をくぐり、別館のホールまで帰ってくると、ルーカスは一足先に戻ってきていた。二人の姿を見て安堵《あんど》したような笑みを浮かべている。

「ただいま戻りました。こちらの信号、届きました？」

「ああ、大丈夫だ。そっちに向かう道中にな」

「そちらも、特に何事もなく？」

「傷を負った者は何人かいるが、幸い重傷者はいない。治療を受ければすぐに復帰できるだろ」

「そうでしたか……よかったです」

黒い霧に侵された人もいなかったらしい。とりあえずそう聞いて安心した。

ルーカスから今の学園の状況を聞いてみたところ、どうやら呪術兵はもっぱら南の正門から押し寄せてきているらしい。

他にも西側の壁をよじ登ってくる個体もいるらしいが、戦地は概《おおむ》ね本館と別館のある南方に固まっているという。

だから防衛体制強化のため、現在緊急の部隊を編成中なのだとか。

「遅くなりました。状況はいかがですか？」

小走りでホールにジークが戻ってくる。

いつの間にいないと思ったら、保護した女性を救護員に預けてきたらしい。今さっき聞いたばかりの話をオウム返しにジークに伝える。

「……――だから今のところ敵の動きは止まっているけど、いつまた動き出すかわからないわ」

「油断なりませんね……。結局今回の襲撃はなんのために行われているのでしょう……」

「あぁ、そういえば話しておかないといけなかったわね」

先ほどは救助作業と敵の相手でそれどころではなかったのだった。

懇切丁寧に話すととんでもなく長くなるので、要点をかいつまんでレティシエルはジークに太陽の魔法陣のこと、ドゥーニクスの遺産のことを語る。

「そうでしたか……。まさかこの学園にそんな仕掛けがあったとは……」

確かにそれなら結社が襲撃してもおかしくありませんね、と聞き終えたあとジークは一人頷《うなず》きながら納得している。

「ということは敵も、遺産の最後の一ピースとやらを見つけていないわけですね」

「そういうことに、なるのかしら？」

「でなければ中心地を真っ先に破壊しようとは思わないのでは？　先ほどの話では、その遺産は敵の陣にとってもありがたいものなのでしょう？　それが手元にあれば、もっと他の手段を行使するような気がします」

「あぁ……」

言われてみればそうかもしれないと、ハッとなった。

どんな利点があるのかはわからないが、例えばそれで欠けた陣の効能を補うとか、それを通じて太陽の魔法陣に干渉してくるとか、やりようはいくらでもありそうだ。

「なら、お互い様ということになるわね。こちらも遺産の手掛かりは何一つないもの」

「心当たりも、やはりないですか」

「残念なことにね」

そう言って肩をすくめた。どのみちこの状況では遺産捜索なんてやっている余裕はないのだが。

その後ジークはルーカスに呼ばれていった。今後のことについて指示をもらっていなかったので、レティシエルは一時的に非番となる。

状況的にやれることは戦闘を手伝うか、救護活動を手伝うかの二択。戦闘のほうは、今緊急部隊を編成しているというからそれを待ってからでも……。

「……ドロッセル様！」

レティシエルに声をかける者がいた。それも聞きなじんだ、少女の声。

まさかと思って振り返れば、残念なことにそこにいたのは本当に予想した通り、ヴェロニカだった。

「あれ？　ヴェロニカ様？　どうしてここに……」

「わ、私、今日も図書室に来ていたので……」

そういえば少し前、例の会議があった日にもヴェロニカは学園に来ていた。錬金術に関連する書物を読んで錬金術の練習をするために。

おそらく今回も、読書のために学園を訪れていたばかりに、この大規模な呪術兵による襲撃に居合わせてしまったのだろう。

「それは……申し訳ないわ」

「え？　そ、そんな、ドロッセル様が謝ることでは、全然ないですよ。仕方ないことですから」

いやいやとヴェロニカは全力で手を横に振る。その声には不安はあれど、戸惑いや恐れは感じられない。

「確かに、巻き込まれたかもしれません。でも、私、お役に立てているのです。微力ですけど、救護のお手伝いに、この力を生かせてます」

「ヴェロニカ様……」

「こんな状況で、こんなことを言うのは、変というか、ダメ……かもしれませんけど、守られてばかりじゃなくて、自分も誰かを救えるのが、すごく、嬉《うれ》しいんです」

「……本当に、頼もしい限りだわ」

今の自分が無能だからなのか、友人たちが成長しているからなのか、会った当初はあれだけオドオドと引っ込み思案だったヴェロニカとは見違える。

周りの人たちがみんなこうだから、自分もくよくよ悩んでいられないと、心を強く持っていられる。

「こんなことしか言えませんけど、この事態を乗り切るために、お互い頑張りましょう」

「はい！」

そのときのヴェロニカの晴れやかな笑顔を、自分はきっと生涯忘れないだろう。

ヴェロニカと別れてルーカスを探していたところ、ホール隅のソファに座るエーデルハルトを見かけた。そういえば救助作業から戻って今まで見ていなかった。

「エーデル様」

「……ん？　ああ、ドロシーか。お疲れ様」

「まだまだ正念場はここからですけど」

近くまで行って気づいたことだけど、エーデルハルトの膝の上ではメイが体を丸めて横になっていた。いわゆる膝枕状態だ。

しかしメイの顔色は悪かった。息遣いが苦しそうだし、丸まっているのもお腹《なか》が痛いからのように見える。

「……メイさんの具合は変わらず、ですか？」

「そうらしいな……できる限りのことはしてるんだが、一向にねぇ」

「浄化魔術、またかけましょうか？」

「あぁ、頼むよ」

メイの額に手をかざして魔術を流し込む。彼女の治癒は一度やっているからそう手間取らない。

淡く白い光がメイの体を包み、周囲には白く輝く細かな粒子が舞う。辺りの空気が影響を受けてほんのり温かみを帯び、光は肉体の内側へと吸い込まれていく。

光が消えるとメイの表情が幾分か柔らかくなった。この状態を維持できたらどんなにいいか……しばらくしたらまた戻ってしまうと思うと歯がゆい。

「……本当に、何が原因なんだ」

眠るメイの横顔を複雑そうな表情で眺めながらエーデルハルトは言う。きっとレティシエル以上にもどかしいのだろう。

「浄化魔法のほうは、もう試されました？」

「試してみたけど、効果あるんだかないんだか……。薬とかよりはよほど効いてそうだったが、ドロシーの治療を受けたあとほどの改善はなかったな」

「……魔法では治癒力が足りないということなのでしょうか」

「どうだろうな……」

「殿下、こちらにいらっしゃいましたか」

そこへルーカスがやってくる。後ろに続いているジークの手には複数の紙の巻束。察するに、あれが編成中の緊急部隊の簡易表ではないか。

「おう、ルーカス殿。何かあったか？」

「いえ、この後の動きについて殿下にご相談しようかと思いまして」

「……あの外の大群か」

この位置には壁に大きな窓があり、そこから外の様子をうかがえる。群がる呪術兵たちにエーデルハルトが嘆息する。

「一応隙を縫って城に応援要請はしたけど、ずっと籠城しているわけにもいかないからな。何かめぼしい案はあるのか？」

「案、というほどではありませんが、足を斬るなり折るなりすればある程度無力化できますな」

足をつぶすという手段はルーカスも自力でたどり着いていたらしい。

一撃で致命傷を与えて即死させなければなかなか倒れない呪術兵相手なら、こっちのほうが手っ取り早いのだろう。

「しかしそれは根本的な解決にはならないだろうな。足止めにはなっても敵の数は減らないだろ？」

「もう少し検討に時間が必要ですね。現状一般の兵まで手っ取り早く共有できる対処法ともなると、さすがに限られてます」

「だよなー。敵さんはこっちの都合なんか待ってはくれないし」

ああでもないこうでもないと、ルーカスとエーデルハルトの議論が続く。ジークは何か考え込んでいる様子で、レティシエルも対処法について思案してみる。

現状魔術は使えないし、むしろレティシエル以外メインに使う者も兵の中にはいないので除外。

魔法は、術式改良を施しているから威力は上昇しているが、あれだけの数が相手では焼け石に水だろう。

この場にいる人たちが一番普遍的に使える魔法を、呪術兵撃退にうまく活用することができれば……。

「……魔導兵器を利用してみるのはどうでしょう」

ふとその考えが脳裏をよぎった。全員の目が一斉にこちらへ向く。

イーリス帝国との戦争時にレティシエルたちが突貫工事で開発した滅魔銃は、魔術をベースとする兵器だ。

そうである以上、滅魔銃もまた北斗七星陣の影響を受けてしまっているだろうが、帝国側が使っていた魔導兵器は違う。

あれはかの国の持つ融解炉、アルマ・リアクタと同じく、保有者の魔力を燃料として起動するものだ。

「あれならば北斗七星陣の効果に左右されませんし、魔法よりも発動効率がいいことは先の戦のときに確認できています」

「まぁ、現状普通の武器では呪術兵にロクに太刀打ちもできないからね……」

「魔導兵器のコアに刻印する術式によって兵器の帯びる効能も変わるので、武器としての幅はかなり広いのではないかと。光や無属性の魔法術式を刻んでおけば、呪術兵に対して即戦力になり得るかもしれません」

「確かにな……なんなら滅魔銃にその機能を組み込むのもアリかもしれないな。この先魔術が復活する可能性も皆無ではないんだろ？」

「そうですね。あの仕組みは諸刃《もろは》の剣《つるぎ》でもあるので、積極的に取り入れることに少々抵抗はありますけど……」

「気持ちはわかるぞ。だがそれを言うなら俺のこの義手も同じ仕組みで動いている。でも俺は問題なく生きている。ようは使い方の問題だろう」

「わかっていますよ。学園長のことは信用していますし」

抵抗はあっても、レティシエルとて現状数多《あまた》いる騎士や兵たちに呪術兵への対抗手段を提供する、最も早い方法がこれしかないことくらい理解している。

魔素という外的なエネルギーが使えなくなってしまった以上、今こちらに残されているのは魔力という内的なエネルギーのみなのだから。

「でしたら学園長、あとでその義手を見せていただくことはできませんか？　帝国産のものを分解するよりわかりやすく仕組みを知れそうなので」

「そのくらい別に構わないぞ。ジーク、やってくれるのか？」

「期限はお約束できないのですが、最大限努力してみるつもりです」

少し不安そうな表情ではあったけど、それでもジークはそう言って力強く頷《うなず》いた。

ジークの兵器開発の能力は、帝国との戦のときに存分に発揮されたのをレティシエルも知っている。だからその言葉は心強い。

そして何気に、レティシエルがずっと見たいと思っていた義手の仕組みを、見ることをあっさり許可されている。

「……なぜ私には解体させてくれなかったのでしょう」

「バカ野郎。壊されかねないから許可しなかったんだ。お前、研究ってなると何においても容赦ないだろ」

「解体したのなら責任を持って元通りにしますよ。どのくらいかかるかはわかりませんけど」

「そういうところだよ、そういうところ」

なるほど、信用度の差ということだろうか。

そんなにレティシエルは暴力的なイメージで見られているのかしら……？　何とも解せない話だ。

「兄上への要請は俺のほうでやっておくよ。それで魔導兵器本体と素材の問題はなんとかなるだろう。ちと時間はかかると思うけど」

「それまでは、この場を死んでも守り切りませんとね」

「ドロッセル……お前死ぬんじゃないぞ？」

「……？　ええ、もちろん」

そのくらいの気合を持って戦闘に臨む、というものの例えのつもりだったのだが、なぜかルーカスにとても心配そうな顔をされた。

（別に戦って散ろうだなんて思っていないのだけど……）

こちらの身を案じてくれることには感謝しつつ、ルーカスはそんなに過保護気質だっただろうかとふと考えてしまった。

「けど、兵器を応用するといっても、それは今後の話だろ？　現状その方法は使えないわけだし、どうするんだ？」

そこに、エーデルハルトが至極まっとうな疑問を投げかけた。

ごもっともな質問だ。レティシエルは再度考え込む。足つぶしを徹底させるだけでは状況はおそらく改善しない。だって敵の総数は減らない。

それには呪術兵を一体一体屠《ほふ》るか、呪術兵を蝕《むしば》む黒い霧を除去するしかないが、今の魔術では大規模な浄化は不可能。

かといって一体ずつ捕獲して一人ずつ浄化するのも効率が悪すぎて現実的ではない。

他に呪術兵の浄化ができそうな力はないだろうか。魔法は……威力不足で燃費が悪そうだ。あとは……錬金術？

「……あ、そうだ、錬金術」

ひらめきは唐突にやってきた。急に手を打ったレティシエルに、周りは怪訝《けげん》そうな表情を浮かべている。

「エーデル様のご協力が必要になりますけど」

「今錬金術って言ったもんだ。俺と……あとバレンタイン家のご令嬢くらいじゃないか？」

バレンタイン家……ヴェロニカの実家の公爵家のことか。

「はい。錬金術というのは体内の魔力と、外部で精錬した魔素を合成する力でしたよね？　その魔素の精錬に、呪術兵の力……正確にはあの黒い霧が利用できるかもしれないのです」

「魔素を改変する魔法陣が大陸を覆っているにもかかわらず、魔素を使うはずの呪術は影響を受けていません。つまり、呪術を行使する上で使用している魔素はこの状況でも生きているということです」

「魔術と呪術で使う燃料が違うってこと……？　正直、そういう話は魔術の専売特許だと思ってたんだけどな」

「いいえ、だから錬金術なのです。あの力の仕組みなら、もしかしたら違う形で瘴気《しょうき》の浄化ができるかもしれません」

何のことやら……と訝《いぶか》しげな顔をしているエーデルハルト、並びに同席しているほかの面々。

　複雑にならないよう、レティシエルは努めてかみ砕いて丁寧に説明を試みる。

「あの黒い霧は魔術で浄化できます。干渉可能ということは魔術と本質が似ているのだと思います。魔力だと魔素と反発してリバウンドを起こしてしまいますから」

「ということはつまりこうか。呪術兵の放つ瘴気から錬金術を使って魔素を抽出して、それをそのまま錬金術の発動源に使う。燃料を現地調達するってことだな？」

　ルーカスは未《いま》だ難しく顔をしかめていたが、エーデルハルトはレティシエルの言いたいことを察したらしい。

「そういうことです。少々危険な賭けにはなりますけど……」

「いや、やってみる価値はありそうだ」

　即座にエーデルハルトは首を縦に振った。

「ただ外でやるにはリスクが高いな。せめて可能なのかどうかの確認は済ませてから実戦投入したい」

「それなら先ほどの方に協力していただくのはどうでしょう？　応急処置はしましたけど、未だ瘴気の浄化は完全ではありませんので治療の一環にもなるのでは」

「あぁ、さっきドロシーたちが庭園の奥で保護してきた事務員さんか」

　あの女性の体にはまだ黒い霧が残留している。それを浄化しがてら抽出の実験をしてみることとなった。

そうとなれば行動は早くと、エーデルハルトは早速救護室へと飛んでいく。あまりに早い有言実行に、レティシエルも慌てて追いかけねばならなかった。

懐からエーデルハルトは錬金術の術式紙を取り出す。魔力と魔素の融合の触媒となる術式を記した、錬金術固有のアイテムだ。

錬金術の術式が起動する。紙面に書かれた術式が光をまとい、女性の胸の上までふわりと浮かぶ。そのまましばらく浮かんでいたが、やがて燃えて灰となった。

さすがに一発で効果のほどはわからないらしい。さらに複数の術式紙を用意し、エーデルハルトは黙々と挑戦を繰り返す。

「……お」

何枚の術式紙がダメになった頃だろう。エーデルハルトが小さく声をあげた。

術式紙が女性の上に浮かんでいる、ここまでは以前の挑戦と同じこと。

ただ違っているのは、術式紙に吸い上げられるように女性の体から黒い霧が立ち上っている。

吸い上げられた黒い霧はまっすぐ光る陣の中に溶け込んでおり、それを受けて術式の色が徐々に変わっていく。

やがて光が完全に若草色に変化しきると、室内に小さな突風が吹き抜ける。錬金術が発動されたのだ。どうやら風属性の術式紙だったらしい。

女性の容態をすぐに確認する。体内に残留していた黒い霧は……本当に消えていた。レティシエルの仮説は証明された。

「やれたな」

「できましたね……」

本当にできたことに驚き半分、安心半分だった。無意識に止めていた息を大きく吐きだす。

「よし、そうとなれば俺も前線に出るぞ」

「しかし殿下、危険です」

「そうは言っても、俺がここに引きこもってたらこの力無意味だろ」

「それは、そうですが……」

「前線が危ないことくらいわかってる。自分の身くらい自分で守るからルーカス殿も心配するな。何かあったら速攻頼らせてもらうしね」

「……ならせめて危ない真似《まね》はなさらぬようお願いしますよ」

「心配性だなぁ、ルーカス殿は」

それからの事態は早かった。ジークは研究に専念するべく後衛に徹することとなり、エーデルハルトは早速自身の戦準備を始める。

途中、想定外のことにヴェロニカが直談判《じかだんぱん》にやってきた。どこから聞きつけてきたのか、戦いに協力させてほしいと。

本来無関係なのにこちらの都合で巻き込んでしまうわけにはいかないと、最初は断ろうとした。しかし本人が一歩も引こうとしなかった。

自分にもやれることがあるなら黙って見ていたくないと、そう言って。本当に頼もしくなられて……。

「そこまで言ってくれるなら、協力を頼みましょうかね。ただ絶対前には出ないで？　何かあっても守ってやれないから」

「はい。決してご迷惑は、おかけいたしません」

こうして新しい仲間を迎えながら、終わりの見えない戦いが幕を開けようとしている。

長い一日が、始まる。

＊＊＊

空がずっと黒雲に覆われているせいで時間がイマイチ把握できない。どのくらい時が経《た》ったのだろう。

「……いたちごっこですね」

ポツリとレティシエルはそう呟《つぶや》く。

ここは別館のホールのすぐ外、デイヴィッドの結界が機能するギリギリの場所だけど、視線の先には相変わらず大量の呪術兵。

あのあと緊急部隊の編成も終了し、レティシエルも部隊に組み込まれた。最も重要な南戦線を担当する部隊割り振りだ。

別館で籠城戦を始めた頃と比べても、多少数の減少はある気がするけど、それでも大きな差が見られない。

「こいつら、いったい何人いるんだ……」

さしものエーデルハルトも、この敵の無尽蔵っぷりには疲弊しているようだ。

前線から物資補給のために一時的に別館前に戻ってきたにすぎないのだが、こうもワラワラついてくるとは……。

「……やっぱり、引き寄せてる？」

「ん？　ドロシー、何か言ったか？」

「あ、いえ」

確証がないことだから、まだエーデルハルトに言うつもりはない。

先の救助作業のときにも感じたけど、どうも複数人がいる場でレティシエルが突入すると、呪術兵は優先的にこちらにターゲットを切り替えている気がする。

今も、敵の中に見覚えのある服装の者を時たま見る。

ついさっき前線で対峙《たいじ》したことがある呪術兵たちだ。彼らは前線をスルーして、レティシエルを追いかけてきたことになる。

囮《おとり》としてならありがたい状況だとは思う。でも、そうだとしても理由がわからない。

（何が、そうさせているのかしら……？）

意味もなくレティシエルだけをつけ狙っているわけではないと思う。言ってはなんだが呪術兵は傀儡《かいらい》だ。知性はそこまで高くない。

もっと本質的な、本能に訴えるナニカがあるのなら話は別なのだろうけど……。

「殿下、大変です……！」

そこへ一人の兵士が青い顔で駆け込んでくる。直感で、これは悪い知らせが来ると察した。

「南の戦線が、突破されてしまいました！」

「なんだと!?」

その報告にエーデルハルトが目を剝《む》いた。

南戦線は敵の進路をふさぐ意味で最も重要な地点だった。そこが落ちてしまうと、別館までのルートが開通してしまう。

つまり今、別館の正面の防衛は無防備になってしまったのに等しい。

「ご報告いたします！　西の……西の戦線も、もう……！」

悪いことというのは立て続けに起こるもので、それから相次いで他の前線を維持していた部隊の敗北報告も寄せられてくる。

散り散りに撤退してきた兵たちが一気に本部に集まってきて、後援の救護体制にますます混乱を来《きた》している。

しかも前線が崩れたことにより、すでに呪術兵の大群が別館目掛けて移動を開始していた。

「……まずいな」

ポツリとエーデルハルトがそう呟く。その意味は尋ねるまでもない。それはつまり、味方の勢力が限界を迎えつつあるということだ。

時間をかけるほど、こちらの旗色はどんどん悪くなっている。前線はじりじりと後退し、本部に戻ってくる兵たちの顔にも疲労が色濃く浮かんでいる。

無理もないだろう。デイヴィッドの結界があるとはいえ、こちらは戦えば体力を消耗して疲弊する。

対する呪術兵たちは、呪術による洗脳のせいでまるで疲れ知らずだ。

錬金術の応用で即席の対処法は用意したけど、それだって無限に使い続けられるものではない。

おまけに一撃で屠《ほふ》らなければ、呪術兵というのは厄介なことになかなか倒れもしないのだからほとほと嫌になる。

長期戦に持ち込まれたら、こちらの勝利は絶望的になる。味方の全滅とてあり得ない話ではない。

エーデルハルトが伝令を走らせている横で、レティシエルはひたすら現状を打破するための方法を考えていた。

魔術がまともに使えていればこれくらいの敵は短期決戦で相手できたのに……などと考

えても無駄なことだ。成ってしまったものはどうしようもない。

「……？」

正門の方角をひたすら凝視していたところ、ふと視線の奥に何か違和感を抱いた。

レティシエルの見つめる先にあるのはルクレツィア学園の正門、そしてその向こうに続く王都の大通りだ。

その通りの奥から、土煙のようなものが立ち上っている。

さらに目を凝らしてみると、それは徐々にこちらに近づいてきているように見えた。あれはいったい……。

「エーデル様。あれ……なんでしょう？」

「ん？　……なんだ？」

レティシエルが指し示した方向に目を向けたエーデルハルトは怪訝《けげん》そうな表情を浮かべた。

「援軍ですか？」

「そんな話は聞いてないが……とにかく警戒しよう。何が来るかわからない」

そうしているうちにも、土煙はどんどん大きく近づいてきている。やはり何者かがこちらに向かってきているらしい。

王城があるのはこの通りとは真逆の方向だ。城からの増援ではあり得ない。ならば敵か……とも思ったが、呪術兵たちの統率が微妙に乱れていた。

彼らにとっての味方なら、おそらくこうした混乱が生じることはないだろう。

ならばこの煙を起こしている人物は呪術兵にとって敵ということになるが、心当たりのある味方がいない。

この通りが続いた先にあるのは王都の郊外だし、王家の離宮があるくらいで他にめぼしい施設はなかったはずだし……。

「どけぇぇ！」

いきの良い男性の声。かなり若い人のものだ。

もう肉声を拾えるまで近づいてきたのかと思ったと同時に、呪術兵の悲鳴や鈍くくぐもった音も一緒に流れてくる。

状況から判断するに土煙の発生源は男性らしい。そしてどうやら呪術兵と交戦している模様。

小さく目を見開き、エーデルハルトが表へと飛び出た。急にどうしたのか。レティシエルも急いでそれに続く。

「エーデル様？　どうしました？」

「……いやまさか。聞こえないはずの声だぞ？」

追いつきはしたが、何やらブツブツと独り言を呟いている。いったい何に対してそんなに驚いているのだろう。

「クリス、突っ切るぞ。守りは頼んでもいいか？」

「はい。結界の用意をいたしますわ」

声はさらに近づき、加えて少女の声も聞こえる。同行人がいるようだ。

しかし……この女の子の声には聞き覚えがあるような気がする。どこで聞いたものだったかしら……？

グォン……！

数人の呪術兵が一団となって勢いよく宙を吹っ飛んでいった。強い風が脇を通り抜け、衝撃波に飛ばされたのだと理解した。

ごそっと敵がいなくなったことで視界が開け、その向こうに立っている、呪術兵を吹き飛ばした者の姿があらわになる。

レティシエルとそう年が変わらない、緑がかったアッシュの髪に赤い瞳の少年だ。軽装の上に動きやすそうな革鎧《レザーアーマー》を着用している。

その後ろには藤色の瞳にピンクブロンドの髪の少女がついてきている。こちらも動きやすい軽装のローブ姿だ。

ん？　ピンクブロンドの髪？　その特徴を持つ人をレティシエルは一人しか知らないのだけど……。

「救援に来た。要請があったわけではない、必要だと判断して勝手にはせ参じた」

「兄上……！」

「え？」

エーデルハルトが兄と呼ぶ人なんて二人しかいない。けど、今目の前にいる少年はどう頑張ってもライオネルには見えない。

しかもそばには、どう頑張ってもクリスタにしか見えない少女を連れている。脳裏に浮かんだ名前が信じられなくて思わず凝視してしまう。

「ロシュフォードさま、敵が来ます。よそ見をされている暇はありませんわ」

「あぁ、そうだな。すまない、クリス」

信じられないことに本当だった。ロシュフォードとは……あの、ロシュフォード？

かつてのドロッセルの婚約者であり、聖剣騒動で馬鹿をやらかして王位継承権をはく奪された、あのバカ王子……失礼。元第一王子？

「そこにいるのは……エーデルハルトか？　随分久しいな」

「え？　あぁ、はぁ、まぁ……そう、ですかね？　というか兄上、なんでここに？」

「詳しい話はあとでする。それよりいったん前線を引いたほうが良い。このままだと押し切られるぞ」

「ん⁇　あ、はい、そうですね」

目に見えてエーデルハルトが困惑している。同感だ。レティシエルも異邦人を見ているような得体のしれない気分だった。

なんとあのロシュフォードがテキパキと味方勢に指示を出している。何か見てはいけないものを見てしまったような、そんな強烈な違和感。

「……だれ？」

だから開口一番そう口を滑らせてしまったのも、ある意味仕方のないことのはずだ。

五章　夜に迷う

ルクレツィア学園の襲撃現場に、予想外の人物がやってきた。

かつて継承権をはく奪され、離宮に療養に送られていた第一王子ロシュフォード……を名乗る男。

いや、多分本人なのだろうけど、なにぶん性格が違いすぎてそっくりさんを疑うレベル。

（……あのあと、この人の身に何が？）

聖剣騒動の際に黒い霧にとり憑《つ》かれ、正気ではなくなってしまったことも一因となってロシュフォードは王位継承権を廃され、療養という名の王都追放を喰《く》らった。

そこまではレティシエルも知るところだけど、そこから先のロシュフォードの情報は、もう自身とはかかわりがないから耳にしてもいなかった。

せいぜい旧公爵領の反乱時、クリスタがロシュフォードの治療のため、非公式の薬物を独断で飲ませていたことくらいか。

十中八九、レティシエルが与《あずか》り知らなかったこの間に、何かが彼の身に起きていたのだろうけど……。

「俺が来た方向の情報しかないが、あいつらには指揮系統があるみたいだった。指示塔、というべきなのか？　それに近い性質の個体を確認したんだ。そいつの一挙一動で、周りの連中の動きは変わってた」

「やっぱり指揮系統があるか……兄上がいなけりゃいつまで経《た》ってもわからなかっただろうな。一体ですか？」

「いや、俺が見た個体は二人だった。一点集中で突破してきたし、他のところを探せばもう少しいるんじゃないか？」

「居所は？　やはり敵の最深部ですか？」

「どうだろう？　俺は外から包囲網を突っ切ってきたからな。こっち側目線だと……中段の奥あたり？」

「中段、ですか……それは、またずいぶん厄介な場所に陣取っていますね」

「前にも後ろにも敵が囲んでいるとなると、切り込むのはかなり骨が折れそうだな」

「それなら俺が先陣を切ろう。指示塔個体の場所も覚えているから先導できるぞ」

「え？　しかし、兄上にそんなことお願いするわけには……」

「構わない。むしろそのために来たようなものだからな。俺にも皆の役に立たせてくれ」

作戦会議に参加したり前衛を買って出たりと、すでにロシュフォードは味方の中に溶け込んでいた。

過去のロシュフォードの評判を知っている者は多く、難色を示している様子の者たちもいたが、しばらくすれば信頼する気になってきたようだ。

明らかに戸惑っているエーデルハルトもルーカスも、謎に頼もしいロシュフォードを除外したりはしない。まるで最初からいたかのよう……。

驚いたし、聞きたいこともたくさんあるけど、今はそれどころではない。疑問はまとめて胸の内に仕舞っておくことにして、さっさと気持ちを切り替える。

「……？」

先ほどロシュフォードが一点突破で殴り込んできたおかげで、一時的に外の敵の勢いは弱まっている。

ならばその隙をうまく縫って、人手が未《いま》だ不足気味の救護作業を手伝おうと考えていたが、ふと背後から視線を感じた。

レティシエルは振り返る。視線の主は……どうやらロシュフォードらしかった。何やらチラチラと頻繁にこちらの様子をうかがっている。

「！」

そしてレティシエルと目が合うとなぜかパッと気まずそうに目をそらす。

なぜロシュフォードのほうが気まずくしているのか。過去の出来事や婚約時代の諸々《もろもろ》があるので、何か恨めしく思うことがあるのならわかるのだけど……。

少々思考を巡らしてみるけど、ロシュフォードの用事にさっぱり心当たりが浮かばない。よくわからないので無視することにした。向こうからも声をかけてこないし、文句を言われる筋合いもないはずだ。

「ですからまだ安静にしていたほうがいいです。すぐまた倒れてしまいますよ？」

「で、でも、こうして休んでる間にも、みんなは戦っているんです……！」

扉を開けた先の仮救護室では、ジークとヴェロニカが何やらもめていた。珍しい取り合わせ。

「ヴェロニカ様、もう起き上がっているの？」

「あ、ドロッセル様……」

レティシエルの存在にヴェロニカが気づいて声をあげる。ジークも遅れて振り返った。

錬金術による瘴気《しょうき》浄化を買って出てくれたヴェロニカは、あれからずっと前線に近いところでエーデルハルトと浄化作業に努めていた。

おかげで味方の戦闘負担はそれなりに軽減されていたけど、エーデルハルトほど錬金術がまだ達者ではないせいか、途中で体調を崩してしまった。

だから一足先に休息のため本部に戻されていたのだが、その表情を見るに今にも戦線に復帰したいのだろう。

「ずっと力を使いっぱなしだったでしょうに、ちゃんと休まれました？」

「それが、もう復帰しようとされるのです。まだ体力も回復しきってはいないのに無茶ではありませんか」

「そ、そんなことないです。それなりに休みましたし、これ以上迷惑は、かけられません」

ジークとヴェロニカ、各々が別々の意見を主張する。なるほど、それがもめごとの原因だったらしい。

錬金術による瘴気浄化は、術を使える者がエーデルハルトとヴェロニカしかいない。そのことも彼女の気持ちを急《せ》かしてしまっているのだろう。

「ヴェロニカ様、焦る気持ちはわかりますけど、やはり今はもう少し休まれることをおすすめするわ」

「で、でも……」

「もちろんヴェロニカ様のことは頼もしく思います。だから無理をしてほしくもありません。貴重な役割を果たしてもらっているのだもの。ご自分の体は大事にしてください」

むしろ二人しかいない貴重な錬金術使いだからこそ、無理をした結果体を壊したり、敵に怪我《けが》を負わされたりして再起不能にさせるわけにはいかない。

だってヴェロニカを巻き込んでいるのは完全にこちらの都合だ。そのことで彼女にも余計な負担はかけさせたくなかった。

「それに、エーデル様が今は場をつないでくれています。何かあれば私も補助に回りますし、まだ十分現状は維持できます。その間に、ヴェロニカ様には体調を万全にしてほしいのです。そうすれば、また一緒に戦えます」

「ドロッセル様……」

「だから今はしっかり休むこと。疲れているままでは、最大限に力を使いこなせませんもの」

「……そう、ですよね」

シュンとヴェロニカがうなだれてしまった。本人もきっと休養の重要性はわかっていたのだろう。どうしても気持ちが先行してしまうことはよくある。

「わかりました……。なら、もう少しだけ、ここで休んでいきますね」

「ええ、そのほうがいいわ」

少ししてヴェロニカがコクリと頷《うなず》いて納得してくれた。

それにホッとして一息ついたジークは、ちらと窓の外に目をやってからレティシエルに聞いてくる。

「外の状況はどうです？」

「今のところ、さっきから動きがないままよ。いつ敵の活動が再開してもおかしくはないけど」

「それは、ロシュフォード殿下がいらしたことと関係しているのでしょうか」

「あら、その話もうここまで伝わっていたのね」

「みな驚き半分困惑半分でしたから……もう一人お連れの人がいるとも聞きましたし」

「あぁ……ええ、クリスタが一緒だったわ」

「クリスタ嬢？　あの、ドロッセル様の妹君の……？」

「そう。まさかの援軍よ」

「その割に、なんだか腑《ふ》に落ちていない顔ですね」

「……」

確かに腑には落ちていないけど、そんなにわかりやすい顔をしていただろうか……。

「あの方、明らかに様子がおかしかったから、少しね」

「ロシュフォード殿下ですか」

「性格が変わった……というべきかしら。中身が入れ替わった、のほうが表現として的確かもしれないわ」

「それは……」

「そ、それならあの話、本当だったのでしょうか……」

ボソッと小さく呟《つぶや》かれたヴェロニカの一言を、レティシエルは聞き逃さなかった。

「あの話？」

「わ、私も話に聞いただけなのですけど、ロシュフォード様は今、過去の記憶を一切なくされているとかで……」

「え？　つまり……記憶喪失？」

「はい。まるで人が変わったようだと」

人が変わったよう……確かに、今のロシュフォードはレティシエルから見ても〝人が変わったよう〟に思える。もはや別人と言ってもいい。

「……その話なら私も聞いたことがあります。寮で先生方が一時期よく話題にしていました」

ジークも頷いている。そういえばこの二人は学園の学生寮暮らしで、そこで教師たちの噂話《うわさばなし》もよく耳にしていたのだろう。

「そんなに有名な話だったのかしら」

「どうでしょう？　殿下はずっと王都郊外の離宮にこもっておられましたし、使用人から流れた局地的な噂なのでは？」

「そう……」

話の出どころはさておき、そういうことならまだ納得できる。

記憶喪失になったからこそ、ロシュフォードの性格は変わった。知らぬ間に他者と入れ替わっていたわけではないとわかって安心する。

「そういえばドロッセル様はどうしてこちらに？」

「救助が今人手不足でしょう？　だから何か手伝えないかと思ってね」

「え？　先ほど学園長が探していましたよ？　何か相談事があるとかで……」

「そうなの？　知らないわ……。どこかで行き違ったかしら？」

ルーカスはずっとエーデルハルトと一緒に会議していたと思うけど、それが済んだということなのだろうか。

「わかった、なら私のほうでも探してみるわ。ありがとうございます」

ジークとヴェロニカに別れを告げて部屋を出る。ルーカスはどこにいるだろう。まだホールにいると探す手間は省けるのだけど……。

「あの、ドロッセル嬢……ですよね？」

仮救護室から出てホールへ戻ってきたところ、ロシュフォードに声をかけられた。

先ほどのことがあって、あの様子だと来ないだろうと少し油断していた。今さっき記憶喪失のことを聞いたとはいえ、思わず警戒態勢をとろうとしてしまった。

しかも……ドロッセル嬢？　そんな呼び方、過去に一度もされた覚えはない。基本フルネームか〝あの女〟呼ばわりだったのに……。

「はぁ、そうですけど……」

「……申し訳なかった！」

「え」

唐突に謝られた。しかも深々と頭を下げられるというオマケつき。あまりに脈絡がないものだから面食らってしまった。

「それは……何に対してですか？」

「あぁ、すまない。もし会える機会があるなら開口一番謝ろうとしていたもので……」

思わずムッと眉をひそめる。半歩引かれたことを察してか、ロシュフォードが慌てて距離を取る。

（というよりロシュフォードって……謝罪なんてできたのね……）

今の言葉を聞いて真っ先にそう思うのもどうかと思うけど、感情が驚きを通り過ぎて困惑の域に到達し、そんなかなり失礼なことに大真面目に感心してしまった。

「本当なら、俺はあなたに会ってはならない身であることは承知している」

　とつとつとロシュフォードの独り語りは続く。レティシエルの反応を、警戒していると捉えたのだろうか、最初の謝罪のときよりも慎重な口ぶりだ。

「俺はこれでも一応王都を追放されている身だ。そもそも本来であれば、父上の許可もなく王都の土を踏んではいけない。ここへ来たのも、処罰を覚悟の上で、だった」

「へぇ……それは大変立派な覚悟で……」

『処罰を覚悟の上』……！　ロシュフォードが絶対に言わなそうだと思っていた単語がどんどん出てくる……。

「だが俺はまだ王族だ。自身の祖国が侵略されているのを、指をくわえて見ていることなどできなかった。だから勝手ではあるが、ここへ来ることにした」

「へぇ……ご立派ですね……」

「戦いに微力でも貢献できればと思っていた。それが済めばすぐにでも離宮に戻るつもりでもあった。だからまさかここであなたに会えるとは思わず……」

「そうですね……別の意味でも予想外でしたね……」

「……ドロッセル嬢、もしや退屈しておられるのか？　それなら申し訳――……」

「いえ、むしろ面白くてしょうがありません」

「お、面白い？」

「すみません、気にしないでください」

さすがにご本人様を目の前にして、あなたが私の知るロシュフォードと違いすぎるせいで一周回って面白い、とは言えない。

「記憶喪失だと伺いました。私のこと、覚えておられるのですね」

「いや、本当はドロッセル嬢のことも忘れているのだ。ただ、クリスから話を聞いていた。昔俺が、ひどい仕打ちをしてしまった女性がいると。だからその者に会ったら、真っ先に謝罪しようと決めていた」

「……」

客観的事実としては間違ってはいないのだろうけど、なんだろう……なぜかロシュフォードに言われると少々腹が立つ。

しかしロシュフォードがこんなに低姿勢になるのかと驚く。あるいはこちらのほうが本来の彼の性格に近い素の状態なのかもしれない。

同情するわけではないけど、彼の経歴は幾分か千年前の自分と似たものがある。母親を亡くし、次期国王としての期待を背負い、孤独を知っている者。

レティシエルは魔術という己の得意分野を得て、それで存分に期待に応えられたけど、ロシュフォードにはそんな突出したものはなかった。

下にいる弟二名も、十分ライバルとしてふさわしい家柄や能力、そういった才能を持っていたから劣等感も大きかっただろう。

とどめに舞い込んだ縁談が『無能令嬢』との政略的な婚約ともなれば、色々爆発して性格がひねくれてしまうのもわからなくもない。

「過去の俺がドロッセル嬢にしたことをなかったことにはできないし、そんなことを図々《ずうずう》しく言うつもりも、厚かましくも許しを乞うつもりもない。ただ謝罪だけはさせてほしい。それが俺にできるせめてものけじめなんだ」

「はぁ」

「許せないと言うならそれでも構わないんだ。記憶がなくとも、そう思われても仕方ないだけのことを俺がしでかしたのは確かなのだからな。だから不快に思わせてしまったのであれば、俺はすぐにでもあなたの前からいなくなります。二度と姿を見せないとも誓います。ですから――……」

「えっと……」

しかしどうしたものか……。何やら矢継早に熱弁を振るわれているのだが、これはいったいどう反応すればいいのだろう。

嘘八百《うそはっぴゃく》の口から出まかせではない真摯な言葉のようには思えるのだけど、熱意がこもりすぎてとてつもなく早口になり、一切口を挟める隙がない。

そしてそれを実行しているのがあのロシュフォードなものだから頭がさらに混乱する。彼……こういうキャラだったかしら？

「ちょっと、ロシュフォードさま。何こんなところで油を売っておりますの」

この弾丸トークをどう止めようか真面目に悩んでいると、鈴のような少女の声が聞こえてきた。

　困ったような顔でこちらに歩み寄ってきたのはクリスタだった。両手を腰に当て、少し呆《あき》れているような感じもする。

　ロシュフォードの言葉がピタッと止まった。さながら鶴の一声だ。

「すぐ前線に戻りますよ。ロシュフォードさまの力で戦線を維持しているのですから、長期間離脱されたら困ります」

「いや。わかっているが、しかし……俺は過去の自分が犯した過ちをだな……」

「はいはい、そういうのはあとになさってくださいね。今は色々立て込んでますから」

　サバサバと冷静に状況を列挙するクリスタと、少々感情的になって言い募ろうとしているロシュフォード。二人の温度差に風邪を引きそうだ。

「そういうわけで、お姉さま。この方連れていきますね」

「え、ええ……」

「お、おい、クリス、ちょっと待ってくれ！　俺はだな——……」

　釈明を図ろうするロシュフォードを、はいはいと適当にいなしながら連行していくクリスタ。

　しばらく見なかったうちに……なんだろう。ロシュフォードが良い具合にクリスタの尻に敷かれているような……。

「……いなくなりましたね」

「そうだな……」

「……相変わらず、嵐みたいな方ですね」

「むしろ前よりも顕著になってるかもしれないね……」

横に並ぶエーデルハルトと、そんな中身のない会話を交わす。

記憶喪失になってなお、自分の考えにまっすぐ動こうとする傾向は変わらないらしい。

昔の彼に比べればましにはなってる気がするが、これはこれで別の意味で面倒くさいかもしれない。

「ところでエーデル様はいつ頃からこちらに？」

「ちょっと前からだ。ごめん、出ていくタイミングが見当たらなかった」

「そうでしたか」

「とりあえず、兄上のことは後回しにして」

「あ、後回しなんですね」

「敵の統率が乱れている今のうちに態勢を立て直そう。向こうもすぐまた攻めてくるはずだ」

「そうですね。何はともあれ心強い援軍ですから」

レティシエルたちも移動を開始する。

別館の表に出て正門のほうへ向かうと、すでに交戦は始まっていた。まったく早い態勢の立て直しだ。

むしろさっきよりも敵が一か所に集合してきている気がする。これまで感じていなかったのに、今は肌に伝わる空気が気持ち悪い。

覚えのある感覚だ。ノクテット山の山頂で、サラの呪術を間近に受けたときに感じた、あの吐き気と似ている。

単体や中小規模の集団ならいいが、呪術兵も大量に一か所に集中すると一帯の瘴気《しょうき》濃度が上がって、より影響を受けやすくなるのだろう。

「錬金術を使う。それで多少は楽に戦えるようになるだろ」

そう言ってエーデルハルトは早速術式紙を起動する。

発動したのは闇属性の術式のようだ。複数の黒い光の帯が敵のほうへ飛んでいき、その両目を塞ぐように絡みつく。視界を封じる力らしい。

視界を遮られ、呪術兵たちはすぐにその足を止めて暴れ始めた。目を覆う帯を必死に取ろうとしている。

その隙をついて、こちらの攻撃が開始される。レティシエルも新しい剣を調達して迎撃に出る。魔術を載せると途端に武器の消耗が激しくなるせいで、もう何本剣を持ち換えたことか。

「うおぉぉぉ！」

雄叫《おたけ》びとともに、真っ先に敵陣に突っ込んでいるのはロシュフォードだ。

武器も持たず、まさかの素手である。摑《つか》みかかってくる呪術兵を正面から受け止め、握りしめた拳を振りかぶってその顔面を思いっきり殴りつける。

それだけで殴られた者は勢いよく宙を吹っ飛んでいき、後続の者どもを巻き込んで転がっていく。とんでもない怪力だ。

本人の肉体的な力……ではなく、なんらかの術によるものだろう。赤い両目が爛々《らんらん》と光っている。

さながら鬼神のようだった。他の仲間も、ロシュフォードのあまりの猪突猛進《ちょとつもうしん》っぷりに行動が半テンポ遅れ気味になっている。

目が反応しているから呪術……なのだろうか。その割に、同種の力を使う呪術兵たちも効果を発揮しているうえ、味方もそれに影響されている様子はない。

ロシュフォードの腕には黒い炎のような陽炎《かげろう》がエフェクトのように絡みついている。敵を殴り飛ばすたび、黒い炎が蛇のようにうごめく。

かなり……パワフルだ。敵を蹴散らしてやってきたときも思ったが、彼の戦闘スタイルは意外と単純な力技なのかもしれない。

(……あれ?)

何気なく後方確認のために振り返ったレティシエルは首を傾《かし》げた。

呪術兵がレティシエルに高確率で向かってくるのは先ほどから相変わらずだけど、それに加えてもう一つ不思議な現象が起きている。

誰もが平等に呪術兵相手に奮闘している。その中で一人、ジークだけ援護ばかりに徹している。

それ自体は別におかしなことではないと思うけど、その後援者を攻撃する敵がいないのだ。

もちろん、レティシエルを狙わない敵がいるのと同様、ジークを攻撃している敵はいる。しかしそれは少数派だ。

（……いったい呪術兵はなんの基準で攻撃対象を選別しているのかしら？）

これまでは自分一人で呪術兵と対峙《たいじ》してばかりだったから全く気にしていなかったけど、ずいぶん妙な習性をお持ちらしい。

無差別に襲う……わけではないのだろうか。スフィリア戦争時にそう見えていたのは、単に敵にとって特別マークしたり、避けたりする人物がいなかっただけ？

あるいはジークがサラと似ているから襲われないのか。サラは呪術兵にとって生みの親のようなものだ。親を攻撃しない……なんて理屈が呪術兵にあるのかどうか。

「殿下、救援はまだなんですか！」

「足止めを喰《く》らってるらしい！　呪術兵に手間取ってここまで突っ切ってこれないんだと！」

敵味方の声が入り乱れているせいで、ルーカスとエーデルハルトも互いに声を張って会話している。

救援要請に応えて送られてきた王城からの援軍は、この敵軍の外、呪術兵に阻まれて動けない。彼らが到着するまでは何としても持ちこたえなければならない。

「エーデルハルト、援軍はどの方角に来ている？」

それまで黙っていたが、ロシュフォードが突然そんなことを聞いてきた。ちょうど今、彼はレティシエルたちの集団に随行している。

「方角？　南方ですよ。城がある方」

エーデルハルトが怪訝《けげん》そうに振り返るが、ロシュフォードは逆に考え込んだ。

「南……わかった、なら俺が活路を開いてくる」

「え、兄上？」

「足止めを受けているなら、こちらから道を作ってやればいいだろ？　平気だ、迅速に終わらせる」

そう言ってエーデルハルトの返事も待たずに、それまで少しの間ここは頼む！　と言い残してロシュフォードは走っていく。

黒い炎をまとわせた拳で敵を殴り飛ばしながら、その背中はあっという間に敵軍の中へ埋もれていった。

「ありがたいんだが、あの向こう見ずはもうちょっとなんとかならないかな……」

何とも言い難い微妙な表情で去っていく兄の背中を見送るエーデルハルトに、レティシエルは心の中でご愁傷さまと唱えた。別に生きているけど。

「……！」

再び戦闘に集中しようとして、レティシエルは顔色を変える。

視線の先にはジークがいた。正面の敵を相手取っているその背後から忍び寄る影があったのだ。

それもよりによって武器を保持しているタイプのもの。時々ジークを襲う呪術兵はいたけど、なんとも最悪のタイミングが揃《そろ》ってしまった。

「ジーク、伏せて！」

そう叫ぶや否や、レティシエルはすでに飛び出していた。

距離的にそれなりに離れていたせいで、剣で攻撃を弾《はじ》くには射程圏が届かなそうだった。

ジークをその場から離すにも、もう呪術兵は目と鼻の先まで迫っている。

ならばとれる方法は一つしかない。現状できる最大限の結界魔術を展開し、その効果を腕という一か所に全て集約させる。

「……っ」

振り下ろされる凶刃を、結界魔術で補強した腕で直接受け止めた。血が顔にかかる感触。

弱体化しているから防ぎきれはしないが、パワーに反して傷の深さは軽減されているらしい。勢いよく剣が引き抜かれれば、辺り一面に鮮血が飛び散った。

「ドロッセル様……!?」

ジークの叫びが聞こえるが、振り返って確認している余裕はない。

凄《すさ》まじい痛みだ。多分、神経まで到達しているのではないだろうか。肘から先の感覚が全くなくなっている。

「平気よ……。腕の筋が軽く切れただけだから」

「軽く!?　それはまったく軽い怪我《けが》ではありませんよ！」

ジークが目を剝《む》いている。

裂けた服の袖をまくれば、傷口からは今もドクドクと血が流れ出ている。

本当は腕を落とされてもおかしくないかな、とまで思っていたから、まだ無事でいられたのはよかった。治癒魔術を発動させる。

手のひらの先に展開された術式から光がこぼれ、傷口へと吸い込まれていく。少しずつ光とともに傷が塞がり始めるけど、あるタイミングで変化が乏しくなってきた。

威力が弱まっている魔術では、さすがに傷痕も含めた痕跡を一瞬で消すなんて芸当はできなくなっているらしい。

ひとまず傷を改めてみるともうかさぶたができていた。手先も少し震えるし、手や腕を動かすのがおぼつかない感覚はあったが、何はともあれ動く。

まぁ、応急処置としては上々なのではないだろうか。

「大丈夫か、ドロシー！」

騒動に気づいたのだろう、エーデルハルトも駆け寄ってくる。

「ええ、私はなんとも。傷もこの通り一通り塞ぎ終わっています」

「それはよかったんだが、黒い粒子、もしかして浴びたか？」

「……？　これですか？」

「ここ、遮蔽物とかないからな……。とりあえず大事を取って、今すぐにでもちゃんと治療してもらったほうが良い」

「大したことではありませんよ。血も止めましたし、わざわざ手間をかけさせるほどのことでは……」

「ダメだ、救護のところでちゃんと診てもらえ。傷口が黒く変色して悪化している例もあるんだぞ。後々問題が発生したのでは遅い」

そう言うエーデルハルトの口調には有無を言わせない雰囲気がある。

どうやら彼は、空から絶え間なく降るこの黒い粒子のことが気がかりのようだ。今まで粒子による目立った被害はなかったけど、体内に取り込むと不調をきたす代物なのかもしれない。

閑話休題。向こうが折れる気配が微塵《みじん》もなくて、最終的に根負けしたのはレティシエルのほうだった。

「わかりました……。ではこの戦いが一段落したら救護のところへ寄ります」

「いや、一段落じゃなくて今すぐのほうがいいだろ。何で待つんだ」

「この状況で私だけ撤退なんてできません」

「だからと言って君の身に何かあったのでは意味がないだろ」

平行線の主張のし合いが続く。気づけば辺り一帯を真っ黒な闇が覆いつくそうとしていた。夜が迫っているのだろう。

黒い雲に遮られ続けて、太陽も空も見えなくなっているけど、一応曇りで太陽が出ていない日以外は、日中でも多少周囲に明るさはある。

なので天気がわからなかったり、時間感覚が狂ったりはするが、日の出と日の入りのタイミングだけは日によって把握できる。

「……?」

そこで違和感を抱いた。呪術兵がなぜか攻撃を仕掛けてこなくなっているのだ。

あたりはますます闇に呑《の》み込まれつつあり、戦闘での倒壊を免れた学園の外灯がやけに眩《まぶ》しい。

「ん……? やけに静かだな……」

エーデルハルトもこの違和感に気づいたらしい。

「……攻撃が、止《や》んだ?」

どういうことだろう。本当に呪術兵たちが前進をやめていた……どころか目を凝らせば、彼らは下がっている。

戦いを中断し、その場から唐突に始まった敵の撤収には、レティシエルを始め、武器を手に戦っていた者たちはみんな面食らっていた。

「呪術兵って、日が暮れたら活動できないなんて縛りあったか?」

「聞いたことはありませんけど……」

「スフィリア戦争のときには昼夜問わずでしたよ」

「だよねー……」

ルーカスやエーデルハルトも首をかしげている。そうしているうちにも、呪術兵たちはゾロゾロと後退していく。

かと言って撤退するわけでもなく、学園の敷地周りを緩く取り囲んでいることが、なおのこと奇妙だった。

なぜ撤退でもない中途半端な動きをこのタイミングでとってくるのだろう。ロシュフォードの応援はあったけど、それで向こうが圧倒的に劣勢になったわけでもないのに。

「まぁ、よくわからないが敵の動きが止まったのなら、その間にできるだけ態勢を立て直すまでだ」

エーデルハルトはそう言って味方を順次撤収させている。理由は何であれ、確かにこちらにとってはチャンスであろう。

深追いはさせない、何かの罠《わな》である可能性もゼロではない。その指示は迅速に味方のうちに広がり、みな素早く結界の内側へ戻ってくる。

「ドロッセル様、戻りましょう。手を貸します」

「大丈夫だとは言っているのだけど」

「それでもですよ……」

そう言うジークの顔は申し訳なさでいっぱいだった。

さすがにそれを見て、断るなんて芸当はできなかった。レティシエルはジークが差し出した手を摑《つか》む。その言葉に甘えることにした。

本部までの道中、二人の間に会話はない。こちらはさして気にしていないのだけど、向こうは相当気まずそうだった。

それでも、レティシエルを引くジークの手は優しかった。

その気持ちだけで十分だよと、そう言ってあげたかったけど、きっと彼は困ったように笑うだけだろう。

この言葉を今、受け止められるほど図太くないことを、レティシエルは知っている。だからただ、ジークの先導に身をゆだねた。

別館を守る結界を潜《くぐ》り抜け、レティシエルたちはホールまでたどり着く。すでに人でごった返しているが、もとより限りある空間だから仕方ないか。

レティシエルは自分の袖を見る。まだ傷痕は生々しいけど血はさすがに乾いていた。

空から降ってくる黒い粒子の懸念があるから、ちゃんとした治療を受けてこいとエーデルハルトから言われていたっけ……。

「ありがとう、ジーク。ここまででいいわ」

「平気ですか？　なんでしたら最後まで付き添いますけど」

「あとは仮救護室に行くだけだもの、独りでも大丈夫よ。ジークもいったん学園長のところに報告に行かないといけないでしょう？」

「……そうですね。では、またあとで来ます」

最後の最後まで心配そうな表情を拭えないまま、ジークは去っていった。

レティシエルが自分のせいでケガをしてしまった、という事実が相当負い目になっていそうだ。気負うことなんてないのに……。

しかしジークは真面目だからそれでも気にしてしまうだろうこともわかっているから、なおのことうまい対応ができないことがもどかしい。

なんとなくモヤモヤしながら仮救護室までやってくる。

名前の通り、別館の空き部屋を利用した今回の戦いにおける臨時の部屋だけど、最初は一つだったのに今は左右の部屋にまで拡大し、そのさらに隣も物置として使われている。

それだけ多くの怪我人が、この戦闘では発生してしまっているということか……。

あたふたと駆けずり回る救護員たちの中には、クリスタの姿が交ざっている。今は包帯の替えを取ってきたところだろう、手に入れ物の籠を持っていた。

当初は結界を張るなど戦線に出ていたクリスタだけど、後衛の救護要員の深刻な人手不足を受けて今はそちらの助力に回っている。

「お姉さま……その血、どうされたのです？」

「斬られた」

レティシエルの赤く染まった袖を見て、クリスタがギョッとしたように目を見開いた。

「斬られたって……」

「仲間をかばったときにね。切れた筋は自分で治療しておいたから、見た目よりは大事《おおごと》じゃないわ」

実際、斬られた当初は感覚が麻痺《まひ》していた腕も、今では日常生活する分には支障ないほどになっている。

止血もしたし、切れた筋だけはその場で治癒魔術を使ってつなげておいたから、後遺症なんかが残る心配はないはず。

「……相変わらず、ご自分の体を軽んじてらっしゃること。早死になさいますわよ」

「随分と手厳しいわね」

「あら、事実ではなくて？」

まぁ、クリスタにそう言われると少し反論に窮する。

何せ過去に刺されるのをわかっていて、彼女のナイフを直に受け止めたことがあるのだ。

そんな評価になるのも仕方あるまい。

「見せてください。治します」

「応急処置は終わっているわ。血はもう止まっている」

「……？　では何をなさりにきたのです？」

「上から降ってくる粒子が傷に影響を与えてないか、しっかり傷を丁寧に診てもらえと、そう言われてね」

「そうですか……。そうですわよね。でなければお姉さまがわざわざ救護室へ来て治療を受けたりなさいませんものね」

「……あなたの中で、私はそんなに治療嫌いなことになっているの？」

棚から救急箱を持ってきて、クリスタはそれを併用してレティシエルの傷の手当てを始めた。今の問いに対してはノーコメントらしい。

己の体を軽んじてるつもりはないが、魔術頼りだった時期の戦闘スタイルがまだ抜けていないところはあるかもしれない。

向こう見ずに敵の群れに突撃しても、生きて戻りさえすれば腕や足の一本や二本は落ちたとしても魔術で治癒できる可能性のほうが高かったのだ。

ただ今はそうもいかなくなった。その感覚でずっと戦い続けては、クリスタの言う通り早死にしてしまう。

（もっと防衛を最優先にして動いていかないといけないわね……）

クリスタの治療を受けながら、レティシエルは内心己の行動に対してそう強く戒める。

「しかし驚いたわ。まさかあなたが救援に来るなんて。どういう風の吹き回し？」

「わたくしが戦場に来ることがそんなに驚きでして？」

「……空から槍《やり》が降りそうなくらい？」

「悪かったですわね、人助けが似合わない女で……ほんと、失礼しちゃうわ」

「そこまで悪くは言っていないと思うのだけど」

少々クリスタには申し訳ないけど、本当にそれほど驚いている。

あぁ、でも、旧領地での反乱のときは、乱闘が多発している場所にもかかわらず身一つでレティシエルのところへ突撃してきたことがあったか。

ロシュフォードの一件のときも、彼を助けたいがために躊躇《ちゆうちよ》なく貧民街や正体不明の薬に踏み込み、独断で賭けとも言える治療を強行していた。

（……これなら確かに戦場に飛んできてても全然おかしくない、か）

なんて色々と過去の妹の言動を振り返ってみれば妙に納得してしまった。

そう考えると、こんな小動物のような容姿をしているけど、下手な戦士より実はクリスタのほうが肝は据わっているのかもしれない。

「ロシュフォードさまが言い出したことですわ」

「あの方が？」

「ええ。王都を何者かが襲撃していることを察されていたわ。それで、王都の民が敵に襲われているのを見過ごすことはできないとおっしゃって」

「それで、一緒に来たの？」

「一応止めましたわ。危ないって。ただ聞くような方ではありませんもの」

そう語るクリスタの横顔は、いかにも〝仕方ない方だこと〟と書いてあるのが見えるようだ。彼女は今でもロシュフォードのことが大事らしい。

「だからわたくしはついてきたんですわ。ロシュフォードさまが自分から危険の中に飛び込んでいかれるなら、わたくしがそれを守ればいいんですもの」

「すごい自信ね……」

「お姉さまほどではありませんわ」

　本当に、クリスタの中で自分はどういう人間として見られているのやら……。

　それにしてもずいぶん強くなったものだ。マジマジとクリスタの顔を凝視する。昔のクリスタだったら『どうせ止められないなら守り抜けばいい』なんて強気な考え方は露ほどもしなかっただろう。

　フィリアレギス家が没落して解体され、貴族の身分から解放されたからか、クリスタはむしろ吹っ切れてあか抜けたかもしれない。

　時と環境はいかようにも人を変えるとは言うけど、

「なんです？　物言いたげに。嫌みの一つでも言いたいのですか？」

　その視線にムッと眉間にシワを寄せるクリスタ。小さく微笑《ほほえ》んでレティシエルは首を横に振る。

「あいにく言いたい嫌みはないわ。ただなんでしょう……たくましくなられたのね」

「……お姉さまはわたくしの母親か何かだったかしら？」

「でも今のほうがずっと良い。あなたらしい、というのかしら？　昔より全然自然体でいられていると思う。ちょっと説教臭くて申し訳ないわね」

　つい口に出てしまったそれは、しかし紛れもないレティシエルの本音でもあった。クリスタが面食らっている。

「だから今のあなたに会って話せたこと、良かったと思うわ」

「ちょっ、急になんです？　いきなり人を褒め出したりして……」

「あら、思ったことを正直に口にしただけよ。何かまずかったかしら？」

「………これだからたち悪いのよ」

「？」

「なんでもありませんー。ありがたく受け取っておきます」

目を合わさずクリスタは作業にのみ集中している。今は高速でレティシエルの腕に包帯を巻いていた。

なんだか突然早くなった……と思いつつ、どこで役に立つのかもわからない学習を一つ。なるほどいきなり褒めると困る人も……いる？

「終わりましたわ。多分、何も影響は受けていませんから安心してください」

急に作業のピッチが上がったことで、レティシエルの傷の手当てもあっという間に終了した。丁寧に巻かれた白い包帯を軽く自分で撫《な》でてみる。

「ありがとう、クリスタ」

「お礼よりも、その傷で更なる無茶をしないでいただきたいものですわ」

「信用がないわね」

「傷口に影響はありませんでしたけど、体調の影響はわかりません。ベッドは空いていますから、少し様子見されていっては？」

「そうね……。ならしばらく世話になるわ」

クリスタの言うように、室内には空白のベッドが数台ある。状態経過を見るためにも休んでいくことにする。

一番入り口に近いベッドを選び、レティシエルはそこに腰を下ろす。ここが混み始めたら場所を譲ればいいだろうと、横になったりはしない。

ベッドヘッド側に枕を立てかけ、そこにもたれる。全身の力が抜けて、呼吸が穏やかになってくる。

そうしてリラックスしているうちに、ロシュフォードの力についてようやく落ち着いて考えられるようになってきた。

ロシュフォードが攻撃を繰り出すとき、彼の腕や攻撃そのものには黒い靄《もや》のようなものが伴う。それはレティシエルがこれまで見てきた黒い霧と似た質感を持つ。

ただ現状それが他者の健康等に影響を与えている様子はないので、これもまた黒い霧とは別物なのだろう。

それに、あの目のこともある。ロシュフォードの目は決してあんな血のように真っ赤ではなかった。時期的にどう考えても、王都追放以降に目の色が変わったとしか思えない。

赤い目の特殊性はサラから散々聞いている。遺伝によって伝わるものではない特殊変異で、それは呪術を扱う上で重要な媒体となる。

（あの力は……あの目になったからこそ開花したものなのかしら）

となると先天的にそれを持っていたレティシエルと違い、ロシュフォードは後天的にそれを獲得したことになる。

かつてロシュフォードは黒い霧に精神を支配されていたことがあり、そのときのダメージが原因でしばらく廃人と化していた。

しかし今、存分に戦場で力を解き放っているにもかかわらず、ロシュフォードはこの戦場で一番元気だ。一般兵の中には瘴気《しょうき》の影響で体を壊す者もいるのに。

黒い霧の汚染を乗り越えて復帰した今、一度かかった病には免疫がつくのと同じ理屈で呪術に対する耐性がつき、結果としてそれが赤い目の覚醒につながった可能性は十分ある気がする。

(それでも……ずいぶん特殊な例よね……)

赤い目に覚醒して、そのまま呪術使いになるならまだしも、ロシュフォードはそれとまた違う力に開花した。

呪術に近いのだけど、ではない何か。魔法と魔術の間、というのが一番近い感覚かもしれない。ここでも違う化学反応が起きている。

魔術から出発して呪術が生まれ、魔法と錬金術がその発生過程で分離し、今に至る。本当に柔軟性が高い術群だ。環境因子一つでも変わってきてしまう。

だとすると……ここにいる呪術兵たちとロシュフォードの間には何の違いがあるのだろう。

　自分が知り得る限りのロシュフォード関連情報を思い返す。違う点と言えば……クリスタが飲ませていたという薬と、あの手この手と様々な治療を受けていたことくらいか。

　例の薬の成分を解析できればもう少し何かわかりそうなものだけど、ないものはどうしようもない。いっそのこと本人に話を聞いてみても――……。

「……あの」

　考え事に集中しすぎて、自分に声をかけてくる者の存在にしばらく気づけなかった。

　恐る恐るといった風にかけられた声で、ようやくレティシエルはハッと我に返る。慌てて顔を上げた。訪ねてきたのはジークだった。

「あら、ジーク。来ていたの？　気づかなくてごめんなさい」

「いえ、今来たところなので。怪我《けが》の手当て、受けられたのですね」

「ええ。すぐに終わったけど」

「傷は、どうでしたか？」

「問題はなかったわ。エーデル様の懸念も杞憂《きゆう》に終わったみたい」

「そう、ですか……」

　ほんの少しだけジークの表情が和らぎ、こわばっていた肩から力が抜けている。

「言ったでしょう？　大丈夫だって。だからそんな顔をしないで？」

「どんな顔ですか……至って普通ですよ」

「その顔が普通なら、普段のあなたは相当ハッピーだということになるけど」

後悔がにじみ出ているのに、さすがにそれは説得力がない。

広く無敵の結界を張ることは今は不可能だけど、結界を一点集中して展開すれば、ダメージを一部肩代わりする程度にはまだ機能する。

だからさほど大きな怪我も負わずに済んだのに、ジークはそれでもずっと浮かない顔をしている。よほどレティシエルの怪我に応えているのか。

「ジーク、私はこの通り平気よ。あなたが何か気に病んだりすることはないわ」

「いえ。あれは私の不注意のせいです。もっと慎重になっていれば、ドロッセル様が怪我をされることもありませんでした」

「……一度起きたことは、どんなに悔やんでもやり直せないわ」

その苦悩を除くのに、何ができるだろう。

晴れないジークの面持ちに、レティシエルは思わず口を開いていた。その表情が、かつて魔術を失ったばかりの頃の自分と重なって見えた。

「過ぎたことを悔やむより前を見ましょう？　何があっても時間は延々と過ぎていくものだもの」

そして時間とともに人も変わっていく。

「良い出来事も悪い出来事も、それがあったからこそ広がる今と未来がある。苦い過去から転じる関係性や学びだってあるでしょ？」

クリスタとロシュフォードの関係はまさにそう。水と油同士だと思っていたし、実際そうだったと思うけど、それも踏まえて今も関係性は続いている。昔とは違った形で。

「だからジークも、思うことがあるならそれを踏み台にして乗り越えていけばいい。その方が誰も傷つかないわ」

「……素敵な考え方ですね」

「？　そうかしら」

「ええ。少なくとも私は、そう思います」

小さく微笑んでジークが言った。その表情はさっきと比べれば少しほぐれているように思えた。何かが彼の胸に響いたらしい。

「少し気が楽になりました。ありがとうございます」

「そう？　それは……よかったわ」

「私はまた学園長のもとに戻りますね。話の合間を縫って抜けてきたんです」

「兵器研究の話？」

「はい。城からサンプルを貸し出していただけたので、これから徹夜で解析します」

「徹夜……」

「早ければ早いほどいいですから。ではもう行きますね」

そう言い残してジークは仮救護室から出ていった。レティシエルはそれを見送る。

レティシエルの言葉のどこがどう彼に刺さったのかはわからないけど、ひとまずいつもの調子を取り戻してくれたようでホッとした。

それからしばらくして、レティシエルの耳がまた誰かの足音を捉える。

扉を開けて姿を見せたのは……エーデルハルトだった。なんだか今夜はひっきりなしにいろんな人に会っている気がする。

「あれ？　エーデル様？」

「おー、ドロシー。怪我のほうは大丈夫か？」

「ただの軽傷です。それよりどうしたんです？　何かお探しのようですけど」

「いやぁ、うん、ちょっと人捜しをね。メイを見なかった？」

「メイさん？」

メイ……というと、エーデルハルトに仕えている少女の片方だったはず。

かつてルクレツィア学園の学園祭のときには第三王妃の護衛として来ていたし、旧公爵領での反乱の鎮圧の際にも戦闘要員として来ていた。

ハニーブロンドの髪が特徴的で、いつも背中に自分の背丈以上に大きい銃剣用の筒を背負っているのが印象深い。

「さっきから姿が見えないんだ。アーちゃんにも聞いたんだけど、戦闘中に別れて以降知らないってさ」

「私も見ていませんけど……いつからですか？」

「それがはっきりしないんだよね。日暮れ前には確かに姿を見たんだ」

「そうすると、短く見積もってもいなくなってかなり経《た》つことになりますね……。どこか行きそうな場所の心当たりは？」

「捜せる場所は捜したつもりなんだが……」

エーデルハルトはかなり精神的に参っていそうな顔だ。

頼りない室内の明かりのせいで良く見えないにしろ、顔色はどこか白っぽいし、汗で髪が額に張り付いている。それだけあちこちを必死に捜し歩いたのだろう。

「あいつ、この頃具合が悪そうだから心配なんだ」

「少し前にお会いしたときも、顔色はよくありませんでしたね」

「あんな性格してるからさ、体調悪くても自分から言わないで全部抱え込んでしまう。今もどこかで倒れそうになってるかもしれないと思うと……」

「……心配、ですね」

レティシエルはメイをよく知らない。だけどエーデルハルトのこの憔悴《しょうすい》っぷりを放っても置けない。それだけメイは彼にとって大事な存在だ。

大事な者がいなくなることがどんなに心を焦らせるか、レティシエルとて心当たりはある。だからエーデルハルトの手を取り、その目を見据えて言った。

「私も手伝います。どこまでお役に立てるかはわかりませんけど」

「いや、ドロシーは怪我が……」

「怪我のことならお気になさらず。この通り治療も受け、何の問題もないとお墨付きを得ています」

「……わかった。すまない、助かるよ……」

それから、エーデルハルトと手分けしてメイのことを捜し続けた。

話を聞きつけたルーカスやヴェロニカも途中から協力してくれて、しまいには下々の兵や騎士らも捜索に駆り出される大作業へと拡大していった。

それでも一向にメイの行方はわからない。どこにいそうか推測できるような痕跡や手がかりもない。本当に忽然《こつぜん》と消えてしまっている。

無為な時間だけが過ぎていき、やがて東の空が徐々に白んでいく。結局夜明けを迎えてもなお、メイが見つかることはなかった。

＊＊＊

夜が明けた。東の空に昇る朝日を、レティシエルたちは途方に暮れたまま見送る。

朝まで捜索を続けたにもかかわらず、メイの行方はわからないままだったのだ。ここまで捜して見つからないとなると、ただフラッと出かけただけの可能性はもはや皆無だろう。

「……メイ、誘拐でもされたか？」

いよいよ深刻さが増してきた表情でエーデルハルトが言う。何時間か前から、彼はずっとこの可能性を疑い続けている。

「しかしメリットは？　エーデル様に対する人質ですか？」

「うーん……だとしたら今まで動きがないのはおかしくないか？　だって人質って、人をゆするためのものだろ？」

「まぁ、そうですね」

今のところ脅迫といったものは一切届いていない。人質の線は薄いかもしれない。

そうなると、あとはどんな可能性が考えられるだろう。メイが自分の意志で消えたか、誰かがメイにピンポイントで用があるのか、どちらかしかない気がする。

「ただ日が出てしまったんだ。呪術兵どもの動向にも気を配らないと――……」

「で、殿下！　正門前の敵に動きが！」

「……言ってるそばから」

「待ってください。誰か……います」

駆け込んできた伝令兵の後ろに、レティシエルはこちらへ近づいてくる影を見た。

あのフードに手袋という出立ち……向かってくる者はミルグレインだ。ジャクドーやサラの姿はなく、彼一人だ。

今回のルクレツィア学園の襲撃は、もしや彼が指揮していたのだろうか。でなければこのタイミングで姿を見せる理由がない。何が目的なのか……。

「あれは……敵だな？」

ロシュフォードが確信めいてそう呟《つぶや》く。誰かが答えるまでもなく、彼はすでにミルグレインを敵として認知していた。

「いちいちそう殺気立つな。こちらはただブツの返却に来たにすぎない」

「返却？」

「……メイ!?」

エーデルハルトの声。メイ？　どこに？

姿が見えなかったのは一瞬、すぐにレティシエルにも、呪術兵たちにゾロゾロと担がれてやってくるメイの姿が見えた。

（どうして、メイさんが……）

誘拐を確かに疑ったけど、なぜ結社側がメイをさらうのだろう。それも、今度はなぜか返却しようとしている。意味が分からない。

呪術兵たちがメイを地面に置く。謎すぎる状況に、双方しばらくにらみ合いが続いた。だけどいつまで経っても敵に動きがない。今のところ攻撃の意志はないらしい。ルーカスが素早く近づき、迅速にメイを保護して戻ってくる。

「……サラは？」

「あの方は来ない。今のお前たちを相手にする程度、わざわざマスターにさせるまでもないからな」

そう言ってこちらを一瞥《いちべつ》するその目には、はっきりと蔑みの色があった。取るに足らない、雑魚を見る目だ。

「こちらの用は済んだ。あとは弱者同士仲良く遊んでいるが良い」

吐き捨てるように言い残して、ミルグレインはその通り本当にこの場から去ろうとした。

「待て！」

それに待ったをかけたのはロシュフォードだった。

いつの間に移動したのか、すでにミルグレインの背中を捉え、黒い炎をまとわせた拳を振り上げていた。

「うおっ！」

しかし拳はミルグレインに当たらず、逆に風にあおられるようにロシュフォードの体が後ろに飛ぶ。

着地と同時にロシュフォードは器用に受け身を取って衝撃を受け流す。攻撃こそ当たらなかったが、一連の動きによって発生した風が、ミルグレインの深くかぶったフードを剝がした。

「……妙な変異の仕方をしたもんだな」

ロシュフォードを眺めて呟かれたミルグレインの言葉は、風に紛れてレティシエルの耳には届かない。

代わりにレティシエルは、フードの下から現れたミルグレインの素顔に釘付《くぎづ》けになっていた。見覚えのある顔だった。

「……ギルム？」

かつてレティシエルが交流を持っていたミュージアム職員。聖遺物フロア担当と名乗っていた、ギルムの顔がそこにあった。

「……その名を聞くのは随分久しぶりだな」

「あなたは……ミュージアムの襲撃の時に死んだのでは？」

「死んだ？　それはお前たちがそう解釈したにすぎないだろ。俺は死んでなどいない。ただ我々の物を回収して去っただけだ」

「……そう」

こんな身近に裏切り者……いや、内通者がいたのかと衝撃を受けた。

旧公爵領でまみえたときにこの男が仮面をつけていたのも、己の素顔をさらさないためだったのだろう。そのときはまだ、己《おの》が正体を明かすべきではなかったからか。

思えばギルムには様々な情報をもらっていた。聖ルクレツィアのこと、聖遺物のこと、盲目王のこと。

それが全て敵からのリークだったと思うと、これまでの自分がずっとサラの手のひらの上で踊らされていたということだろうか。

「……なら、ここであなたを捕らえるまでよ」

しかし同時に、レティシエルの心は不思議と冷静でもあった。

もしかしたらこれまでに別の驚きをいくつも受けているせいで、相対的に驚くことに慣れてしまったのかもしれない。

「ここまで来ておいて、そのまま帰してもらえると本気で思ったのかしら？」

「今のお前に、俺を捕らえる力など残っているとでも？」

「あら、それは自分で経験してから語ることね」

先手必勝。言葉が終わるか終わらないかのうちに、レティシエルは深く地面を蹴って飛び出していた。

身体強化魔術を限界まで発動し、剣にはありったけの火魔術を付与させている。

一瞬で手が届くところまでミルグレインの姿が迫ってくる。直前に気づかれ、突き出した剣はミルグレインによって防がれた。

だが防がれるのは予想済み。空いているもう片方の手で、ミルグレインの胸に強力な張り手を喰《く》らわせる。

「がはっ」

空気とともにミルグレインが吐血して後方へ吹っ飛ぶ。強化された体術による一撃だ。おそらく内臓まで響いたはずだ。

すかさずそれに追いすがる。今回レティシエルは完全に短期決戦をするつもりで、力を一切出し惜しんでいない。

何せ魔術の弱体化が進んでいる今、集中力一つで力を維持しているようなものだ。長期戦には向かない。できるだけ早く決着をつけなければ。

レティシエルは体術こそ護身術程度しか嗜《たしな》んでいないが、身体強化など体術と相性のいい魔術をまだ使える。

それに剣に乗せれば弱い魔術もまだ使い道がある。このコンビで意外と戦えることは、夕べから呪術兵相手に何回も実感していた。

「くっ……!」

一瞬ミルグレインはきっと油断していたのだろう。魔術を封じられた以上、もう恐るるに足りない、と。その当てが外れて、今の彼の目には再びレティシエルへの憎悪がみなぎっていた。

「……まだそれだけの力が残っているとはな」

口の中の血を吐き出しながら、忌々しそうにミルグレインは呟いた。しかしその眼差《まなざ》しはまだどこか不敵だ。

「しかし、お前は重大なことを見落としている。俺にばかりかまけている暇などないはずだ」

「?」

なんのことかと首をかしげたのもつかの間、突如、何の前触れもなくメイがカッと目を開き、すっくと立ちあがる。

「……?　メイ?　どうした?」

突然の出来事に、それまでメイを腕の中に抱いていたエーデルハルトも目を白黒させていた。

「……」

「おい、どうしたんだ？　急になんで――……」

「……ッ！」

「うわっ」

　エーデルハルトの言葉は最後まで続かなかった。いきなりメイが振り返り、なんとエーデルハルトに対して剣を抜いたのだ。

　何から何まで唐突だった。予想すらしていなかった。避《よ》けられるわけもない。回避は間に合わず、メイのふるった剣はエーデルハルトの左腕を切り裂いた。

「エーデル様!?」

「うっ……」

　エーデルハルトがうずくまる。レティシエルは慌てて駆け寄った。

　右手で押さえている傷口からは大量の血があふれ出ていた。服の袖はあっという間に真っ赤に染まり、ポタポタと地面に血が滴り落ちる。

「メ、メイ……？」

「……」

　エーデルハルトが呼びかけても、メイは反応しない。まるで魂が抜けた空っぽの抜け殻のように、濁った瞳を虚空に向けている。

　ただ凄《すさ》まじい攻撃性と敵意をむき出しにしている。それはレティシエルたちだけでなく、エーデルハルトにも向いていた。エーデルハルトのことが、わかっていない……？

「……哀れだな。かつて信頼していた者に牙をむかれる気分はどうだ？」

ミルグレインが立ちあがっていた。

「あなた……彼女に何をしたの？」

「何も？　ただそいつが鍵を失《な》くして暴走しているだけだ」

「鍵？　暴走？」

ドドドドドッ……！

耳慣れない単語に首をかしげたのもつかの間、凄まじい揺れが大地を襲う。くぐもった大地の断末魔に交じって、どこか悲鳴のような風の音が駆ける。

(今度は何!?)

激しい揺れに立つのもままならず、レティシエルは地面に膝をついた。

「お前の目の前で魔法陣を完成させる……。それが、偉大なるあのお方の望みだ」

そう言って北斗七星の魔法陣を見上げるミルグレイン。それまではくすんだ白色の光を放っていたそれは、目に見えるほど明るい黄金へと変わる。

北斗七星陣が完成した。それはすなわち、サラによってこの大陸の魔素は死滅したということ。

同時にレティシエルは理解していた。ミルグレインは何も語っていない。情報が提示されたわけでもない。ただ状況が全てを示していた。

つまり今回の学園襲撃は、初めから真の目的のカモフラージュだった。夕べ、日暮れとともに敵の攻撃が止《や》んだことも、夜になったからではない。

同時期にサラが、目的の第一段階……最後の遺物を持つメイの確保を果たしたから、様子見のため戦闘をとめたにすぎなかったのだ。

「……こちらの用は済んだ。これでもう、あの方の計画を邪魔するものは何もない」

空を見上げて呟《つぶや》かれたミルグレインのその言葉には、言い知れない喜びと多幸感がにじみ出ていた。

そしてレティシエルたちを見下ろすその眼差しに見えるのは、高揚感や優越感、蔑みや憎しみ、殺意。それらが一挙に混じり、その目に射抜かれると気分が悪くなる。

「せいぜい地に伏し、己の無力さに打ちひしがれていることだ。あの方を煩わしてばかりのお前にできることなど、それしかないのだからな……！」

そう言って高笑いを響かせながらミルグレインは上空へと飛び上がり、時空のゆがみのような陽炎《かげろう》の中へ吸い込まれて消える。

おそらく、転移と類似した術によるものだ。ルクレツィア学園の庭園に再び一瞬の静寂が訪れる。

あとにレティシエルたちに残されたのは、未《いま》だ大量にうごめく呪術兵、そして完全にこちらを敵として認識している、メイの器だけであった。

六章　未知の光、記憶の底

「アァァァァァアァ！」

断末魔にも似た叫びが薄闇の庭に響いた。

声の中心にはメイがいる。全身からは灰色の靄《もや》が立ち込め、虚空に向ける瞳は白く濁り、焦点も合っていない。いかにも危険な状態だ。

「のわっ！」

「ぐっ」

近くにいる騎士たちがなんとかしてその身柄を拘束しようとしているが、ことごとく怪力のごとき力で吹き飛ばされた。あんな小柄な少女の体のどこに、あれほど強い力が湧いて出ているのだろう。

「い、いったいメイに何が……」

左腕を押さえながらエーデルハルトがうめく。その袖は血で赤く染まっている。

先ほどメイに切られた傷が痛むのか、冷や汗をかいたその表情は苦しそうだった。レティシエルは手持ちのハンカチーフでエーデルハルトの汗をぬぐう。

「……鍵を、失くしたせいではないかと」

「鍵？」

「ミルグレインはそう言っていました。鍵がないから、暴走したと……」

彼女が『来る』と言っていたのは、結社の連中のことだったのだろうか。あるいは原因不明の体調不良も、その『鍵』とやらに由来するのでは……。

「鍵はおそらく、メイさんの体内にありました。それを手に入れるため、結社は襲撃の陰でメイさんを襲った」

「じゃあなんだ？　夕べのメイの失踪はそのせいだっていうのか？　なんのために……」

「……それが、ドゥーニクスの最後の遺産だったから。メイさんが、最後の隠し場所だったから」

「は？　遺産？　そんなものが、メイの体の中にあったっていうのか？　人間の体だぞ？そんなこと……」

にわかには信じられないとでも言いたげにエーデルハルトは首を横に振る。正直、自分で言っていて十分荒唐無稽だなと、レティシエルも自覚していた。

でも、遺産と言いつつあれは術式を刻んだ概念のようなものだ。魂の内側に込めるというのは可能なのでは、と思う節もあった。

現にレティシエルは千年前に命を落として、この魂の中に輪廻《りんね》転生という呪いもとい概念を刻まれた。同じ理屈をメイの場合に当てはめようとするのは……さすがに暴論だろうか。

「……わかった。とりあえずその遺産がメイの中にあったとして、それが取られたからああして暴走してるのか？」

「何かのストッパー、だったのかもしれません」

「その鍵ってやつが？」

「はい。だからそれを奪われて、歯止めが利かなくなったから暴走した……」

デイヴィッドから、それがサラを止める最後の可能性だと聞いてから、ずっと自分なりに最後の遺産のありかを探してはいた。

だがこれは完全に盲点だった。かつてレティシエルの拾ったオルゴールのように、遺産は何らかの実物を伴うものだと、無意識に思い込んでいた。

まさかその隠し場所が、人間の中だったなんて……。

「……そう聞くと確かに辻褄《つじつま》は合ってるように思うけど、ならその鍵はメイの中の何を抑制してたんだ」

「そこまでは……」

今話したことは完全にレティシエルの直感に近い。だからたとえ何か抑え込まれていた力があったとして、それが何かは謎だ。

「……でも、呪術的な何かのような気がします」

「ん？　そうなの？」

「灰色の靄ですよ。メイさんを覆っている」

王国騎士団の面々相手に暴れているメイを指差す。メイが動き、跳ねるたび、彼女の纏《まと》う薄靄はまるでヴェールのようにその全身をくるんで離さない。

「あの靄から、禍々《まがまが》しい気配を感じます。呪術のそれとは違って真っ黒ではないですけど、本質は似ているように思います。同じでなくても、限りなく近いのではないかと」

「なるほど……それは確かにそうかもしれないな」

そう呟《つぶや》くエーデルハルトは悔しそうだった。長らくメイとともにいて、そのことに気づけなかったことがもどかしいのかもしれない。

「エーデル様、移動しましょう。その傷、手当てしなければ」

「……いや、大丈夫だ。この状況で俺だけ裏に引っ込むわけにはいかない」

「その怪我《けが》で？　さすがに無茶です」

退避を促してみるものの、エーデルハルトは頑として前線を離れようとはしない。

「それに、メイは俺の仲間だ。あいつのことを、人任せにはしたくないんだ」

「お気持ちはわかりますけど……」

パッと周囲を見渡してみたが、近くに救護員の姿は見えない。おそらく別の場所に集まって他の怪我人の治療等にかかりっきりなのだろう。

いつもならレティシエルがササッと治療してしまうのだが、従来のように一瞬で、というわけにはいかなかった。

魔素の変質に伴い、治癒魔術の使い勝手も大きく変わってしまった。かろうじて使えるし、治癒速度はそこまでガタ落ちしてはいないが、とにかく燃費が悪くなった。

エーデルハルトの腕の傷に治癒魔術を流し込むが、その光をもみ消すように灰色の霧のようなものが周囲を漂い邪魔してくる。

メイにまとわりついているのが呪術の親戚ならば、それによってつけられたこの傷も呪術の瘴気《しょうき》の影響を受けているのかもしれない。

だからただでさえ弱体化している魔術では、その瘴気の浄化もスムーズに行うのは大変、ということなのだろうか。

「あの、ドロッセル様！　殿下！」

治療が進まないわけではないけど時間がかかって仕方ないのはもどかしいな、と思っていると、名前を呼ぶ声とこちらに駆けてくる足音。

「……？　ジーク？」

「すみません、伝令の途中だったのですけど、御二方《おふたかた》の会話が聞こえてきまして……」

そう言ってジークは、走って上がっていた息を軽く整えて答える。なんでも救護員のいる本部へ前線からの指示書を持参していく途中だという。

「ジーク、ちょうどいいわ。エーデル様の治療を手伝ってくださる？」

弱体化した魔術で一人で治療するのが遅いのなら、二人がかりでやればいい。さっそくそう要請すると、ジークは一つ頷《うなず》く。

「ええ、そのつもりで来ましたので」

「悪いな……なんかえらく手間かけさせちゃってさ」

「そんなことはいいですから」

もう一度治癒魔術を発動する。レティシエルが想定した通り、やはり二人で作業すると多少の時間短縮にはなる。

確か呪術もとい黒い霧を祓《はら》う上では、無属性の力がかなり効果的だったはず。治癒魔法の術式に無属性の複合展開を織り込める。

灰色の霧が徐々に霧散していく。無属性術式に強化された治癒魔術が阻害する瘴気を無効化したのだろう。間もなくエーデルハルトの傷は傷痕も残さず塞がった。

「おぉ、きれいに治ったな。二人ともありがとうな」

「ひとまず治療は終わりましたけど、本格的なものではありません。無理をして、また傷口が開いてしまうことなんてなさらないようにお願いしますね」

「わかってるって。さすがに俺も、そこまで考え無しじゃない」

軽く肩をすくめてみせたエーデルハルトであったが、あっと何かを思い出したようにジークを振り向いた。

「あ、そうだ、ジーク殿。前線から来たんだよな？　ルーカス殿をどこかで見なかったか？」

「学園長ですか？　それでしたら、後援の支援経路の指示をしに別館へ一時移動していたかと思います」

「よし、ならそこに案内してくれないか？」

「え？　殿下のご命令とあらばそう致しますけど、しかし、でしたらこの伝令書はどうしたらいいでしょう？」

「なら、それは私が預かるわ」

レティシエルがそう申し出ると、エーデルハルトは少し意外そうな表情を浮かべた。

「いいのか、ドロシー？　てっきり前線に出たいものだと思ったが」

「救護のテントに届けるのでしょう？　それなら私にもできることです。それに……」

前線に出て、自分もみんなと一緒に戦いたいという気持ちは確かにある。しかしレティシエルは静かに首を横に振った。

「今の私が前線に出て、できることは何もありません。結界は使えますけど、攻撃に耐え続けられる強度を維持することはできませんし。足手まといになるくらいなら、私は今自分にできることをします。治癒は、一応まだ使えていますから」

「そっか……。ならわかった、伝令のことはドロシーに託すよ。ジーク殿もそれでいいか？」

「……お願いしてもよろしいですか？　ドロッセル様」

「ええ、任せて」

ジークから伝令書の入った筒を受け取る。それを見届け、エーデルハルトはすぐにジークを連れて前線方面へと向かっていった。

さてこちらも自分の仕事をしよう。書簡《しょとう》は落とさないようポケットにしまい、レティシエルは救護員たちが詰めている救護員テントを探して移動を開始する。

目的のテントは本館の中庭に置かれていた。周囲を建物に囲まれているから、表ではあれだけ派手に起きていた戦闘はここまで響いてきてはいない。確かに怪我人を休ませるのには良さそうな立地だ。

「……あら？　お姉さま？」

テントの中に入ると、ちょうど内部を横断中だったクリスタが怪訝《けげん》そうにこちらを見つめた。両手を薬瓶でいっぱいにしているあたり、使った薬品を元に戻しに行く途中なのかもしれない。

「あなた、ここに詰めていたのね」

「そういうお姉さまこそ、わざわざどうしてこちらに？」

「伝令と手伝いよ。はい、これ伝令書ね」

「あら、ありがとうございます。でも手伝い？　お姉さまが、前線ではなくここの？」

「言っていなかったかしら？　今の私はほとんど役立たずだからよ。多少治癒とかができるだけのね」

「……え？」

何気なく口にした言葉だったが、それを聞いたクリスタの藤色の瞳が真ん丸に見開かれた。

そういえばこの子はまだレティシエルが魔術を使えなくなったことを知らないのだった

わ……、と言ったあとに思い出した。後の祭りだけど。

「お姉さま、それって……」

「私が元々持っていた力は、今回の事態の中で使い物にならなくなってしまったの。治癒と結界はかろうじて使えなくもないのだけど」

まぁ、言ってしまったものは仕方ない。

そう開き直り、レティシエルは空に浮いたあの北斗七星の陣のことや、力が封じられてしまったことをざっくりとクリスタに語った。

なお、魔術や呪術のことまで話し始めると、きっと脱線するに違いないからそこは伏せておいた。

「でも、それだけよ。しいて言うなら、またかつての〝無能〟に逆戻りしてしまったにすぎない」

「よくそんなことをシレッとおっしゃれますわね……もっと応えてもおかしくないのに」

「だって本当のことなのだから仕方ないわ。治癒しか使えないなら、現状大人しくその力を活用するほかないでしょう？」

「……心配して損したわ」

「？　何か言ったかしら？」

「いいえ。思ったより元気そうだと思っただけですわ」

一瞬だけだけど、クリスタが大変呆《あき》れたような表情を浮かべたように見えた。気のせいだったのだろうか。

「……その失った力、もしかしてあの力ですか？」

「あの力？」

「小さい頃に、お姉さまがよく暴走させていた、アレ」

「……」

幼少時代のドロッセルが、魔術を頻繁に暴走させ、家を壊すことも、クリスタを傷つけることがあったことも、今は過去の記憶として思い出せている。

「そうね。多分その力のことだわ」

「そうですか……」

それらの情景が脳裏に早送りで再生され、レティシエルは苦笑いを浮かべた。クリスタは一瞬、何かをこらえるようにムッと眉を寄せた。

「なら、あのときみたいにわたくしが襲われることは、今はあり得ませんわね」

「そういうことになるわ。昔傷つけてしまったこと、もしかして根に持っている？」

「まさか。お姉さまの力が、ここにいる怪我人たちに危害を加えないか心配なだけですわ」

「たとえまだ使えていたとしても、今ならもう暴走させたりはしないわ」

「……存じていましてよ」

最後の一言は随分と小さくて、テント内の喧騒《けんそう》も相まって良く聞こえなかった。

もう一度聞き直そうかとも思ったが、その前にクリスタは今の話をとっとと切り上げるように話題を転換させた。

「とにかく、来られた以上お姉さまにもここを手伝っていただきますわ」

「ええ。私は何をしたらいいかしら？」

「うーん……でしたらあちらの列の方々の治療をお任せしますわ。重傷の方はいませんので」

「わかった。何かあったら呼ぶわ」

「そうしてください」

それだけ言い残し、クリスタはそそくさと負傷兵たちのところへ戻っていった。レティシエルも任されたレーンに向かう。

確かに擦り傷や切り傷、打撲などの軽傷の人たちばかりだ。力の暴走が今も恐ろしいのか、あるいはクリスタなりに配慮してくれたのか……まぁ、どちらでもいいのだけど。

治癒魔術を起動する。この程度の軽い怪我であれば、弱体化した魔術でも十分効果があるらしい。数分もしないうちに、レティシエルはレーンにいた怪我人を全て完治させていた。

「ありがとうございます、ドロッセル嬢！　これでまた存分に戦えますよ」

「お気を付けてください。決して無理はなさらないように」

元気になった騎士たちがゾロゾロと小走りでテントから立ち去っていく。一気にガランとなったスペースだったが、間髪を入れずに新しい怪我人《けがにん》たちが運ばれてくる。

今回の戦いは、メイを抑えて鎮静化させるだけが目的のものだ。それなのにこれだけの怪我人が生まれて、今も増えているだろう。

（……それだけ、メイさんが手強《てごわ》い存在ということなのでしょうね）

呪術のことを理解し、ある程度防衛ができている者などはほんの一握りだ。この場所で戦っている多くの兵や騎士たちはそのことを知らない。

防衛術を心得ている者にとっても厄介な呪術に、彼らが対等に渡り合えないのも当然だろう。前線にはエーデルハルトたちもいるはずだし、早めに決着をつけられればいいのだけど……。

「気をしっかりお持ちになって。じき良くなりますわ」

負傷兵にそう声をかけながらクリスタが治癒魔法を発動させていく。彼女の手から出現した癒しの光が周囲を満たす。

それを遠目で眺めながら、ふとレティシエルは疑問を覚えた。今まで当たり前のように使えていた術が使えなくなって、初めて違和感を覚えた。

（……どうして、治癒の術式は光属性に含まれているのかしら？）

治癒を使えて当然だった頃は、そういうものだと良く考えもせずに片付けていたけど、光属性魔術というのはそもそも名の通り、光を放つ、あるいは光を操る術式群だ。

実際、治癒以外の光属性魔術は、敵への目くらましだったり、夜闇を照らしたり、あるいは熱を帯びた光で対象を焼いたりなど、そういった効果のものが大半で、どれもちゃんと光と紐《ひも》づいている。

光を操るのが光属性の術の性質なのであれば、治癒は光を操って傷を癒していることになる。でも、それは変ではないだろうか。だって光には本来、傷を治す効果なんてない。

考え出したら止まらなくなってしまった。振り返れば光属性魔術って、他の属性と比べて特殊な術が多かったかもしれない。

結界魔術だってそうだろう。光は実体を持たないものなのに、なぜ結界魔術では魔法や魔術、あるいは物理的な攻撃も光の壁で跳ね返せるのか。

魔術のほとんどが使えなくなっている今でも、この二つだけはかなり燃費と効率が悪化はしているけど辛うじて使えるのは確認している。

全ての光属性の術がそうだとは思わないけど、少なくとも治癒や結界の術は光とは別の〝何か〟を操っているのではないか。

「……」

そこまで考えてレティシエルは苦笑いを浮かべた。たとえそうだったとしても、それがわかったところで何かが変わるわけではない。

メイの暴走は未《いま》だ続いている。今もエーデルハルトやルーカスがどうにか食い止めようとしてくれている。まずは目の前の事態に集中しなければ。

「クリスタ」

「？　あ、もう終わったんです？」

名前を呼ばれて振り返ったクリスタは、レティシエルを少し意外そうな目で見つめてきた。

「思いのほか早かったですわね。力が使えない、なんておっしゃっていたからもっと時間がかかると思ったのに」

「みんな傷が軽かったから時間をかけずに済んだわ。他に何かやれることは？」

「そうですね……では──」

それからは色々と慌ただしかった。

出ていく者より入ってくる者が多いせいで、レティシエルもほどなくして重傷者の治療にも引っ張り出された。

加えて魔法だけでなく薬による治療も並行して進めていることもあり、その薬の調合や整理、包帯の作成などの雑務も山積みだ。

何せ怪我人が運ばれてくる頻度に対して、治療側の人手が足りていない。今は魔素の喪失に伴い倒れたり体調不良をきたす国民も多く、そちらに出動している者のほうが多いらしい。

しかも中にはかなり重い傷なのに治癒魔法をかけてもまったく快方に向かわない人もいたという。魔法をかけても灰色の霧が発生するだけで変化がないのだ。

その現象は、先ほどエーデルハルトの傷を診たときに起きたものと同じだった。

ならば無属性術式で治癒魔法を強化すれば、同様に瘴気《しょうき》による阻害を解消できるはず。レティシエルはすぐにそのことをクリスタに話した。

「つまり、この瘴気とやらが魔法の効きを妨げている、ということですね？」

「その可能性が高いわ。正直、魔法まで弾《はじ》くとは想像していなかったけど」

だってサラの言葉を借りれば、魔法と錬金術というのは呪術を開発する途中で誕生しただけの副産物だ。元をたどれば同じモノなのだが、それすら呪術の瘴気は拒絶するらしい。

「……？　なんだかよくわかりませんけど、とにかくありがとうございます。何気にずっと困っていましたもの。なかなか傷が治らなくて」

もちろん、そんな聞いたら明白にショックを受ける情報をクリスタには言わない。一人で考えて一人で納得するレティシエルに、変な方、とクリスタは独りごちる。

リィン……。

鈴のような音。鈴？　突然の音に、その源を探そうと周囲を見渡してみるが、他の人たちにその音が聞こえた様子はない。

『こっちだよ……』

今度は誰かの声。幼い、少女の声。

慌ただしく動く人々の姿の先には、テントの外へと通じる出入り口が布で仕切られている。その布が、風もないのに大きく揺らめき、翻った。

隙間から覗いた外の景色、その中に白いワンピースの少女がほのかな光を帯びて薄闇の中に浮かんでいるのが見えた。見覚えはある。ドロッセルの姿だ。

　これまでに姿を見ることは何度もあったが、彼女の声を聴くのは今回が初めてかもしれない。白い少女は光をまといながら、静かにどこかを指差している。

　──その先に、何かあるとでも言いたげに。

「クリスタ、ここはお願いしてもいいかしら？」

「え？　いいですけど……ちょっとお姉さま、どちらに!?」

　クリスタの叫びを背中に聞きながら、レティシエルはドロッセルの幻を追いかける。

　これまで何度も、ドロッセルはレティシエルの前に現れては手掛かりを指し示してくれた。今回もそうではないかと、直感が訴えている。

　テントを飛び出し、指し示された方向に歩いていく。廊下を幾度も曲がり、やがてレティシエルは本館の裏に出た。戦いの場となっている正面と違い、こっちは随分シンとしていた。

　少し先の位置にドロッセルの幻は浮かんでいる。その指は変わらずどこかを指しており、学園の敷地内の一角に広がる雑木林のほうに向けられていた。

　幻の少女に導かれて踏み込んだ雑木林は静かだった。外では今でも戦闘が続いているのに、この場所はまるで外界と隔絶されているかのようだ。

　木々の隙間から白いワンピースの裾が覗《のぞ》いて消える。その方角にレティシエルも向かう。進んでいくに連れ、徐々に森の景色が見覚えのあるものに変わっていく。

ところどころ木々が根元から倒壊し、ぽっかりと空が開いている場所や、大地がえぐれて茶色い土がむき出しになっている箇所がある。

（……ここって）

見覚えがあって当然だ。この雑木林は、かつてレティシエルがまだ今の世に転生して間もなかった頃、聖遺物の封印を解放して黒い霧に侵されたロシュフォードと戦った場所。

あれから随分経《た》っているけど、今でも森の中は事件当時のままになっているらしい。まぁ、当たり前か。雑木林とはいえ、森の再生にはもっと長い時間が必要だ。

ひと際開けた場所まで来て、レティシエルはドロッセルの幻を見失った。

折り重なるように倒れた木々の幹は腐り、表面は一面緑色の苔《こけ》に覆われている。確か……あのとき黒い霧の怪物に止《とど》めを刺したのがこの辺りだったか……。

そういえばここは魂柱《たまばしら》になっていないことに今更気づいた。

聖遺物に封じられている闇の精霊の魂を解放し、大地に楔《くさび》として打ち込み縫い付けることで魂柱《たまばしら》は完成すると、かつてサラが話していた。

ロシュフォードが解き放った聖遺物……魔女殺しの聖剣にも、その理屈だと精霊の魂が封印されていただろう。

そして同じく封印を解いても、はっきりと実体を持って襲ってきた黒い霧の怪物は多くなかったから、きっとあの聖剣はそれなりに強力な遺物だったのだと思う。

「……それでも、ここはポイントとして選ばれなかったのね」

他に複数の候補地があったから除外されたのかな。ともかく不幸中の幸い、ということなのだろう。

もしここがポイント地点に選ばれていたら、レティシエルたちはこの場所を今のように前線基地よろしく活用することはできなかった。

横倒しの木々たちを踏まないようまたいで進みながら、レティシエルは広場のようになっているこの空間を歩いてみる。

ドロッセルが導いてきてくれた場所だ。レティシエルにとってはかつて戦闘があった場所、という認識だけだが、きっとそれ以外にも何か意味があるはず。

「……？」

くまなく周りを観察しながら歩くことしばらく、重なり合う倒木の下がかすかに光っているのをレティシエルは見つけた。

本当に今にも消えそうなほどかすかな光だ。もし今、空が暗雲に覆われて辺りが暗くなっていなかったら、きっと気づかなかっただろう。

問題の倒木の傍《そば》にかがみ込み、木の下の隙間に手を差し入れてみる。思いのほか空間がある。少なくとも手が挟まって抜けなくなる心配はなさそう。

少し探ってみたけど、何か物があるような感覚はなかった。もう一度隙間をよく見ようかと、レティシエルは隙間から手を引き抜く。

「……あら？」

引き抜いた手の指先にまとわりつくように、白い光がフワフワと瞬いていた。

倒木の下に目を向けてみると、先ほどまであった小さな光は見当たらなくなっている。

えっと……その光は、もしかしてこれのことなのかしら？

このあとどうしたらいいか、判断に困った。そもそもこの白い光はどうすればいいのだろう。瓶に入れる？　それとも元に戻すべき？　いや、元に戻すってどうやるんだろう……。

当てずっぽうにあれこれと考えているうちに、変化が起きた。

指先に灯《とも》っていた白い光が徐々に薄く細くなり、レティシエルの手そのものが反比例するように少しずつ白っぽくなっていく。

「……え？」

それが、自分の手が発光しているのだと気づいたとき、レティシエルは知らない場所にいた。

いや、知らない景色を見ていた、というべきか。どこかの崖の上から世界を見下ろしているのだろう。目に映る景色がやけに広く遠い。

あたり一面、荒れ果てた土色の荒野がどこまでも広がっている。空は重く垂れた黒い雲があらゆる光を遮り、地上で灯るわずかな光……おそらく人間の営みの光だけが、ぼんやりと世界を照らす。

多分、アストレア大陸の風景ではあるのだろうけど、レティシエルにも見覚えはない。

今の大陸の姿でもなければ、千年前の大陸の景色でもないらしい。

目の前に一対の腕が現れる。レティシエルの腕ではない。この景色を見ている〝誰か〟の腕だ。レティシエルはその視界を間借りしているにすぎない。

薄く白い紗《しゃ》をまとった、ほっそりとした……多分女性の腕。その腕は先ほどレティシエルの手がそうだったように、暗闇を割くように柔らかい光を放っている。

——温かい……。

目の前で掲げられた両手の先の空間に、ふいに大きな白い魔法陣が現れる。

不規則な無数の円が、まるで幾何学模様のように複雑に重なり合い、視界に収まりきらないほど一面に膨張し、なおも広がり続けている。

突如目の前に現れた魔法陣の形と規模にレティシエルは驚愕《きょうがく》した。ここまで大規模に展開された術式を見たことがなかった。

陣に書き込まれている文字や数列の細かさ、魔法陣を構成する全体像。それらにもまるで見覚えがない。魔法でも、魔術でも、錬金術の術式でもない。

巨大化し続ける謎の術式が大きくなればなるほど、あたりは白い光に包まれていく。まぶしくて目を開けていられないのに、自分の目ではないせいで閉じられない。

『……これで、しばらくの間は安全ね』

ホッとしたような、小さな呟《つぶや》き声。おそらく、声を発したのはレティシエルが視界を間借りしている、この正体もわからない女性。

「……！　……！」

聞き覚えは、あるような、ないような。でも、なぜか嫌な感じはしない。

――いったい、この記憶は、誰の……。

「……い！　おい、戻って来いって！」

「！」

グワングワンと頭が前後に揺れて、見えていた景色は一瞬で歪《ゆが》んで消えていった。

代わりに目に入ってきたのは見慣れた学園敷地内の森の光景、そしてレティシエルの肩を摑《つか》んで顔を覗き込んでいるエーデルハルトの姿。

「……エーデル様？」

なぜ、彼がここにいるのだろう。彼は確かメイの暴走を食い止めるために、ルーカスと一緒に戦いの最中にいるはずなのに……。

「メイは、もう止まったのですか？」

「まだだ。ただ、こっちの方向からすごい光が見えたからな。何事かと思って、ルーカス残して確認しに来た」

学園の建物のある方角にエーデルハルトは目をやる。追いかけるように叫び声や爆発音が聞こえてきた。

雑木林に入ってから、戦闘を連想するような音は一度も聞かなかったと、そういえば振り返る。よくよく考えたらかなりおかしい状況だ。

この周辺は戦闘が発生している現場とはかなり近いはずだし、戦いが終わっていない限りあんなに静かになるわけがない。ドロッセルの幻に誘われ、自分はどこに迷い込んでしまったのだろう。

「そしたらなんでかドロシーはいるし、呼んでも反応ないから明らかに様子変だし……」

「……」

「前にも、学園に預けてた黒い……玉みたいなやつ？　あれを見て変になってただろ？　だからまたそういう現象なのかと思ったんだが」

それは……かつてレティシエルが学園のミュージアムで、旧公爵領から押収してきた謎の黒い宝玉を見つけたときのことだろう。あのときは何かに吸い寄せられているような感覚があった。

「ごめんなさい。心配をかけたわ」

「いや、平気ならそれでいいんだ。なぁ、ドロシー。そういえばさっきのあれはどういう意味だ？」

「……？　なんのことでしょう？」

「さっき言ってただろ？　〝これでしばらくは安全ね〟ってさ」

一瞬虚を衝《つ》かれた。そのセリフ……さっき見たあの謎の記憶の中で、あの女の人が言っていたセリフでは……？

「それを……私が？」

「おう。なんか微笑《ほほえ》みながらさ」

エーデルハルトの話を聞きながら困惑した。どうなっているのだろう。あの人が言ったと思っていた言葉が、レティシエルの口から発されていた。

あの人の記憶を見ていたから、つられて自分も同じことを口走ってしまったのだろうか。それとも、自分の話した言葉が、あの人の声で再生されただけ……？

「……ドロシー、大丈夫か？」

黙り込んでしまったレティシエルに、エーデルハルトはどこか心配そうに尋ねてきた。

「なんか顔色も悪いし、何かあった？」

「いえ……」

首を横に振る。まだ自分でも、己の身に何が起きているのか把握できていないのだから、それをこの段階で彼に話しても無意味に混乱させてしまうだけだろう。

「なんでもありません」

「そうか……ならいいんだけど」

それに、謎の記憶のフラッシュバックを見ただけで実害もない。だからレティシエルはエーデルハルトにこのことを話さないでおくことにした。

「そういえば、光を見たと言っていませんでした？」

「ああ、そうだよ！　方角としてはこの辺だったと思うが……何か見てない？」

「どうでしょう……？　先ほど倒木の下で光なら見かけましたけど、さすがに蛍火よりも小さかったですし……」

あとは例のフラッシュバックの中で謎の女性が展開していた、既存のどの力にも当てはまらない巨大な魔法陣程度しか心当たりはないが……。

「アァァァッァ!!」

突如森の中を切り裂く叫び声。周囲の空気の動きが変化し、咄嗟《とっさ》にレティシエルはエーデルハルトを突き飛ばして自身も後方に退避した。

直後上空から人影が降ってきて、轟音《ごうおん》とともにさっきまで二人のいた場所に激突する。モウモウと土煙が舞い上がり、折り重なっていた倒木は今の衝撃でことごとく砕かれた。

「……メイ!?」

エーデルハルトの声が煙の奥から聞こえてくる。煙で見通しは悪くとも、誰がここへやってきたのかはそれだけで十分理解できた。

「殿下！　申し訳ありません……！」

追って森のほうから聞こえてくるのはルーカスの声。おそらくメイを追いかけてきたのだろう。複数の足音が近づいてくる。

「我々で抑えてはいたのですが……先ほどの光を見て以降、なぜか突然活発化してそちらに向かってしまいまして」

「……もしかして、さっきのあの光に釣られたのか？」

「かもしれません」

土煙はだいぶ晴れてきている。エーデルハルトとルーカス、ルーカスの率いる騎士たち。それと対峙《たいじ》しているのは、変わらず灰色の靄《もや》をまとったメイ。靄が風にあおられて宙を舞うたび、メイの周りの景色はまるで陽炎《かげろう》のようにユラユラと揺らめく。

「もう一度確保を試みます。殿下もご助力願います」

「あぁ、当然だ。頼むから傷つけないでくれよ」

「わかっています、殿下」

騎士たちが全員でメイの四方を囲み、少しずつじりじりと輪を狭めていく。メイが暴れる。爆風と土埃《つちぼこり》が激しく舞い、

「風下です！　目標が風下に逃走しようとしています！」

――だめ。

脳裏で声が響いた。自分の声のようにも、知らない人の声のようにも思えた。突然水の中に放り込まれたように、周囲の音が一気にくぐもって聞こえてくる。

「先回りしろ！　二時の方向ならまだこちらのほうが早い――」

――このままだと、あの子が壊れてしまう。壊されてしまう。

今、あの子を確保しようとしている人たちにではない。内側から溢《あふ》れて塞がらない瘴気《しょうき》の暴走が、やがてあの子の体も心も粉々に砕いてしまう。

『……だれか、たすけて』

――あの子が、泣いている。なんとかしなければ。なんとか、何か……。

無意識に腕がゆっくりと持ち上がっていることに、レティシエルは気づかなかった。とにかく〝何かしなければ〟という念にとらわれていた。

目の前に掲げられた両腕がほのかに光を帯び始める。それをまるで他人事《ひとごと》のようにレティシエルは静観する。動かしているのは自分のはずだけど、実感がなかった。

「……ドロシー？　おい、どうした!?」

エーデルハルトの声も耳には届かない。その間にも腕を包む光はどんどん強くなる。

やがて指先から虚空に向かって光が水のように流れ出していく。まるで見えない点と点をつなぐ光の糸みたいだなと、ぼんやり思う。

無数の光の糸は一つに縒《よ》り合わさり、大きな光の玉へと変わる。そこから糸を繰るように右手で光を手繰り寄せ、レティシエルは腕を滑らせる。

空中に花が咲いた。いや、花に似た形の魔法陣だ。レティシエルの手が通り過ぎた場所に光が灯り、糸を引いて形を成していく。

己の手が何を描いているのか、レティシエルには把握できなかった。しかしレティシエルの手は、まるで最初から何をすべきか全てわかっているように、ためらうことなく術式を書き上げていく。

一つ、また一つ、虚空に新しい術式が浮かんでは結合する。右手を中心に広がっていく白い光の魔法陣は、遠目で見ると白い花々が咲く光の木のようにも見える。

それは魔法とも錬金術とも、魔術とも呪術とも言えない不思議な術式だった。知らないはずの魔法陣。

しかしレティシエルは心の内で確信していた。この術式ならメイを救える、と。そのために、レティシエルはあの謎の誰かの記憶を視《み》たのだとすら思えた。

――この根拠のない自信は、いったいどこから湧いて出ているのだろう。

「ウゥゥァァアア!!」

白い魔法陣が完成に近づくにつれ、メイの断末魔が大きくなっていく。光に霞《かす》む視界にかすかに見えるのは、苦しそうに身をよじっているメイの姿。

その身を取り巻いている灰色の霧が妙に鮮明に目に映った。激しく波打ち、のたうち回るように爆《は》ぜては消える。


気づけば世界は真っ白に染まっており、レティシエルはそこに一人ポツンと立っていた。辺りにルーカスやエーデルハルトたちの姿はない。消えた……訳ではないと思う。先ほど自身で描いたあの術式の影響によって、世界がこう見えているのかもしれない。

目を刺すほどの白い世界の向こう、レティシエルの前方少し離れた位置にメイらしき少女の姿を認めた。浮いているように見える。

一歩二歩と近づいていくと、それは確かにメイだった。体勢としては、まるでスローモーションで空から落ちてきている途中のような、ゆっくりとした動きでメイの体は下へ沈んできていた。

両腕を差し出せば、メイの体はふわりとその上に落ちる。それを受け止め、床に寝かせると自然とメイを膝枕しているような状態になった。

『――』

メイの両目は閉じられていたが、その口はかすかに動いている。うわごとを言っているらしい。何を言っているのか聞き取ろうと耳を近づける。

『ドロシー、ちゃん……』

瞬間、メイの体に触れていた部分を伝うように、膨大なヴィジョンが濁流のように流れ込んでくる。

多くはレティシエルにわからない記憶だったけど、中には覚えがあるものもあった。過去に思い出していたドロッセルの過去の記憶と、同じ場面のものがいくつか交ざっている。時計を共に直していた記憶、一緒に城の中を駆け回った記憶、療養先の屋敷で絵を描いて遊んだ記憶、そして炎に包まれながら『ドロッセル』を見送った記憶――……。

ヴィジョンは、メイの人生の走馬灯のようなものらしい。気づけばレティシエルは、メイの追憶を通じて十数年前、あの忌まわしい火事の現場を見ていた。

まとわりつく炎、死んでいく使用人たち、崩れる建物。その陽炎の間を縫って近づいてくるのは、白いローブをまとった存在。

白の結社の所属員であることを示すローブだ。場面が切り替わる。今度は真っ白な空間。いや、視界が真っ白になっているだけかもしれない。

何が起きているのかはよくわからないが、悲鳴のような負の感情たちが胸を打つ。痛い、熱い、苦しい。そう言って涙を流している。

追憶はどれもひどく断片的なもので、そこからまとまった出来事を読み取るのは難しい。それでも、例の屋敷が燃えたあと彼女の身に何が起こったのか、レティシエルは直感で理解していた。

旧公爵領で起きたあの火事は、結社が企て、サリーニャが引き金を引いて起きた策謀だった。メイは……アレクシアは、特殊な体質を持ったがために目をつけられた。

そして呪術の瘴気を浄化する〝聖女〟として結社に囚《とら》われ、やがてドゥーニクスに救い出されて〝メイ〟となり、王都へと戻ってきた。

だからレティシエルが領地で遭遇した〝聖女レティシエル〟という少女は聖レティシエルの生まれ変わりとして、消えたアレクシアの代わりに用意された替え玉の〝聖女〟だったのだろう。

アレクシアは結社にとって、呪術の行使者が逃れられない瘴気の侵食を防ぎ、吸い上げ、浄化する〝聖女〟の良き器だった。

度重なる実験の影響で、アレクシアはそれまでの記憶を失った。浄化しきれず蓄積された瘴気をため込み、暴発させて己で己を制御できなくなることも増えた。

それは救出されたあとも変わらなかった。だからドゥーニクスは、隠していた最後の遺産のピースを埋めこんだ。瘴気を抑え込み、暴走を防ぐために。

『……』

言葉は、なかった。何を言っても、きっと慰めにはならない。過ぎ去った時は過ぎ去ったままで、起きてしまったことは変わらないまま。

メイの……かつてアレクシアだった少女の体を、レティシエルは静かに抱きしめる。ただ、ありのまま受け止めるほかなかった。服を摑《つか》むアレクシアの手がわずかに強まる。

一筋の涙が頰を伝う。それしか、今ドロッセルとしてアレクシアにしてやれることはないように思えた。

＊＊＊

また自分でもよくわからないうちに、レティシエルはあの白い空間から出ていた。

世界に色が戻っている。ここは学園内の森の中で、ルーカスもエーデルハルトも近くにいる。今日は目に見える景色が頻繁に変わりすぎて忙しい。

ただ、先ほどの白い空間の中での出来事は、全てが夢だったわけでもないらしい。白い空間の中での状態そのまま、メイはレティシエルの膝の上で眠っていた。

灰色の靄は、もうない。浄化された……のだろうか。自分の両手をマジマジと見つめる。原因は考えるまでもなく、先ほどレティシエルが意味も分からず発動した、あの魔法陣だろう。

全身を支配していたあの不思議なまでの全能感はすでに消えていた。残ったのは、あのときの自分はなんだったのか、という疑問だけ。

しかし不思議と、あの感覚がレティシエルは嫌ではなかった。

「……おい、ドロッセル。今、何が起きた」

そう訊《たず》ねるルーカスの声も呆然《ぼうぜん》としていた。彼には申し訳ないけど、レティシエルにも説明できそうにない。

だけど自分が発動したものが、フラッシュバックの中で見た謎の女性が展開していた物と同じであることだけは、あとになって理解した。

「さぁ……私にも、よく……」

でもそうしようと思った理由はわからない。そもそも知りもしない力をどうして使えたのか、なぜあの力でメイを止められると確信できたのか。勘だった、としかもはや言いようがなかった。

全身にドッと疲労のようなものがおぶさってくる。突然巨石を背負わされたように、体中がひたすら重い。忘れた頃にやってくる筋肉痛みたいだなぁ、と見当違いのことを考えた。

「みなを招集してきた。じきここに集まってくる」

どこからともなくやってきたエーデルハルトがルーカスにそう告げる。どうやら学園内に散らばっている関係者たちを集めに行っていたらしい。

「ありがとうございます、殿下」

「何、いいってことよ。このくらい大した手間でもない。二人とも、無事でよかった」

ひらひらと軽く手を振ってから、ふいにエーデルハルトがジッとこちらの顔を覗《のぞ》き込んできた。

「ドロシー、大丈夫？」

「……？　多分、メイさんのことなら、もう大丈夫だと思いますよ？」

「いや、君のことだよ。顔が真っ青だからな。具合でも悪い？」

思わず自分の顔に手をやる。かなり頬が冷たい……ような気がするけど、手も同じくらい冷えているせいで正確な体温は測れなかった。

「そう、なのかな……？　今のところ、具合が悪い感じは、特に……」

「そうか……頼むから無茶するなよ」

レティシエルの答えを、エーデルハルトは明らかに信用していなそうだった。

それほどまでに今の自分の顔色は悪いのだろうか。鏡がないから確認できないけど、個人的には本当に体調不良はないつもりだ。

しいて言えば全身が異常に重いことと、寒いことくらいか。

「眠ってるだけ、なのか？」

そばに膝をつき、メイの顔色を確認しながらエーデルハルトがそう聞いてきた。レティシエルは一つ頷《うなず》く。

「おそらくそうかと」

「……」

ふとメイの手が宙をさまよう。口元が震え、今にも何か話しだそうとしている。またうわごとを言おうとしているのだろうか。

「……おっと」

虚空をかいたメイの手をエーデルハルトがキャッチする。彼の手を、メイは握り返す。

エーデルハルトは不思議そうに目を瞬かせた。

「ん？　どうした、メイ。何か、言おうとしてる？」

「……にい、ちゃ」

「メイ？」

「ハルお兄、ちゃん……」

エーデルハルトの表情がこわばった。その顔から彼の驚きと戸惑いが手に取るようにわかった。

彼が動揺する理由を、レティシエルは知っている。この世界で、彼をエーデルと呼ぶ者がドロッセルだけだとするなら、彼をハルと呼んだのは、彼の妹だった皇女アレクシアただ一人だった。

「……あの、エーデル様。メイさんの、ことなんですけど……」

そっと探るように声をかけると、硬い表情のまま、エーデルハルトが無言でこちらに目を向けてきた。

　ふと思う。きっと彼は、このあとレティシエルが言おうとしていることがなんなのか、心のどこかで見当がついているのではないだろうか。

「……聞くよ」

　それでも、あえてその告白を聞こうとしている。『ドロッセル』の口から聞きたいのか、あるいは本人がまだ信じがたいのか。

「……メイさんは、アレクちゃんでした」

　なんて言おうと思案もしたけど、他にどうにも言いようがなかった。一言だけ発してレティシエルは黙ってしまったけど、エーデルハルトにはそれで十分だったらしい。

「…………そっか」

　長い沈黙を経て、エーデルハルトは絞り出すように小さくそう呟《つぶや》いた。

　その顔には嬉《うれ》しいような、泣きたいような、途方に暮れたような、言い得ないごちゃ混ぜの感情がにじんでいる。

「メイは……アレクシアは、死んではいなかったんだな」

「……はい」

「そう、か……」

　深く深く息を吐いて、エーデルハルトは握りしめたメイの手を自身の額に当てた。目を閉じたその姿は、まるで神に祈りを捧《ささ》げているようだった。

他にも、メイが〝聖女〟の器だったことや、あの火事の真相のことなど、話さなければいけないことはたくさんある。

だけどレティシエルは口をつぐんだ。それは全て過去に過ぎ去ったことで、もう変わることも変えることもできない。今この場で伝えなければいけない話ではないはずだ。

ただもう少しだけ、死別していたと思われていた幼馴染《おさななじみ》たちの、兄妹の再会を邪魔したくなかった。そのことを告げて、エーデルハルトを追い込むようなことはしたくなかった。

「……」

どのくらい動かずにいただろう。しばらくして、エーデルハルトはようやくメイの手を離して瞳を開いた。

「ごめん。なんというか……色々と、うまく言えないんだ」

「いいんです。無理もありませんから」

「……とりあえず、まずはメイを安全なところに運ぼう」

「はい、お願いします」

レティシエルの腕の中から慎重にメイを横抱きにして立ち上がり、エーデルハルトはすぐ近くを通った騎士を捕まえて矢継早に言う。

「おい、担架を用意してくれ。メイをどこか休める場所に移す。それから王城まで伝令して、状況を報告してこい。急ぎだぞ！　あとの者は被害状況の報告を――……」

エーデルハルトが各所に指示を出し始めた。一瞬で王子としての顔に戻っている。

ずっと地べたに座っているわけにもいかないだろう。後に続いて立ち上がろうとして、そこで初めてレティシエルは自分の足に全く力が入らないことに気づいた。

そういえば視界もなんだか歪《ゆが》んでるような気がする。おまけに寒い。息を吸うたび、口からヒューヒューと変な音が漏れている。

「ドロシー!?」

驚いたようなエーデルハルトの声がずっと遠くに聞こえ、世界が反転する。

背中に衝撃を感じ、自分が倒れたことに一拍遅れて気づいた。口の中に鉄の味が広がり、何かが頬を伝う感触。これはもしかして……血でも吐いたかな。

誰かの顔が頭上にあるのは認識できるけど、視界がぼやけて顔までは判別できない。この体はいつの間にこんなにも限界を迎えていたのだろう。

そのうち周囲の音もくぐもって聞こえるばかりになり、ついには何も聞こえなくなった。かすかに耳鳴りがして、まぶたが重い。

——私の身に、何が起きているのかしら?

目を閉じながら、消えていく意識の片隅でレティシエルはぼんやりとそんなことを思っていた。

閑章　王子二人

ルクレツィア学園の森の中で見たあの強烈な光を、戦いは終わったにもかかわらずエーデルハルトは未《いま》だ鮮明に覚えていた。

ハッと閉じていたまぶたを開く。ここは本館エントランスホールの一角。どうやらそこの椅子に座って少々うたた寝をしてしまっていたらしい。

「しまったな……」

急いで椅子から立ち上がる。全身が思いのほか重くて動かしにくかった。

先のメイとの一連の戦闘で、らしくもないことにずいぶんと神経的に摩耗していたみたいだ。

ダンダンと何度か足で地面を踏みしめていると、やがて体の感覚が戻ってくる。包帯で首から吊《つ》り下げた左腕に関しては、もう痛みはさほどない。

救護員が大げさに騒いだせいでこんな仰々しい処置を受けることになってしまったが、明日にでも外せそうだ。

どのくらい寝ていただろう。ホールの時計を確認してみるものの、そういえばここへ来たとき時間をそもそも確認していないから意味ないか、と思い出す。

「……メイ」

あの子のことが心配だ。確か……監視のため救護室ではなく別館の個室に運ばれると、付き添ったアーシャが言っていたはず。

さっそくエーデルハルトはそこに向かうことにした。このあと後始末のこともあるから長居はできずとも、容態の確認だけでもしておきたい。

別館の個室は複数あるが、メイがいる部屋はあっさり見つかった。部屋の扉の外に、アーシャが立っているのだから一発だ。おそらくは見張りなのだろう。

「よっ」

「あ……殿下」

アーシャはやつれている様子だった。目の下にはうっすらとクマも見える。ここ数日のゴタゴタで、きっとろくに寝れていないだろう。

「アーちゃん……ひでぇ顔だな」

「……いきなりずいぶんな言われようですね」

「ごめんって。でも本当のことだろ。私はずっと休んでません、って顔に書いてある」

「そんなにわかりやすいですか……」

「おう、バレバレ」

チラと扉のほうに目を向ける。部屋の中からは未だ人の動く気配も、扉が開く様子もなく静かだ。

「メイは？　中にいるんだろ？」

「はい、今は寝ています。救護員の巡回が来るのは、もう少し先なのですけど……」

「ふぅん。あとどのぐらい？」

「そうですね……三十分程度ではないかと」

「なるほどねぇ。よし、アーちゃん。仮眠してこい」

「……はい？」

廊下の先をツイと指差して言うと、意味が分からない、とでも言いたげな顔でアーシャは聞き返してきた。

「あの、殿下。それはどういった脈絡ですか？」

「いや、だから仮眠してこいって、そのまんまの意味だよ」

「それはわかりますけど、なぜ今の流れでその話が？」

「三十分くらいだったら、メイの面倒はオレが見れる。その間、アーちゃんは少しでも休んだほうが良い。せっかくの美人が台無しだぞ？」

「……」

「メイが大事なのはわかるけど、アーちゃんだって人の子だよ。無理して倒れたんじゃあ、どっちが心配かけさせてるんだかわからない。だろ？」

「……そう、ですね。わかりました。そうまでおっしゃるなら、お言葉に甘えさせていただきます」

「うん、よろしい」

一礼してアーシャは立ち去っていった。それを見送って、エーデルハルトも部屋の扉を開けて中に入る。

窓際のベッドでメイは眠っていた。担架で運ばれたときには色がなく白かった顔も、今は血色が戻っているように見える。

近くに椅子を移動させてそこに座る。メイに何事もなかったのは幸いだったけど、やっぱり何度考えても丸く収まった理由がよくわからない。

「……」

特に見て面白いものはないけど、ボーッと窓の外を眺めながらこれまでの状況を振り返る。

メイの中に隠されていた最後の太陽の遺産が奪われ、それによって抑えられていた、メイに巣くう瘴気《しょうき》が暴走した。

浄化の仕方などわからなかった。確保しようにも、瘴気の暴走は普通の人間の手には余るもので、ただこちら側の怪我人《けがにん》が増えていくだけという、最悪に近い状況だった。

そんなときに、学園の森の方角から白い光の柱が立ち上った。

何事かとすぐに様子を見に行けば、そこにはドロッセルがいた。最終的に、謎の術を展開してメイを浄化したのは彼女だった。

あの白い光は結局何だったのか。治癒魔術の親戚……のような印象は受けたが、メイ以外には誰も影響を受けていないから治癒の力ではないのだろう。

これまでに見てきた全ての術と照らし合わせても、これだと思い当たるものは一つもない。

しいて言えば光の中に一瞬だけ見えた術式が、魔導術式と似ているように思えたくらいか。

そして光の洪水が去ったあと、中心に残っていたのはメイを膝枕しているドロッセルだけだった。

光が何かを破壊した様子はなく、メイを暴走させていた瘴気だけを連れて行ってくれていた。

あの光の中で二人に何があったのかは知りようもない。ただ眠っていたメイと違って、ドロッセルはどこか夢うつつの状態だった。

光の洪水の残滓《ざんし》がまだ周辺にわずかに残っていて、それに包まれながら眠るメイの頭を優しく撫《な》で、そのときのドロッセルは穏やかに微笑《ほほえ》んでいた。

自分で言うのもなんだが、エーデルハルトはさして信心深くもなければ、宗教画や聖女の像とかにも興味はないし、神も否定派ではないけど肯定派でもない。

でもこのときばかりは、メイを抱くドロッセルが聖母か女神か何かに見えて仕方なかった。本当のところ、自分の幼馴染はいったい何者なのやら。

「……ぅん」

小さなうめき声にエーデルハルトはハッと顔を上げる。ベッドの中で、メイがうっすらと目を開けていた。キョロキョロと辺りを見渡し、エーデルハルトの顔を捉える。

「メイ、オレだ。わかるか？」

「……」

しばらくメイはエーデルハルトを見つめながらぼんやりしていた。まだどこか眠そうだ。

「……エディ」

「そうだよ」

「……ハル、お兄ちゃん」

「……うん、そうだよ」

エーデルハルトが頷《うなず》き返すと、メイはふにゃっと頬を崩して笑った。

まるで幼い子供のような無邪気な笑みだった。かつてアレクシアが浮かべていた笑みと脳裏で重なり、言葉が勝手に零《こぼ》れ落ちる。

「おかえり、アレクシア」

エーデルハルトの顔が見られて安心したのか、メイはそのまま目を閉じて再び眠ってしまった。そのハニーブロンドの髪を撫で、仕方ないなと笑う。

コンコン。

ふいに部屋の扉をノックする音が聞こえる。救護員が来ただろうかと、エーデルハルトは席を立って扉を開ける。

「……ん？　あれ？　兄上？」

ライオネルがそこに立っていた。ちょっと予想していなかった来客だ。服の裾が少し乱れているが、道中走ったりしたのか。

「ここにいると聞いてな」

「えっと、ジーク殿の伝令を聞いて来ました？」

「あぁ。それで現場の状況確認に来ている。そう長居するつもりはないよ」

ちらりとライオネルの目が横を向く。そちらには壁掛け時計がかかっている。時間を確認したのだろう。

「こちらは今のところ一山越えましたよ。今は後始末の真っ最中。城のほうはどうですか？」

「大臣どもがうるさい以外は何も。皆、現状把握が不透明なりに打開策を模索し始めているからな。それと、父上がいよいよ危ないそうだ」

「……そうですか」

「案外反応が薄いんだな」

「それ、兄上が俺に言います？　俺以上に落ち着いてるくせに」

「……まぁ、否定はしない」

「ずっとあんな状態だったんだ。遅かれ早かれ来るだろうって覚悟してましたよ」

ついにいなくなってしまうのかと思うと寂しいとは思いますけどね、とエーデルハルトはそう言葉を続けた。

「ただ欲を言えば、この戦いが終わるまでは持ってほしい。父上にも、世界の命運を見届けてもらいたい」

「……今のこの国は、父上が造り上げたものだからな。最後まで見守れなかったとなると、いつか化けて出そうだ」

「あれ？　兄上ってそういうの信じるタチでしたっけ？」

「いや、まったく？」

「ですよねー。ならなんで俺にそんな話を？」

「……」

ライオネルが沈黙する。やはりただの雑談じゃないらしい。

普段から無駄を嫌うこの二番目の兄が、意味もなくこんな話をしてくるなんて妙だと思ったのだ。

本題へ向かう前置きなのか、それとも雑談でこちらの腹を探るためなのか。あと他に可能性が考えられるとしたら……牽制《けんせい》、とか？

「……それともなんです？　今さら俺が兄上と王位争いでもすると思ってるんですか？」

「……」

「はぁ……。何度も言ってるじゃないですか。玉座とか権力とか、そういうのにはとんと興味がないんですってば。ホント、信用ないなー、俺」

まぁ、ライオネルからすれば信用ならないのは当たり前か、と言ったあとに自分で突っ込んで納得した。

「そういう人の上に立つような力は、兄上みたいな冷酷さと優しさを使い分けられる人が持つにふさわしい。玉座は兄上のものですよ」

「……お前にそう言われるとなんだか腹が立つな」

「え、ひどい。一応褒めたつもりなのに」

配下であろうと何かあれば切り捨て、駒として使える冷徹さを持ち合わせていないことは、エーデルハルトが一番よくわかっている。

だから最初から玉座を求めたことは一度もなかった。自分より適材な王子がいるのだからそちらに継がせるべきだ。血統がどうとか言うだけアホらしい。

「やれやれ、昔から妙に勘だけは良くて嫌になるよ」

「おかげで旅先で何度も刺客を嗅ぎ分けてますからね、鋭さはピカイチですよ。あれ、兄上からでしょう？」

「……なんだ。わかっていたのか」

「やり口が慎重すぎて逆にバレバレですよ」

「ならお前の配下たちに告白することもできたのでは？」

「いやですよー、言っても何の役にも立たないことを伝えて、意味もなく動揺させるのは」

肩をすくめ、エーデルハルトはそううそぶいてみせる。

「俺が第三王子で、兄上が第二王子で、俺のほうが血統は格上ってことになってて、兄上は王位を望んでる。こんなわかりやすい状況あります？　兄上が俺を狙うことなんて、わかりきった必然なんですよ。それに兄上、そこんとこはきっちり抜かりないから証拠はなんにも手元にないし。俺が口で訴えたところではぐらかされるだけだろ？」

「……お前は相変わらず、自分のことに対してもドライだな」

「証拠を押さえようとしてた時期もあったけど、抜け目のなさで俺が兄上に勝てるわけもないから結局諦めましたよ。あのくらいの刺客だったら、相当俺がひどいミスでもしなければ、やられるとかまずありえなかったし」

「……もう少し腕の立つ者を送り込んでもよかったかもしれないな」

「うわっ、もしかして俺堂々と暗殺宣言されてる？」

顔をしかめるエーデルハルトに、ライオネルが笑う。吹き付ける風がカタカタと小さく窓を鳴らす。

「まぁ、そんなことを言われても旅をやめるつもりは毛頭ありませんけどね。別に兄上から逃げるためだけの旅だったわけでもないし」

「……つまりは、私の独り相撲だったということか」

「ん？　何か言いました？」

ぼそりとライオネルが呟《つぶや》く。エーデルハルトは怪訝《けげん》そうに首をかしげた。

「なんでもない。お前は変わらないな、と言ったんだ」

その言葉にエーデルハルトは肩をすくめる。

「変わりませんよ、これからも。兄上が即位したって多分俺は変わらない。相変わらず城は留守にするし、各地を飛び回るし、中央にもほとんど寄りつかないでしょうし」

「……」

「だから兄上も、こんなドラ弟のことなど捨て置いて玉座でふんぞり返っててください。兄上にはそっちのほうが似合ってる」

「フッ、よく言う。お前の口から聞くと妙に嫌みったらしいな」

「ちょっ、さっきからイチイチひどくないですか？」

「気にするな。昔からだろ」

「……まぁ、それもそうですね」

昔から、というより、お互い様、のほうが近いかもしれないな、と思い直した。

「思いのほか長居したな。私はもう行く」

「あ、ちょっと兄上」

「邪魔したね」

そう言ってライオネルは踵《きびす》を返そうとする。が、エーデルハルトはそれを頑と引き留めた。

「なーにが〝邪魔したね〟だ。邪魔も何も、そもそも部屋に入ってもいないじゃないですか」

「……」

エーデルハルトが指差す先にはライオネルの靴。

そのつま先は、先ほどから扉の敷居を踏んですらいない。二人はずっと敷居越しに話していた。

「ここに来たの、別に俺としゃべるためではないでしょ。そんなことのために兄上がわざわざ走ってくるとは思えない」

「……」

すました顔だが、ライオネルの目が一瞬泳いだのをエーデルハルトは見逃さなかった。

部屋を訪ねて来たとき、ライオネルの服はわずかに乱れていた。そして〝ここにいると聞いた〟と言ったが、〝誰が〟いると聞いたのかは言わなかった。

エーデルハルトがここにいたのは完全に偶然だ。アーシャを仮眠に行かせなければ成立しなかったこの状況を、ライオネルが弟目的で狙って来られるなど相当低確率だろう。

「入ってくださいよ。メイ……あ、いや、アレクシアは寝てますから、静かにだけしててくれればいいんで」

「……」

「しかしも、かかしもありませんからね。そのつもりで来られたくせに」

エーデルハルトとライオネルはさして仲の良い兄弟ではない。昔からそうで、今でもそう自覚している。

しかしアレクシアが城にいた頃は、アレクシアが何かとライオネルになついてたこともあり、つるむことも少なくはなかった。

ライオネルもアレクシアを自分なりに可愛《かわい》がっていた。よく勉強を教えてあげていたり、アレクシアに本を読み聞かせている場面に遭遇し、逃げられたこともあった。

異母妹の生存を聞きつけて見舞いに来た以上、顔くらい見ていってほしいものだ。それで帰ったら、この人は何のためにわざわざこの部屋まで来たんだ。

こんなときにも利口に空気を読もうとする兄に少々苛立《いらだ》ちを覚える。

「ほら、いつまでそこにいるんですか。外、なんだかんだ騒がしいから早く扉閉めさせてくださいよ」

「……わかった。わかったから腕を引っ張るな」

強制連行のつもりで腕を摑《つか》んだところ抗議された。

先の兄の言動に腹が立っていたので、その抗議はきっぱり無視してやった。

七章　懐古

ゆっくりと意識が浮上してくる。

重たいまぶたをなんとかこじ開けると、飛び込んできたのは白い天井。レティシエルの体はシーツの敷かれたベッドの上に横たわっていた。

（……私、いったい）

少しずつ目の焦点が定まってきて、同時に自分の身に何が起きたのかも少しずつ思い出してくる。

メイとの決戦のあと、何の前触れもなく突如レティシエルは倒れたのだ。それからの記憶はないが、おそらく気絶の後ここに運び込まれたのだろう。

「……」

目を動かして周囲を見ると、ベッドの両側にはそれぞれ衝立《ついたて》が立っており、部屋全体の様子はうかがえない。

起き上がってみようかと試みたが、体が重くてどうにも起き上がれそうになかった。諦めてまた目を閉じると、ベッドに近づいてくる足音を聞きつけた。

「……あ、お姉さま」

たらいを持ったクリスタだった。藤色の丸い瞳がさらに大きく見開かれている。

「目が覚めたんですね」

「ここは？」

「救護室ですわ。お姉さま、急に倒れられたのですよ、覚えていません？」

「……覚えてる」

ミルグレインや暴走したメイとの戦いを終え、ようやく一息ついていたときに突然気を失った。

全身が異常に寒く、重く、立つことすらままならなくて、いったい何がどうしてそうなったのかと、身に起きた異変に戸惑っていた記憶は辛うじて残っている。

「それから今日目覚めるまで、ずっとここで眠っていましたわ。つきっきりで看病はしましたけど……」

「……看病？　あなたが？」

思わず目を瞬《しばたた》かせた。つきっきりでクリスタが〝ドロッセル〟を看病した事実が少し意外。

だがよく考えてみれば、クリスタは別にこの場所へ遊びに来たわけではないのだ。彼女は数少ない救護要員としてありがたがられていたはず。

それは、倒れた人間の看病の一つや二つくらい、やるのは当然か……。

「あら、わたくしがお姉さまを看病したのがそんなに意外でして？」

「そうは言っていないでしょ。驚きはしたけど」

「結局意外なのではありませんか」

ブツブツと不服げに呟きながらも、クリスタはレティシエルの手をサッと取ると、その上に自身の右手をかざす。

温かい光がクリスタの手に灯《とも》る。

その光に触れられた部分からじんわりと体が熱を持ち、徐々にそれはレティシエルの全身に染みわたっていく。

「それ、治癒魔法？」

「ええ。こうでもしなければ、お姉さまの衰弱は甚だしかったですもの」

「衰弱……」

「どこにも外傷はありませんでしたのに、体は氷のように冷たかったですわ。最初は飲み物さえまともに受け付けてくれなかったもの」

とにかく、当時のレティシエルの状態は相当に悪かったことは理解した。そして妙な病気に罹《かか》ったわけではないらしい。

しばらくクリスタはレティシエルの手に治癒魔法を流し込み続け、少しすると魔法の発動をやめて手を離した。

ぐるぐると軽く肩や腕を回してみる。起きたばかりの頃と比べて、体は今少し軽くなった気がする。

「ひとまず終わりましたわ」

「……手馴《てな》れてるわね」

それだけ多くの治療作業をこなしてきている、ということなのだろう。実際あのテントの中では、クリスタが実質的なリーダーとなって他の人たちを指揮していた。なんだかクリスタが頼もしく思えた。

「まだ、後始末の作業が終わっていないの？　慌ただしいようだけど」

壁の向こうからはドタドタと近づいたり遠ざかったりする足音や、くぐもった話し声が頻繁に響いてくる。かなり忙しそうだ。

「作業はあらかた終わっていますわ。きっと、今は人捜しの最中でしてよ」

「人捜し？」

「メイさまとの戦いのどさくさに紛れて、ジーク・ヴィオリスが姿を消したの。お姉さまもご存知の方でしょう？」

「……え」

思わずレティシエルは硬直した。ジークが……姿を消した？　誰にも何も言わずに？　なぜ……？

「今総出で捜しているようですけど、まだ見つかっている様子は……ちょっと、お姉さま。どこへ行こうというのです！」

「捜しに、行かないと。きっとジークの身に何かあったのよ」

「その体で!?　無茶に決まってます。行っても足手まといになるだけですわよ！」

「だっておかしいわ。確かにジークは何でも一人で抱え込んでしまう節があるし、それで周りに心配をかけたりもするけど、それでも無言で姿を消すような人間ではない。仲間が戦っているのを見捨てるような薄情さはないし、むしろお人好《ひとよ》しな部分もあるけど、これだけは確かなの」

「……それをお姉さまが言います？」

「……」

げんなりとしたクリスタの表情に、ふとレティシエルは自分がある意味とんでもないしっぺ返しを、自分でしているかもしれないことに気づいた。

前世ではナオにも父王にもよく指摘されていた。良き王女であろうとするあまり他者を頼ることを忘れがちになるのは良くない、と。

今、ジークに当てはめて言ったことは、割と自分自身にも当てはまるのではないか……？

「説得力は……あまりないかもしれないわね」

「いや、似た者同士だから逆に説得力は高いんじゃないか？」

レティシエルの言葉の間に割って入る声が聞こえた。

クリスタと一緒に声のするほうに目を向けると、救護室の開いたままの入り口にエーデルハルトがもたれかかり、軽く手を上げてみせた。

もう片方の手……メイに切られていた左腕のほうは包帯で固定され、首から下げた布によって吊《つ》られている。

「よぅ」

「エーデル様……」

「あ、いいっていいって、無理に立たなくて。そのままでも普通に話せるんだからさ」

　ベッドから降りようとしたレティシエルをエーデルハルトが制止する。近場にあった丸椅子を移動させ、そこに彼はよいしょと座った。

「ひとまず、無事そうで安心した。本当に心臓止まるかと思ったよ、いきなり血を吐いて倒れるんだからさ」

　やっぱり気絶する前に漠然と推測した通り、血は吐いていたらしい。反射的に口元に手を持って行ってみるが、当然血がついているわけもない。

「エーデル様も、ご無事なようで。ずいぶん物々しい装いですけど」

「みな大げさがすぎるんだ。勘弁してくれ。大して重い傷でもないんだからさ」

　プラプラと吊られた左腕を揺らすエーデルハルトは煩わしそうな顔をしていた。確かに、腕の自由が利かないのは地味に不便なのだろう。

「どのくらい眠っていましたか？　私は」

「だいたい二日くらい、かな。空があの調子だから時計頼りなんだ、若干ズレてるかもしれないけど」

「二日……そんなにですか……」

数時間程度だと思っていたので、予想外に長く昏睡《こんすい》していたようでレティシエルは心底驚いた。

それに、二日間もただ眠っていただけだったとは、この非常事態なのに自分は何をしているのやら。仕方ないと言われればそうかもしれないが、それでも歯がゆい。

そこからは状況確認の時間が続いた。何せ二日も寝ていたのだ。空白の時間がたくさんある。

何よりも気がかりだったのはサラたちの動向だったけど、どうも前回ミルグレインとの戦い以降は特に動きはないらしい。おかげで今も緊張状態が続いている。

日中に太陽が一切出ないのは今も変わらず、それに伴う悪影響もいよいよ深刻化してきているという。

日照がなくなったことで作物は枯れ始め、川の汚染が進んでいるらしい。後者は恐らく空から舞うこの黒い雪のせいだろう。

未《いま》だ雪の性質については不明のままだけど、自然を蝕《むしば》むものだということはこれで確認できた。

さらに昼間でも薄暗い現状に対応するため、王都の主要地点では明かりを常時点灯しているのだが、それを維持できなくなっている箇所が増えているらしい。

明かりを灯すのには当然燃料が必要で、それには上限がある。まかなえなくなれば、常時点灯体制をやめるほかない。

（本当に事態は一刻を争うわね……）

　今の状態が長期化すれば、きっと都市としての機能が完全に瓦解してしまう街や村が出てくるだろう。その機能不全の果ては、下手したら国家の崩壊だ。

「……わたくし、飲み物を用意してまいりますわ」

　途中、クリスタはそう言ってタイミングを見計らって退出した。別に一緒に聞いていても問題ない話なのだけど、空気を読んだのだろうか。

「……あ、そうだわ。エーデル様」

　扉が閉まる音を聞いてふと、クリスタが言っていた話を思い出し、レティシエルはエーデルハルトを見る。

「ん？」

「ジークが、いなくなってしまったと聞きました」

「あぁ……うん。そうだね」

　回りくどく聞いても仕方ないと思って単刀直入に尋ねると、エーデルハルトは気まずそうに頬を軽く掻《か》いた。

「今、手が空いてる騎士たちが捜索してはいるんだが……」

「……未だ行方は分からず、ですか？」

「ごめんな」

「そうですか……」

エーデルハルトに聞けば何かわかるかと思ったが、事はそう簡単にはいかないらしい。

彼もジークの失踪に気づいたのは戦闘終了からしばらく経《た》ってからで、そのときにはもう証拠らしい証拠もなくなっていた。

戦闘中に起きた失踪だ。現場を目撃した者がいなければ、彼がいつどこで姿を消したのかすら特定できない。

「いつ頃ですか？　ジークがいなくなってしまったのは」

レティシエルはジークと一緒にエーデルハルトの傷を治療している。そのときまでには彼はいたはずなのだ。消えるとしたら、エーデルハルトとともに行ったあとのこと。

「うーん……はっきりとは言えないな。あのとき二人にこの怪我《けが》を治してもらって、俺は彼と一緒にルーカス殿のところへ行ったんだ。ジーク殿は、また別の伝令を任されていた。今度は王城へ……」

そう言いながらエーデルハルトは眉間にシワを寄せて考え込んだ。しばらくそうしていたけど、やがて申し訳なさそうに首を横に振った。

「そのあとは俺も完全に戦いにかかりっきりになって、ジーク殿がどう動いていたかなど気にしてはいなかったから……ごめん、自信ないな」

「なら、ライオネル殿下は何かご存知なのでしょうか」

「どうだろう……。ちょっと前に兄上とは話したんだ。ジーク殿のことも含めてな。そしたら兄上、伝令は確かに聞いたらしいんだ」

「というと……消えたのは、そのあと？」

「まぁ、普通に考えたらそういうことになるな」

なんとも言えない絶妙なタイミングすぎて、思わず途方に暮れてしまった。

ジークがいなくなったのは、役目を果たし終わった直後という、一番失踪に気づきにくい時期の出来事だった。情報だって少ない。いったいどうやって捜せばいいのか。

「ごめんな、大した役にも立たない話ばかりだろ」

「いえ、それだけでも聞けてよかったです」

つまりメイとの戦いの最中にジークは消えたということになる。

しかし、そうするとますますおかしい。みんなが戦っている状況で、一人逃げるような真似《まね》ができるような人ではないのだ、ジークは。

ましてやこんな大陸規模での大混乱下だ。逃げるといってもどこへ逃げる当てなんてあるのだろう。ジークの母親は地方にいると聞くし、そこに戻ったとも思えない。

（……ラピス國《こく》、なんてあり得るかしら）

唐突にそんな考えが脳裏をよぎった。メイとの戦いより前に、ジークと交わした会話を思い出していた。

あの会話からどうしてこの考えが出たのか、自分でもよくわからない。勘だ、としか言いようもない。

いや、それが本当だとしても、今度は因果関係がわからない。ジークがラピスとなんの関係が？　ジークが姿を消すことで、得をする者などいるのだろうか。

「……彼はどこへ行ってしまったのでしょう？」

「それは俺もわからないな。あのときは皆アレ……メイを止めるのに精一杯で、彼のことを誰も気にしてやれなかった。まさかいなくなるとも思っていなかったからさ」

「そう、ですよね……」

アレクシアと言いかけて、エーデルハルトはその名前を引っ込める。まだメイのことはメイのまま呼んでいるらしい。だからレティシエルもそれにならう。

「メイ……は、今どうしてます？」

今はメイと呼ばれているあの小柄な女の子は、ドロッセルの幼馴染《おさななじみ》であり、エーデルハルトの同母妹である皇女アレクシアだった。

かつて旧フィリアレギス公爵領で亡くなったとばかり思っていた彼女が生きていたのは嬉《うれ》しい。

嬉しいのだけど、本人はレティシエルの放った謎の力によって浄化されたのち、昏睡してしまっている。

「メイのことなら心配はいらないよ。寝てることのほうが多いけど、普通に起きるし喋《しゃべ》るし、おかしいところは何もないからさ」

それを聞いて安堵《あんど》した。レティシエルが使ったあの力は正直得体の知れないものだ。仕組みだって、どうして使えたのかも知らない。

当然それが人体にどんな影響を及ぼすのかもレティシエルには測れない。それを食らったメイに何か異変があったらどうしようかと心配だったのだ。

「しいて言うなら……」

「？」

「ちょっと戻ってるらしいな、記憶。ドロシーに会いたがってた」

「私に？」

「今すぐってわけじゃないから急がなくていいぞ？　メイはもう問題ないから、もう少し休養してからでも遅くない」

「そうですか。でしたら、また日を改めて見舞いに行きます」

「おう、そうしてやってくれ」

そこで一度会話が途切れる。両者沈黙。チラとうかがったエーデルハルトの表情は、まだどこか物言いたげな様子に見えた。

「……あの」

「ん？」

「他に何か、お聞きになりたいことがあるのでは？」

「……そう思う？」

「何か物言いたげな顔をされているので」

「……やっぱバレるものか」

　やれやれと気まずそうに頭を掻きながら、エーデルハルトは苦笑いを浮かべた。

「あぁ、確かにあるよ、聞きたいこと。ただ、聞いてもドロシーは多分わからないんだろ？」

「……やはり、あの不思議な術のこと、ですよね」

　予想通りの言葉だった。今度はレティシエルが苦笑する。こちらの返答まで、彼に言い当てられてしまっている。

「おっしゃる通りです。なぜあんなことができたのか、私にもわかりません」

「そうだろうなー、知ってた」

「あのときは……私が私ではなかったような気がします。私個人の意思とは別の何かが働いたような……」

「操られてた、とか？」

「そういうわけでは……どちらかというと、内側から何かが湧き出る感覚に近かったかもしれません」

「前に言ってた、前世の記憶がどうこうとか？」

「それもまたちょっと違うような……でも、見てはいたのです、あの術式」

「そうなの？」

「夢の中で誰かがそれを使うのを追体験して見た……なんて言ったら馬鹿げていると思います？」

「あー……ごめん、パッと聞いた第一印象ではそう思えてしまうな」

「ですよね」

「けど聞くよ。ドロシーを信じると約束したからな」

「……馬鹿げてると思われたのでは？」

「いやだって、ほら、あれだろ？　これまでのドロシーの言動や発言を思えば、そのくらいの告白は〝天然〟の許容範囲内だろ？」

「そう言われるとなんだか心外ですね……」

ちょっとカチンときたが、振り返れば確かにぐうの音も出ないような気がするのがなんとも言えない。

何はともあれ、レティシエルは森の中で視《み》た謎のヴィジョンの話をエーデルハルトに聞かせた。

今や何が手掛かりになるかわからないから、そのヴィジョンの中で例の魔法陣を見て、無意識にそれを使ったことも含めて洗いざらいだ。

「……ということは、その魔法陣は呪術がもたらす悪影響を浄化する効果があるわけか」

「発動原理は正直不明です。私が発動できたということは、この身にはあれを扱える潜在的な能力があるということなのでしょうけど」

「俺としてはドロシーが見たっていう女の人？　の正体も気になるな。魔法でも魔術でもない力をパパッと使えるような人だろ？　ただ者ではなさそうだよな……」

「それについては同感です」

レティシエルは頷《うなず》く。そもそもレティシエルが見たあの景色はいつの時代のことで、誰が見ていたものだったのか。

そして顔も知らないその誰かのことを、レティシエルはなぜ〝懐かしい〟と感じたのか。

知りたいことは山のようにあるのだ。

「まぁ、それはさておき、どうにかしてその力、恒常的に使えるようにできればなぁ……今すぐにじゃなくていいからさ」

「そうですね。私のほうで色々検証してみます。良い報告ができるかはわかりませんけど」

「本当にすまない……。また、君に頼りっきりになってる」

「頼ってくださらなければ、私は皆の役には立てませんよ。だからぜひ、好きなように頼ってください」

「ハハ、頼もしいなぁ……」

爽やかに笑うエーデルハルトに、レティシエルも釣られて微笑《ほほえ》む。目覚めてから、初めて本当の意味で一息つけたかもしれない。

「それじゃあ、俺は退散するよ。あとはしっかり休んでくれたまえ」

「ふふ。はい、そうします」

「……あ、そうだ」

「？」

「これ、父上からの託し物」

思い出したようにゴソゴソとポケットを漁《あさ》り、取り出した何かをエーデルハルトはこちらに渡してきた。

それは手のひらの上に乗っかるくらいの小さい正方形の小箱だった。

黒曜石のような不思議な輝きを持つ石でできていて、正面にある小さい金属製の留め具が蓋を閉じ合わせている。

「国王陛下から？　でも、陛下は確か今……」

「あぁ、危篤状態でかなり危ういな。ただ夕べ、うわごとのようにこれをドロシーにって、ずっと呟《つぶや》いてたんだ。そのとき部屋にいたの俺だけだったし、無視するわけにもいかないだろ？」

そう言っておどけてみせるエーデルハルト。表情が冴《さ》えないのは、きっとこの不透明な現状と、父王の身を案じているからだろう。

渡された小箱を開ける。濃紺のビロードが敷かれた箱の中には、少しごつごつした深紅の石が二つ、並べて置かれていた。

石の表面には所々白色のまだらがあり、直径は親指の付け根から指先くらいまでだろうか、形は球体に近い。

左目がチクリと痛んだ。なぜここで〝赤い目〟が反応する……？　もしや目と同系統の呪石か、とも思ったけど、あの禍々《まがまが》しい漆黒の呪石とはまた違う。

「……えっと、これは？」

つまり現状謎の物体だ。エーデルハルトに尋ねてみたけど、彼は申し訳なさそうに肩をすくめた。

「ごめん、正直俺もよくわからないんだ。俺が知ってるのは、それが王家が代々秘蔵してきた大事な宝だってことくらい」

「え……そんな重要なものを、なぜ私に」

「それは父上にしかわからないだろうな。俺も知りたいけど……」

とてもそれを聞けるような状態じゃないのだろう、オズワルドが。言葉を濁すエーデルハルトに、レティシエルも胸が痛んだ。

「わかった、ありがとう。これ、預かるわ」

「おう。じゃあ顔も見れたし、俺はもう行くよ」

「わざわざありがとうございました」

「いいっていいって」

お礼の言葉に飄々《ひょうひょう》とした笑みを浮かべ、エーデルハルトは救護室から去っていった。

一人になって、レティシエルはもう一度先ほど渡された黒い小箱、その中に入っている謎の赤い石を眺める。

長らくジッと見つめ続けていると、やっぱり左目がチクチクと針で刺されているような感覚に襲われる。

　ここには鏡がないから確認はできないけど、きっと左目が光るか何かしているのだと思う。

（謎の赤い石に、王家の秘蔵品……私の目と共通するのは〝赤〟……）

　ふと嫌な考えが脳内に浮かんだ。目の前の石と、レティシエルの左目。そのどちらも赤い色で、反応し合っているように見える。

　ならこの石は……かつて誰かの〝赤い目〟だったのではないだろうか？　そう考えると、この左目が反応していることとの辻褄《つじつま》も合うのではないか？

　だとしたらこれは……誰の瞳だった？

「……あら、殿下はもうお帰りになったのね」

　そこへクリスタが戻ってきた。手には水差しとコップの載った盆を持っている。飲み物を用意しに行ったという言葉自体は嘘《うそ》ではなかったらしい。

「ええ。別にあなたも残っていて問題なかったのに」

「わたくしがいないほうが、気兼ねなく話せることもあるのではなくて？」

「あら、確かに……それは否定しないわ」

「素直ですか」

　ブツブツと言いながらもクリスタは手慣れた様子で周りの片づけや、飲み物の用意などをしている。

かつて生粋の貴族だった者とは思えない手際の良さだ。それだけ彼女が市井に馴染《なじ》んでいるという証拠なのだろう。

そういえば家が没落した後は、ロシュフォードのいた離宮で侍女をしていたと風の噂《うわさ》で聞いていたが、その時に培われた技なのかもしれない。

「ねえ、クリスタ。今、私にできることはある？」

ベッドから足を下ろしてレティシエルは妹に声をかける。クリスタはこちらを振り向くが、すぐに眉間にシワを寄せた。

「はい？　お姉さま……まさかもう、手伝いに行こうとしているのですか？」

「？　ええ、そのつもりよ。いつまでも一人休んではいられないわ」

「……」

クリスタの眉間に刻まれたシワがなぜかさらに深くなっていく。何やら機嫌が悪そうに見える。何に腹を立てているのかがよくわからないのだけど……。

「クリスタ？　どうかしたの？」

「……どうもこうも、お姉さまはご自分のことを何だと思っているのですか！」

どうしてだろう。開口一番怒鳴られた。

「そのような状態で？　手伝いに？　お姉さま、自分を超人か何かだと勘違いしてます？　だとしたら今すぐその考えを改めてくださいませ」

「いいえ、そうは思っていないけれど……」

「ご自分が今どれほどボロボロかご存じ？　丸二日でしてよ？　それだけずっと昏睡《こんすい》していた体がすぐに動かせるわけがないでしょう？」

「……」

「そもそももう大丈夫、なんて根拠のない自信はどこから湧いてくるのです。現場でまた倒れでもしたら、いったいどうなさるおつもりなんです」

「……気合で、戻る？」

「根性論の話なんてしていませんわよ！」

キッと睨《にら》まれた。唐突にこの応酬が始まった契機はよくわからないけど、とりあえず身の心配をされていることだけは理解した。

「……ちょっとお姉さま、聞いています？」

「ええ……なんだか、説教をされているような気分だわ」

「実際に説教しておりますのよ。何だと思っていたのですか」

「……」

思わずマジマジとクリスタの顔を見つめる。クリスタが誰かに説教をするなんて、思えば出会った当初の印象からは想像もできなかった。

それもあれほど険悪で、敵視さえしていた双子の姉《ドロッセル》に対して、だ。なんというか……人って変わるのだな、と子供並みの語彙力でそう思った。

「……な、なんです？　言っておきますけど、わたくし間違ったことなんてこれっぽっちも言っておりませんからね」

「わかっているわ。まさかあなたに説教をされる日が来るなんて、少し予想外だっただけよ」

「あら、意表を突けたのなら良い気味でしてよ」

腰に手を当ててそう言うクリスタは、どこか得意げな様子で笑った。とても、いい笑顔である。

「とにかく、今のお姉さままでは何をするにもお荷物です。最低限、体の調子を整えてから出直してくださいい。よろしくて？」

「……わかった、そうするわ」

大人しくクリスタの言うことを聞いて、レティシエルはベッドに戻ることにした。それを確認したクリスタは満足気に再び作業を始める。

「クリスタ」

「？」

「ありがとう」

「……フン」

告げた礼に対して、返ってきたのはそっけない一言。しかし嫌がってそうな気配はしなかった。

クリスタの作業スピードは心なしか上がっており、ちょこまかとせわしないその動きは、なんとなく小動物のようにも見えてくる。

その様子がなんだかおかしくて、レティシエルはつい噴き出してしまった。何笑ってるのですか、とクリスタが怒りながら突っかかってくるまで、あと少し……。

＊＊＊

白の結社によるルクレツィア学園襲撃から数日が経《た》った。あれ以来、敵方に目立った動きはない。

半壊してしまった学園の復興作業を手伝いつつ、レティシエルは内心ふつふつと嫌な予感を募らせている。

魔術という有力な攻撃手段を奪われている現状のレティシエルではあるが、体調が回復して早々後方支援に全力投球していた。

また無能に戻ってしまったとはいえ、それに苛立《いらだ》って腐っていても時間の無駄だ。今自分にできることを精一杯に尽くす。やはりこれにつきる。

「すみません、こちら追加の箱になるのでどなたか運んでいただけますか？」

「おう、任してください。いつものとこですよね？」

臨時補修用に運び込まれてきた土石の木箱を、本館前広場の空いているところに保管させる。

王都全体の警備などに割かれる人員が圧倒的に多く、人手が足りていないこともあってレティシエルは復興現場の小リーダーのような存在になっていた。

「いやぁ、今日も空が暗いですねぇ。もう何日も陽《ひ》の光を拝んでいませんよ」

「そうですね」

「王都もなんだか寂れちゃいましたね……みんなどこかへ逃げたんでしたっけ？　俺もそうできたらいいんだけど……」

「ええ……」

周りで作業している人たちは、雑談でも何でも頻繁にこちらに声をかけてくる。

レティシエルは相槌《あいづち》を打っているだけだけど、何か話していないと不安になると誰かがこぼしていたのを聞いたことがある。

だからどんなに些細《ささい》な話でもレティシエルは作業を止め、きちんとそれに付き合うようにしている。

それで人々の気がまぎれるのなら、この世間話の時間も有意義なはずだ。

空を見上げれば変わらず暗雲が立ち込め、昼夜の判別も難しい。学園内ではランプが煌々《こうこう》と灯《とも》されているけど、燃料を湯水のように使えない庶民の街は暗いだろう。

（早急に、あの子の野望を止めなければと、そうは思うけど……）

自分の両手のひらに目を落とし、意識を集中させてみる。あの襲撃の日以来、何度も試してきた行為だ。

　結果は、無反応。あの日の戦闘中、なぜかよくわからないまま発動した謎の力。呪術による穢《けが》れを浄化し、魔術以上に圧倒的な威力を見せた。

　理屈はレティシエルにも正直謎だ。しかしそれを自在に操って制御できるようにすれば、サラとの決戦でも勝利を望めるのではないか。

　そう思って日々試行錯誤をしてはいるものの、未《いま》だに扱えそうな気配がない。やはり仕組みを知らなければ無理なのか。

　それにジークのこともある。白の結社が去るのと一緒に姿を消したジークは、今でも行方知れずのまま。

　彼を探しに行くためにも、敵に対抗できる手段は確保しておきたいのだけど……。

「……」

　ふと耳鳴りがして、反射的に背後に目をやる。こちらを見ている人も追いかけてくる人もいなければ、呼びかけた人もいない。

　まただ、と思った。あの日倒れて以来、時々何かの気配を感じることが増えた。それは決まって耳鳴りとともにやってきて、気づけばまたどこかへと霧散している。

　うまく説明はできないのだが、誰かが遠くで自分を待っているような……そんな感覚。

　レティシエルを待っている者なんて、現状サラかジークくらいしか心当たりはないのだけど……。

「……あ、ドロッセル嬢！」

水分補給のためホールに戻るとロシュフォードが声をかけてきた。小さく手も掲げている。

思わずマジマジと凝視してしまう。調子が狂うとはまさにこのことだろう。

彼と再会して何日かは経っているけど、未だにこの態度の豹変《ひょうへん》っぷりには慣れるんだか慣れないいんだか……。

「ごきげんよう、ロシュフォード様。何をしているのです？」

「少し水をもらっていた。昼まで何かと忙しくて休めていなかったから……っつ」

「!?　どうしました？」

話している最中に突然、ロシュフォードがうめいて目を押さえた。痛みをこらえているように、その表情は歪《ゆが》んでいる。

「いや、大丈夫だ。多分すぐ治まる」

その宣言通り、少しするとロシュフォードは目から手を下ろした。苦しそうだった表情も、かなり汗はかいているが元に戻っている。

「頭痛なら、もう休まれたほうがいいのでは？」

「平気だ、頭が痛いわけではないから」

「……？　そうなのですか？」

「ああ。目がうずくんだ」

グリグリと眉間やこめかみを押しながらロシュフォードは言う。

「ここ数日の間、強弱はあったがずっとだ。あの襲撃以来かな。ルーカスは俺のこの目が原因だと言っていたが、正直よくわからん」

ロシュフォードの目……かつて学園で起きた、黒い霧と怪物の騒動に巻き込まれ、昏睡状態より覚醒して以降赤く染まった彼の瞳。

本人は理解できていない様子だが、レティシエルはある程度ルーカスの言い分に納得していた。

サラ曰《いわ》く、〝赤い目〟は呪術を扱うために媒体として欠かせないアイテム。間近で呪術が多用される状況にさらされたなら、連動して何らかの影響を受ける可能性は決して低くない。

「それに目がうずいてる間は、いつも遠くで誰かが俺を呼んでるような気がするんだ。早く来い早く来いと急《せ》かしていて、気を抜くとすぐそっちに足が向きそうになる。どこに行こうとしてるのかもわからないのにな」

「そうでしたか……」

「まぁ、それだけなんだ。今のところは困ることもない、かな？」

心当たりは、なくもない。レティシエルも片目が〝赤い目〟だ。

それに時々、誰かが遠くで自分を待っているような気分になる。ロシュフォードのこの現象と似たモノだろう。

違う点は、呼ばれているような気はしないことと、レティシエルは耳鳴りを伴うことか。

どこかへ引き寄せられるような感覚もないし、目が痛むことも特にない。

同じく〝赤い目〟持ちでも、呪術に受ける影響の程度は個体差でもあるのだろうか。それとも本当は呼ばれているけど気づいていないだけ？

「よし、とりあえず俺は作業に戻るよ。今日中に運び込まないといけない品がまだ残ってるんだ」

「……よく働かれますね」

「当然だろ？　みなが頑張ってくれているのに俺一人のうのうと楽するわけいかないだろ」

「……」

なんだろう……素直すぎて逆に訝《いぶか》しんでしまう。レティシエルの保有している過去のロシュフォードの記憶が、あまりに素直さから遠すぎるせいかな。

にこやかに去っていくロシュフォードを不思議な気分で見送り、レティシエルも本来の目的であった水分補給を済ませ、次の現場へ近道しようとホール裏の勝手口から外に出る。

（……そうだ。研究所のほうにも顔を出しておかなくては）

旧第七研究棟のほうに目を向ける。

学園の裏手側にある研究棟や学生寮、ミュージアムの建物などは、戦場から外れた場所に集まっていたため、全て無事であった。

「……あ、ドロッセル様！」

研究室に入るとツバルがいた。襲撃のあとから、ツバルは連日ここに通い詰めている。もはや誰の研究室なのかわからないけど、そう彼に請うたのはレティシエルだ。対呪術兵用兵器の開発をするため、ツバルの協力を仰いでいる。

本来ジークが引き受けていたことだったが、彼がいなくなってしまったことにより、その研究は一時停止してしまっていた。

急遽《きゅうきょ》始まった研究だから帝国戦の際のように研究チームが組まれているわけでもなく、完全にジークのワンマン研究だったことが災いしたのだ。

しかしこの兵器開発をこのまま放棄するわけにはいかなかった。王国の兵たちが呪術兵に対応するための手段が、現状これしかない。全てはこの開発にかかっている。

だからレティシエルがその研究を引き継ぐこととなったのだが、いかんせんレティシエルは同じく研究者であっても術式が専門で、物理的に兵器を発明するとなると専門外だ。

かと言って何もできないまま手をこまねいているのは時間の無駄。研究の協力者を探し、果てに行き着いたのがツバルだった。

「ちょうど色々報告しようと思っていたところなんです」

「ならタイミングがよかったわ」

早速研究室ロビーのソファに座ってツバルの報告を聞く。そのためにここへ寄ったのだ。

研究協力の打診を受け、ツバルは二つ返事で頷《うなず》いてくれた。彼もまたジークのように兵器特化の研究者ではなかったけど、レティシエルと違って兵器関連にも造詣があった。

おそらく彼の家が『探究者の一族』であることと無関係ではないだろう。

かつて聖遺物の管理を一手に担っていたこの一族は、散り散りになったのちも幅広く英知を蓄え続けていた。

ツバル曰く、彼の実家の屋敷には様々な分野の本があるという。幼少期からそれらに触れてきているからこそ、今回の研究もスムーズに引き継げた。

「……つまり一番の問題は、容量が大きすぎるということですね」

「そうです！　簡易アルマ・リアクタ構造はジーク様がある程度形にはしてくださったのですけど、要となる魔力変換用の術式が複雑で、これだけどうにも持て余してしまうのです」

「融解炉の仕組みとなると、正直わたしには何が何だかよくわかりませんけど……具体的にどういう状況かしら」

ツバルが事前にまとめてくれていた資料をめくりながらそう尋ねる。

「えっとですね、核が壊れてしまうんです。術式の規模が大きくて、核のほうがそれに耐えられません。おかげでそこから派生する魔力回路も過剰負荷で焼き切れてしまうし、これでは術者も選んでしまいます……」

「なるほど……わかりました、なら術式の調整は私のほうでなんとかしておくわ。ツバル様は他の作業をしていてちょうだい。完成まで、まだ少し手間がかかるのでしょう？」

「はい、お手数ですけどお願いします！」

「礼には及ばないわ。もとより私が引き継いだ研究なのに、ツバル様を巻き込んでいるにすぎないもの。感謝するのは私のほうですよ」

そうすると、この調整作業も早急にこなしたほうが良さそうだ。

その間に他の調整をツバルが済ませてくれるだろうが、それが済んで魔力変換用術式を組み込めば、ひとまず兵器として稼働できるようになるはず。

兵器の実験もしなければいけないし、試作品の完成は早ければ早いほどいいでしょう。

「進捗については了解したわ。いつもありがとう」

資料を持ってレティシエルは立ち上がる。亜空間魔術は……まだ使えるみたい。もらった資料は亜空間に収納しておいた。

「いえ、お役に立ててよかったです。あと少し、頑張りますね！」

「ええ、頼りにしています」

ツバルはまだしばらく残って研究を続けるつもりらしい。

一足早くレティシエルは研究室を退出する。こちらも例の術式の調整をこの後しようと考えているけど、その前にまずはやるべきことがある。

雑木林の脇を小走りで通り過ぎる。研究の途中経過を早くルーカスたちに報告せねばいけない。レティシエルは本館へと急ぐ。

「やぁ、探したよ〜」

「！」

猛烈に嫌な予感がして、反射的に後方へ跳ぶ。

直後、先ほどまでレティシエルのいた場所に白い人影が着地した。束ねた髪を片側に流し、茶色いガラスの片メガネをつけた男……ジャクドーだ。

「……なんの御用かしら？」

「やだな～、そんな怖い顔しないでよ。用さえ済めばさっさと退散するからさ」

相変わらずニヤニヤと笑みを張り付け、まったく感情が読めない顔のままジャクドーはスッとレティシエルのほうを指差す。

「単刀直入に言うけど、君が持っているソレ、渡してくれない？」

「……？」

首をかしげる。ソレって、どれ……？

「ポケットだよポケット、その中に入ってるもの」

上着のポケットの中を探ると、小さな小箱に手がぶつかった。

取り出してみれば、それは先日エーデルハルトから託された、王家秘蔵だという赤い石の納められた箱だ。

「……こんなものを欲して、何をしようというの？」

「ある御方《おかた》にお渡しするんだよ。復活に直接必要ってわけではないけど、復活後に英気を養ってもらうのに良い栄養になるからね～」

なんとなく言い分から、〝ある御方〟がサラのことではないと直感した。だってサラに、復活する・しない、なんて関係ない話だから。

　それなら誰があり得るだろう。サラとは別の存在で、これから復活する予定がありそうな者……もしかして、サラの影に潜んでいた、あの黒い怪物？

「……あなた、サラに付き従っている身ではなかったの？」

「うーん、正確には付き従っていた、かな〜」

　過去形。つまり今はもう、サラのもとにはいないと、暗に彼は言っているのだ。ならばジャクドーは……サラを裏切った？

「あの人のとこにいたんじゃあ、もう俺の欲しいものは何もない。元より用があるからくっついてただけだしね、だから切り捨てるのも簡単だ」

「見下げた外道ね」

「ひどいな〜、ご先祖様になんたる言い草だい？　不孝者の子孫だねぇ」

「……先祖？」

「あ、気づいてなかったんだ」

　さすがに鈴拾っただけじゃあわからないかぁ、などとジャクドーは一人で言って一人で頷いて納得している。

（……そうだ、鈴って確か……）

　唐突に思い出した。かなり前のことだがレティシエルは一つの古びた鈴を見たことがある。

一見なんの変哲もない古い鈴だったけど、内側を覗《のぞ》き込むと内壁にフィリアレギス家の家紋……それも古いタイプの家紋が刻まれていた不思議な鈴だった。

その持ち主不明の鈴は結社の一味に屋敷を襲撃された際、どさくさに紛れて紛失していた。特に気にもしていなかったけど……。

まさかあの鈴の持ち主がジャクドーだったとでも言うのか。

「えー、そんなに驚く？　ダンナとおんなじなんだけどな～。あの御方の力で、アレスター朝の黎明期《れいめいき》から肉体を取り換えて生まれ変わってる。君だってそうでしょ？　ほら、一緒だよ」

「……」

アレスター朝の黎明期というと……六百年ほど前、盲目王が生きていた時代だ。

そういえば、この身が生まれたフィリアレギス家は盲目王の革命を助けた功臣であり、その実績から王国最初の公爵位を与えられたのだと、王国の歴史にも記されている。

それから幾年も月日が流れ、公爵家は取り潰しになってその輝かしい歴史を終えた。その公爵位を賜った初代が、目の前にいるこの男だというのか。

「……だとしても、それは私には関係ないことだわ」

首を横に振って雑念を払う。今の話が事実だとしても、それがレティシエルが取引に応じる理由にはならない。

「あなたの中身が誰だったとしても、今のあなたは私の敵よ。そちらの要求は呑《の》めないわ」

「うーん、そっか～」

レティシエルが要求を断っても、ジャクドーはどこ吹く風だ。最初から気にしていなかったのか、軽くローブの裾を払っている。

「じゃあ、無理矢理取っていくしかないねぇ」

「！」

次の瞬間、ジャクドーはレティシエルのすぐ目の前まで迫っていた。

それをいなして横に退避できたのはほとんど反射だった。おそらく身体強化の類の術で一気に跳躍してきたのだろうと、遅れて思考が追い付いてくる。

避《よ》けた傍《そば》からジャクドーの追撃が飛んでくる。それを身体強化魔術で受けしのぐ。

以前魔術の使用可否を確認したときと同じく、無属性と一部の光属性に属する力はまだ使えるようだ。

「へぇ、すごいじゃん。君、魔術がなくてもそこまで戦えるんだね～」

ジャクドーは驚いている様子だった。サラの魔法陣の効果は知っているのだろう。それが完成している中、レティシエルが魔術を使っているのが不思議らしい。

「しかもなになに、君の魔術、絶滅してないじゃん」

「おあいにく様。何もかもすべて、あなたたちの思惑通りにいくとは思わないことね」

「別にオレにとってはどうでもいいんだけどねぇ。君がその赤い石さえ渡してくれれば

い。

一部まだ魔術が機能するとはいえ、それは従来のものが発揮する威力の半分にも満たな
さ」

「だから断ると言っているでしょう」

とはいえ現状レティシエルのほうが圧倒的不利なのは変わらない。

表には非戦闘員も含めて多くの人間がいる。そちらを巻き込むわけにはいかない。本館から距離を取りつつ、応援を呼ぶ機会をうかがう……。

つもりだったが、その必要はなかった。ジャクドーがレティシエル以外は眼中にないようだったのだ。

穏便に事を済ますより、早急に例の石を入手することが最優先らしい。

「どうしたの？　動きが鈍くなってるぞ～。そんなんじゃオレをまけないよ？」

「……っ」

気づけばジャクドーの手にはナイフが握られている。どこかに暗器を隠し持っていたのだろう。

対するこちらは丸腰だ。結界と治癒、無属性の補助魔術しか使える術もない。攻撃系の魔術が軒並み封じられていることがこうも質《たち》が悪いとは。

遠くから騒がしい音は聞こえている。どこへ向かう音だろうか。

背中を見せれば刺されるから人を呼びには行けない。誰かが来るまで持ちこたえなけれ

ば……。

「人が来る前に片を付けたいね。というわけで、おやすみ、お嬢ちゃん」

ジャクドーが一気に間合いを詰めてくる。

ナイフの切先が鈍く光り、背後に跳んで距離を取ろうとしたが、むしろどんどん接近してくる。向こうのほうがスピードが速い。

とっさに結界魔術を発動する。弱体化していても無いよりはマシかと思ったが、ジャクドーのナイフはいとも簡単に結界を破壊した。

ナイフに魔術破壊の術式でも刻んでいるのか、それとも今の魔術が弱すぎるせいで通常の武器でも破壊できてしまうのか。

──刺される。

レティシエルは死を覚悟した。しかし、体にナイフが刺さる感触はいつまで経《た》ってもやってこない。

「ぬぅ……」

「……デイヴィッドさん!?」

その代わり、デイヴィッドがレティシエルの前に立っている。ジャクドーのナイフは、小さな老人の胸を貫いていた。

ほんの少しだけ、ジャクドーは意外そうな表情を見せた。デイヴィッドの胸からナイフを引き抜き、慣れた様子で付着した血を払う。

「……ふぅん、あの人の魔法陣、一応役には立ってくれるんだね。あんたの力も封じてくれた」

「う……ぐ」

「そこは感謝しなきゃね。半精霊のあんたに戦われちゃあ、こっちも色々対応が面倒だ」

デイヴィッドの出自はジャクドーも知ることらしい。

ジャクドーがサラ同様転生を繰り返しているのなら、四百年前のデイヴィッド誕生時にも居合わせていたのかもしれない。

そして今の口ぶり……どうやらサラの陣が完成してしまったことで、デイヴィッドも魔術を封じられているらしい。

ぐらりとデイヴィッドの体が傾き、レティシエルはとっさに受け止める。焦りが脳内いっぱいに広がり、思考がカオスに陥りそうになる。

……あれ？　でも、だとしたらレティシエルが一部とはいえ、まだ魔術を使えているのはなぜ？

「ドロッセル！　デイヴィッド！」

聞こえてきたのはルーカスの声。数名の騎士とともに駆けつけたルーカスは、血を流して倒れるデイヴィッドに目を剥《む》いた。

「おい、貴様……！」

「あぁあ、雁首揃《がんくびそろ》えてきちゃって。まったくお耳が早いことで」

ここで何が起きたのかすぐに理解したらしい。敵意剝き出しにジャクドーを睨《にら》むルーカスの表情からは、強い怒りがにじみ出ている。

「……貴様、生きてここから帰れると思うなよ？」

「おぉ、コワッ。さすが英雄様が言うと迫力が違うねぇ。ただ……」

ふいにジャクドーが動きを止めた。

暗雲に覆われた空を見上げ、ジッと耳を澄ませている。まるで空から、何かに語りかけられているみたいに。

「……へぇ、もう動くんだ」

「……？」

「残念、もうちょっと粘るつもりだったけど、間に合わなかったらしい」

「……なんのこと？」

「別に？　時間切れってだけだよ。あ、こっちの話ね？」

そう言ってジャクドーは戦闘態勢を解いた。いったい何に対する独り言なのだろう。時間切れって……なんの時間？

「目的は達成できなかったけど、まあしょうがない。今日のところは引き揚げるよ」

「ジャクドー……」

「まぁまぁ、そんな怖い顔しなさるなって。どうせ近いうちにまた会えるからさ」

それじゃあ、とジャクドーはふわりと宙に浮く。浮遊系の術でも使っているのか。

ルーカスの放った魔法の追撃などものともせず、ジャクドーは最後まで薄気味悪い笑みを浮かべたまま黒い空の彼方《かなた》へと消えていった。

「デイヴィッドさん！」

崩れる小さな体を抱き留める。胸の傷から血がとめどなく溢《あふ》れている。すぐにポケットから手ぬぐいを出して傷を押さえた。

「大事は、ないようですなぁ……」

「私のことなんてどうでもいいです。それよりあなたのほうが……」

「やれやれ……最後の最後で、ちとしくじってもうた」

「死ぬな、デイヴィッド。おい、担架だ！　誰でもいいから早く持ってこい！」

血相を変えてルーカスが近くの騎士に怒鳴るように指示を出している。

傷口を押さえていた手ぬぐいは、もうほとんど白い部分が残っていないほど赤に侵食されていた。

「これで、いいのです、これで……」

「そんなことをおっしゃらないで」

「ドロッセル嬢。これを……」

「……？　これは？」

紐《ひも》に通された何かの鍵を託された。かなり小ぶりな鍵で、長い間使いこまれていたのだろう、赤茶色の表面は錆《さ》びて色褪《いろあ》せている。

「ワシの、研究室の鍵じゃ……大図書室に、ずっと隠しておった」

ゴホゴホとデイヴィッドが咳《せ》き込む。口から吐き出された血の塊が、彼の白いひげを赤く染めている。

「ワシはのう……昔お主に関する予言をしたことがあった」

「え？」

デイヴィッドの声はどんどん弱くなっている。レティシエルに話しかけているけど、もうレティシエルの顔がどこにあるのかもわからない様子だった。

「予言？」

「『フィリアレギス公爵家の次女が、世界の命運を握る鍵……』。もう、公爵家の次女ではないがのう……」

ヒューヒューと細く吐かれる息と、ほんの少し揺れるデイヴィッドの長いひげ。少し遅れて、今のは笑っていたのだと気づいた。

「この予言があって、陛下はドロッセル嬢を……ロシュフォード殿下の婚約者に、お選びになった」

「今はもう話さないでください。もうすぐ救護が来ますから」

そうなのかと内心驚いた。まさか『ドロッセル』が過去に王太子の婚約者に選ばれた裏に、そんな事情があったとは……。

「ドロッセル嬢……どうか世界を、守ってやっておくれ。あなたになら、アレを」

「あなただけが、最後の希望なのです……。この世界を救える、唯一の、始まりの、たましい……」

「私に、そんな力が？」

「デイヴィッドさん……？」

「…………」

不自然なところで途切れた言葉に、瞬間的にレティシエルは全てを察した。全身から血の気が引いていく。

「おい、デイヴィッド！　返事をしろ！　デイヴィッド！」

いくらルーカスが呼びかけても、デイヴィッドが動くことは二度とない。その体を抱えているこの両手が少しずつ温度を失《な》くしていく。

――デイヴィッドが、亡くなった。

その事実だけが、否応《いやおう》なしにレティシエルたちの前に冷たく横たわり、静かに突き付けられた。ルーカスの拳が地面に打ち付けられる鈍い音がする。

「学園長！　た、大変です！」

だけど悲嘆に暮れる暇は全くなかった。慌ただしく学園の教師が一人駆け込んでくる。

「……どうした」

「ど、どうもこうも、そそそ空が……！」

「空？」

その場に集っていた者たちが皆一様に空を見上げる。そして、西の空に広がる異変に気づいた。

「…………なんですか、あれ？」

黒い空一面に、獣のような形の巨大な影が入道雲のように立ち込めている。

空よりもなお深い漆黒のその体は霧のように定形がなく、動きがあるたびに揺れて形を変える。

西の方角からは瘴気《しょうき》をまとった生ぬるい風が吹きすさみ、湿気のように全身にまとわりついてくる。

空からは黒い雪が降り、それはあっという間に地面にうっすらと堆積を生み、それを被《かぶ》った草花を瞬時に枯らしていた。

漆黒の中、爛々《らんらん》と輝く二筋の赤い光は、おそらく目に当たる部分だろう。かぎ爪のようにも見える両腕を振りかざし、ソレは天に向かって雄叫《おたけ》びを上げた。

心臓を素手でつかまれるような、凄《すさ》まじい不快感が襲う。

呪術の瘴気に当てられたときよりもさらにひどい。あれこそきっと、呪術の大本となったものだ。これだけは理解した。

――〝怪物〟が、復活してしまった。

何分もしないうちに、周囲の教師や集まっていた官僚、軍人たちがざわめきだした。

あちこちから様々な声が飛ぶ。状況確認を求める声、伝令を走らせる声、避難を呼びかける声。

国境がどうこうというような声もする。開国という単語を発している声も。国境と開国……当てはまる国をレティシエルは一つしか知らない。

ラピス國《こく》が国を開いたのだろう。このタイミングに。なんのためなのか、それはここで聞ける情報の中からは読み取れない。

ただ、喜ばしいことではないのは感じ取れる。何が起きているのか、早くここを立ち去るべきなのだろうが、足が動いてくれなかった。

「……」

周囲の空気を呑《の》み込むように膨れ上がり、空全体に覆いかぶさろうという勢いで巨大化していく〝怪物〟。

それを見上げるレティシエルは戸惑っていた。

あの〝怪物〟はサラの影に寄生するように共生していたものだという以外、レティシエルが知っていることは何もない。

でも、覚醒していく〝怪物〟を見てレティシエルが覚えたのは、なぜか『懐かしさ』だった。懐かしいと同時に憎たらしい気持ちにも襲われる。

レティシエルとしてもドロッセルとしても、怪物との接点なんてないはずなのに……どうして？

グッと喉元を押さえる。怪物のことを懐かしいと思うこの感情は、いったいレティシエルのどこから湧いて出ているというのだろう。

レティシエルのものではないのは確実だ。ならば……これはドロッセルの感情だとでもいうのだろうか。

この体の主であったドロッセルのことは、何年もかかったけど今はようやくどんな存在だったのかわかってきたのに、まだ底が見えていないというのか。

「……っ」

わからない。あるいはドロッセルも与《あずか》り知らない気持ちなのかもしれない。現状この身に覚えのない懐かしさを説明できる手段はない。

「おい、そこのお前！　すぐ城まで伝令してこい！　緊急事態だ！」

「は、はい！　わかりました！」

誰かの叫ぶ声が聞こえる。ルーカスかもしれない。慌ただしく甲冑《かっちゅう》のぶつかる音が移動し、馬がいななきとともに駆け出す音も。

喧騒《けんそう》の中に身を置き、レティシエルはただ〝怪物〟を見上げる。

黒く揺れる陽炎《かげろう》のようなその胴体には透明度がなく、背後の景色を透かして見ることはできない。

その吸い込まれるような深い黒に、己《おの》が魂を投影した。どれだけ記憶の糸をたどっても、未《いま》だレティシエルにはこの体と魂の深淵《しんえん》が見えない。

確かに自分の命のはずだ。自分の心のはずだ。

なのに、身に覚えのない〝自分〟はどんどん増えていく。自分が自分じゃないようで、気持ちが悪い。

(一体私は……私たちは、何者なのだろう?)

何気なく周りを見渡してみても、バタバタとせわしなく動く人々の姿があるだけで、ドロッセルの幻は姿を見せない。

その答えを、あの子は知っているのだろうか。姿を見せない『もう一人の自分』に、レティシエルは心の中でそっと尋ねる。

——この体と魂は、なんのためにこんなに深い謎を抱えてこの時代に生まれたのだろう。

終章　その先にあるもの

遡ること数日前。まだ恐るべし怪物の復活もなく、ルクレツィア学園で一人の少女が制御を失って暴走していた日のこと。

王城ヴィアトリスの正門からジークは出てきた。

現状学園で起きている出来事の報告と、それに対する援軍要請という役目を果たすため、馬を走らせてここへ急行してきた。

その役目自体はつつがなく遂行できた。ライオネル殿下に事の次第を報告すれば、すぐに援軍を編成してよこしてくれることを約束してもらえた。

――これで学園の皆に良い知らせを持って帰れそうだ。

門番に預けていた馬を引き取り、それにまたがるとジークは来た道を戻って学園を目指す。

学園に向かって走りながら、脳裏を様々なことが横切っていく。ここしばらくの間、頭の中をめぐる事柄はいつも同じことだった。

自分の出自のこと、自分の父親のこと、それに加えて自分と瓜二《うりふた》つの容姿をしていた敵の親玉のこと……。

「……」

気づけば馬の脚は止まっている。暗雲に覆われた空を見上げた。

この身はラピス王家の落胤《らくいん》だと父が言った。その父とジークの間に血縁のつながりはなく、父はあの親玉の少年とつながりを持っていた。

残っているわずかな追憶の中で、ジークは自身をかばう父親の背中を覚えている。それと対峙《たいじ》する人物がいて、父と何か話をしていた。声を聴いた記憶はある。

その声は、あの日朽ちた時計塔で聞いた、サラと呼ばれていたあの少年のものと同じだった。

——父はいったい何者だったのだろう。

ずっと心の片隅で思ってはいた。ジークから見ても、己の父親は謎が多すぎた。

物心つく頃には、父の姿はもう不自然なほど覚えていなかった。それ以降も、ジークが直接父親と対面する機会は一度もなかった。

母とは時々会っていたと聞く。避けられていたのはジーク一人だ。どうしてそこまで父は義理の息子に会うことを避けていたのだろう。

ジークのもとにあるのは、最近になって届き始めた、父親からの手紙だけ。行き倒れていた母子を拾っただけなら、父はどこからあれだけの情報を得ていたのか。

あの少年と父はどんな関係で、それがジークとどう関わっているのかもわからない。

内容は思い出せなくても、あの日の会話は自分に関することだということは、直感で確信している。

そしてそのとき二人の間では何の約束が交わされ、あの日に何が起きていたのだろう。なぜあの記憶を機に、ジークは二度と白い髪の化け物たちに追われなくなったのか。

幼い頃のジークに迫らんとしていたあの兵たちは、今思うと呪術兵の類だったのだと思う。

その親玉は多分サラだ。彼は何のためにジークを追いかけ、何があって追撃の手をやめたのか……。

──ドロッセル様……。

ドロッセルに言われた言葉は嬉《うれ》しかった。あらゆる出来事があって今があり、未来がある。たとえ一度変わってしまった関係も、変わったまま形を変えて続いていく。

勇気をもらったのに、自分は未だあの人に何も言えていないまま。それがひどく不誠実な行いがしてならない。これではまるで、自分が全く周囲の者を信用していないと同じだ。

──打ち明けるべきだ。あの人には、全て。

ずっと一人で抱え続けてはいられないと思った。変わることを恐れ、わかりもしない他人の顔色の変化ばかりに囚《とら》われていてはいつまでも前には進めない。

ジークの話を聞いて、彼女からどういう反応が返ってくるのかわからない。怖い気持ちはまだある。だけど、ようやく決心がついた。

思えばもっと早くに決意できたはずなのに、自分の心の迷いが晴れないばかりにこんなにも時間がかかってしまった。

「……あれ？」

ふいに周りの景色が変わっていることに気づいた。王都の中……ではない気がする。うっそうとした森の中だ。

相変わらず馬には乗っている。制御を怠ったせいで馬が勝手にどこかへ移動してしまったのだろうか。一度馬から降り、手綱を引いて周囲を見渡す。

王都周辺にこんなに鬱蒼《うっそう》とした森があっただろうか。周りは広い平原になっていて、雑木林こそあれど森と呼べる規模のものはほとんどない。

ならいったい、今自分はどこをさまよっているのだろう……？

「……来たな」

短い一言。覚えのある少年の声に振り向けば、木の枝の上にあの少年が座っていた。

仮面は、つけていない。合わせ鏡のようなジークと相似した顔が、無表情のまま自分を見下ろしている。

「君は……」

何者なのかと、そう問いたかった。

だがその言葉が口に出ることはなかった。唐突に自分が人形になったみたいに、自分の体が自分のものではなくなっている。

「迎えに来た。約束を果たしてもらう時だ」

約束とは、なんのことか。自分は彼と、何かを約束した覚えなどない。

サラがこちらに手を差し伸べている。まるで引き寄せられるかのように、己の意志に反して足はそちらへと向く

ダメだと心のどこかでは思っているけど、抗《あらが》えない。なぜだろう。行かなければいけない。そう強く強く急《せ》かされている。

「さぁ、おいで。なんという因果だろうね。最後の最後に鍵を握るのがお前だなんて」

——なんのことだ……?

「わかる必要はない。お前はただ、私とともに来ればいい」

わからない。考えようとしても、頭にヴェールがかかっているようにぼんやりする。意識が少しずつ、闇に引きずり込まれていく。

一陣の風が吹き、木の葉や草の切れ端が舞う。

静寂の中、馬が大きくいななきを響かせ、逃げるようにその場から駆け去っていく。その手綱を引いて制御する者は、もうここにはいない。

ただ無人になった森だけが、馬のひづめの音を遠くに聞きながらその場に横たわっていた。

＊＊＊

朽ちかけた謁見の間の隅で、ジャクドーはソレを遠目に眺めていた。

金が剥がれてさび付いた玉座に黒いモノがうごめいている。天井が崩落したこの高い謁見の間を突き破らんほどに巨大で、今もなおじわじわと周囲を侵食して広がっている。

——あれが、『古《いにしえ》の漆黒』……。

確かにその名はふさわしいと思う。なぜそう呼ばれるようになったのかジャクドーは知らないが、名の通り太古の昔から存在していた、漆黒の〝何か〟なのだろう。

先刻、ルクレツィア学園にいながら怪物の復活を察知した。それはつまり、あの女と怪物の魂と実体が分離したということ。

予測していたよりもずいぶん早いお出ましだと思った。

しかし様子を見に戻ってきたものの、先ほどから怪物はずっとあの調子で半壊の玉座で暴れている。

『おのれ……おのれぇぇ！』

おかげでただでさえ崩れている謁見の間の崩壊がさらに進んでいた。今もバラバラと天井から大小様々な瓦礫《がれき》が降ってきている。

『許さんぞ……我をコケにしたことを後悔させてやる！』

怪物は異様に怒っていた。何がそんなに気に食わないのかと思うほど激怒していた。

何があったのかは知らないが、順当に考えればあの女との間に何かが起きたのだろう。

ひょっとするとこの怒りのせいで、怪物の復活は前倒しになったのかもしれない。

アレの感情の一挙一動はこの赤い目に逐一影響を与えてくるのだから、正直迷惑ではある。アレの怒りが静まらないうちは、おそらくこの目はずっとうずいたままなのだろう。

――まぁいい。

いくら怪物が怒り狂っていようが、こちらは目的さえ達成できれば他はどうでもいい。憤怒に任せて暴れ回っている怪物をよそに、ジャクドーは早々に謁見の間から退出する。まったく騒々しくてかなわない。

謁見の間の外には広大な廃墟《はいきょ》が地平線の向こうまで広がっていた。かつて一国の都であり、王城だった場所だ。

もっとも、このラピス國《こく》が実質死人の国となってもう久しいが。大昔のサラが造り上げた国であり、今再びサラによって吸い尽くされ滅んだ国。

廃墟の市街地を出歩く者の影はない。当然だ。この国のほとんどの民は、すでに長い年月をかけて残らず呪術兵へと改造されている。

それよりも前はどうだったか。伝承では、別の国の都がここにはあったと聞く。リジェネローゼ王国とか何とか……。

――どうでもいいな。

すぐさまその思考を脳の隅に追いやる。それはジャクドーが考えたところで無意味なことだ。わざわざ思い出しても仕方がない。

市街地の中に、ひときわ高く目立つ石造りの塔がそびえている。かつてこの国で最先端の叡智《えいち》と技術を蓄えたという教育研究機関があった場所。

神に至る禁忌に手を染め、一夜にして呪いの地へと変貌した原罪の跡地。

通称『占星の塔』。全てはそこから始まった。

あの女は動くだろうか。愚問だ。動くに決まっている。千年の因縁を引きずって今日《こんにち》を生きている者が、この期に及んで己《おの》が計画を阻止されることを良しとするわけがない。

──まだ、邪魔されるわけにはいかない。

なんのために四百年も前からあの女の周辺をのらくらと留《とど》まり続けたのか。あの怪物に近づき、機会を待つためだ。

ポケットから小さな鈴を取り出す。古びて模様も剥がれ落ちたちっぽけな鈴。一時期不手際で紛失して遠い子孫《ドロッセル》に拾われたこともあったが、再び取り返している。

他人にとってなんとも思わないこんな鈴でも、ジャクドーにとっては他に代えようのない価値がある。

どのみち歯車はもう回り出した。今さら降りることもできやしない。泥船にしろなんにしろ、最後まで乗り続けるほかないだろう。

──あの人を、取り戻すまでは。

あとがき

　このたびは『王女殿下はお怒りのようです』八巻をお手に取っていただきありがとうございます。八《や》ツ橋皓《はしこう》です。

　千年前の因縁と対峙《たいじ》して、いよいよ本巻から最終章が始まります。皆様の応援のおかげでここまで来ることができました。

　これまでに作中内で出会った色々なキャラたちと助け合い、レティシエルは最後の戦いと敵に挑んでいきます。本巻は懐かしいキャラたちが再登場したり、既刊での時の積み重ねを得て生まれたキャラの関係性が複数あったりと、とても執筆が楽しかったというのは余談です。

　レティシエル自身にはまだまだ謎がありますが、その解明も含めてラストスパートで頑張っていきますので、最後まで彼女たちの物語を見守っていただけたら幸いです。

　担当編集Y様ならびに拙著の出版に関わってくださったすべての方々、イラストを描いてくださる凪白《なぎしろ》みと様、コミカライズを担当していただいた四つ葉ねこ様、そしてこの本を手に取ってくださった読者の皆様に心から感謝申し上げます。

　それではまた次巻でお会いできることを祈っております。

八ツ橋　皓

OVERLAP

王女殿下はお怒りのようです
8. 白き少女と未知の光

発　行　2022年10月25日　初版第一刷発行

著　者　八ツ橋 皓
発行者　永田勝治
発行所　株式会社オーバーラップ
〒141-0031　東京都品川区西五反田8-1-5
校正・DTP　株式会社鷗来堂
印刷・製本　大日本印刷株式会社

Printed in Japan ISBN 978-4-8240-0312-6 C0193